BASTARDO ALFA

RENEE ROSE

EMA FERRARI

 Creato con Vellum

OTTIENI IL TUO LIBRO GRATIS!

Iscrivetevi alla newsletter di Renee per ricevere Indomita, scene bonus gratuite e notifiche riguardo a nuove pubblicazioni!

https://subscribepage.com/reneeroseit

CAPITOLO UNO

Lotta

L'AVVICINARSI della luna piena mi stava facendo girare la testa.

Nessuno riusciva a stare fermo oggi. Nessuno studente della Wolf Ridge High voleva starsene ad ascoltare un insegnante il pomeriggio prima di una corsa sotto la luna piena.

Soprattutto non della materia che insegnavo io. L'arte non era minimamente venerata dalla comunità dei mutaforma. Era considerata una cosa umana, inutile. Pretenziosa. Ecco perché me ne ero andata da qui appena era stato possibile.

Ogni lezione di oggi era stata un incubo, ma quest'ultima, la lezione con il gigantesco alfa della scuola, Asher Martin, era la peggiore. Lui e i suoi compagni di squadra se ne stavano seduti al banco in fondo e mi disturbavano.

Questo pomeriggio, l'odore dei feromoni adolescenziali riempiva la classe ed ero irrequieta ed eccitata come i miei studenti. Sentivo la pelle accaldata. Percepivo un lento battito tra le mie gambe che non sentivo da anni. Non pensavo così tanto al sesso da quando ero un'adolescente che camminava nei corridoi della Wolf Ridge High. Il che, dovevo ammetterlo, non era stato poi così tanto tempo fa.

Mi schiarii la gola e infusi nella mia voce tutto il comando alfa di cui ero capace. «Vorrei la vostra completa attenzione.»

Naturalmente, l'ultima a smettere di parlare fu la voce profonda e spavalda della mia nemesi. Mi lanciò un'occhiata minacciosa. Ero sconcertata da quanto fossero sorprendenti quegli occhi verde-nocciola contro la sua pelle abbronzata. Da come le ciglia lunghe e folte li incorniciassero. Dal modo in cui spuntavano sotto la ciocca di capelli schiariti dal sole che gli cadeva sulla fronte. Aveva bisogno di un taglio di capelli, anche se ero certa che la lunghezza arruffata che gli si arricciava sulla nuca e intorno alle orecchie fosse una scelta consapevole. Che fosse parte della sua personalità da ribelle senza causa.

Ma il disprezzo di Asher non era mera spavalderia.

Sentivo visceralmente l'odio del difensore nei miei confronti. Mi bruciava la pelle. Mi tolse il fiato quando ne indirizzò una gran quantità verso di me. Feci attenzione a nascondere la mia reazione. Potevo anche essere più piccola di molti studenti di questa classe, ma ero la loro insegnante, almeno per il resto dell'anno scolastico. Dovevo mantenere lo status di alfa nella mia classe, altrimenti non sarei sopravvissuta.

Mi forzai di smettere di spostarmi da un piede all'altro nei miei sandali con i tacchi alti, allargai la posizione e misi le mani sui fianchi.

Lo sguardo di Asher si spostò sulle mie gambe e la loro vista sembrò solo farlo arrabbiare di più. Spostò gli occhi più in alto e mi fissò torvo il seno.

Mi guardai bene dal prestare attenzione al suo banco

mentre parlavo. «Ieri vi ho chiesto di pensare a quali strumenti avreste usato per il vostro autoritratto. Oggi voglio che scriviate un paragrafo in cui descrivete cosa avete scelto e come pensate di realizzare il vostro progetto. Se non lo sapete o avete difficoltà a decidere, iscrivetevi segnandovi sulla lavagna per una consulenza di cinque minuti con me sull'argomento.» Indicai gli spazi numerati sulla lavagna.

«Inoltre, dovreste aver consegnato tutti i vostri disegni a carboncino, ormai. Ne mancano tre. Se non li consegnerete entro la fine della giornata, prenderete uno zero al compito, il che influirà sul vostro voto finale.» Mi feci coraggio e guardai il banco in fondo. «Quelli di voi che devono mantenere una sufficienza per giocare nella partita di questo fine settimana dovrebbero pensarci.»

Non avrei dovuto nemmeno avvertirli. Avrei dovuto semplicemente abbassare i loro voti e lasciargli soffrire le conseguenze. Ma qualcosa dentro di me non voleva ancora che Asher fallisse.

Lo guardai brevemente negli occhi, ma la rabbia che gli bruciava nello sguardo era troppa da trattenere, e distolsi rapidamente lo sguardo.

Era snervante come un tredicenne arrabbiato e ribelle. Ora che era il doppio di me e aveva il predominio di un lupo alfa, quella rabbia era molto più che intimidatoria, era decisamente spaventosa.

Incrociò le braccia su petto e sollevò il labbro superiore in un ringhio. «Io ho consegnato il mio.»

Lo guardai di nuovo per un momento stringendo gli occhi. Era una bugia. Asher non aveva sollevato una matita in questa classe da quando avevo sostituito Margarita Adams, l'insegnante umana di arte che era andata in congedo per malattia due settimane fa.

Mi stava sfidando a chiamarlo in causa.

Aggrottai la fronte e indicai la pila di disegni sparsi sulla mia scrivania. «Trovalo e mostratemelo.»

Si alzò lentamente dalla sedia, ostentando la sua stazza. Facendomi sentire tutta la forza dei suoi centimetri in più di altezza. La differenza di quasi cinquanta chili tra i nostri pesi. I muscoli solidi e scolpiti che avvolgevano le sue ossa lunghe e robuste.

Era un incredibile esemplare di virilità, e non era solo a causa della luna piena. Il destino poteva averlo fottuto con un padre di merda e violento, ma era stato generoso con lui per quanto riguardava l'aspetto e le dimensioni.

Si avvicinò lentamente e io feci finta di non accorgermi della minaccia, anche se tutti quelli con sangue mutaforma nella stanza sentivano il polso della sua aggressività.

Mantenni una certa distanza tra noi, andando alla finestra per tirare la tenda contro il sole pomeridiano. C'era un approccio predatorio nei suoi movimenti. Nonostante la sua stazza, aveva la grazia e l'agilità di un grosso gatto, più che di un lupo.

Iniziò a frugare tra i disegni a carboncino sulla mia scrivania.

Restai vicino alla finestra, inclinata verso di lui come un animale in trappola, pronta a mostrare i denti se necessario.

Dopo averli esaminati tutti, si girò verso di me e alzò le sopracciglia. «Deve averlo perso, signorina James. L'ho consegnato ieri.»

Fanculo. Non avevo intenzione di lasciare che questo ragazzo mi prendesse in giro. Poteva anche avere una ragione legittima per odiarmi, ma questo non significava che gli avrei permesso di mettermi in mezzo nella mia classe.

Mi tirai su. «Non perdo i lavori dei miei studenti. Questo comporterà uno zero, Asher. Sono sicura che il coach Jamison sarà deluso quando non potrai giocare nella partita di questo fine settimana.»

«Beh, può rifarlo oggi, no?» intervenne Remi, una delle cheerleader che pendeva dalle sue labbra.

Strinsi le labbra. «Se lo fa entro la fine della lezione, lo valuterò.» Lanciai un'occhiata ai due amici di Asher al banco in fondo, Sebastian e Markley. «Vale anche per voi due. Sulla mia scrivania entro la fine della lezione, o non avrete un voto sufficiente per la partita di questo fine settimana.»

Asher tornò al tavolo dove se la comandava e si sbracò su una sedia. Il suo corpo imponente riempiva lo spazio, riversandosi in tutte le direzioni. Mi guardò e sorrise, come se avesse appena vinto il confronto. Una fossetta su ogni guancia ammiccò, facendomi venire i brividi lungo la schiena.

Perché non importava quanto fosse incredibilmente bello quando sorrideva, sapevo con assoluta certezza che era pericoloso. Era nato in una famiglia violenta. C'era della violenza nei suoi occhi. Nella sua andatura. Nel modo selvaggio in cui mi guardava ora.

In passato, avevo pensato di averlo liberato da quel ciclo di violenza, ma sembrava che tutto ciò che avevo fatto fosse stato cementare un senso di tradimento. Un odio così profondo che temevo che lo avrebbe consumato.

Se non fossi stata attenta, avrebbe potuto vendicarsi nello stesso modo in cui aveva fatto suo padre.

* * *

Asher

Sete di odio.

Questa era l'unica descrizione accurata di ciò che provavo per la nuova insegnante d'arte della Wolf Ridge High.

Mi impegnai in un disegno volutamente brutto e ridicolo

per il progetto che aveva richiesto per la fine della lezione, trascinando il pezzo di carboncino su e giù scarabocchiando sulla pagina. Cosa avrebbe potuto fare? Le avremmo detto che era la mia definizione di arte. Markley e Seb seguirono il mio esempio e fecero lo stesso.

Sapevano perché odiavo Carlotta James, l'insegnante più sexy e talentuosa che la Wolf Ridge High avesse mai avuto. La principessa del branco capace di far sì che ogni lupo maschio della scuola, studenti e personale, corresse ad aprirle le porte o a portarle il materiale per l'ora d'arte.

Non ero immune alla sua perfezione in stile eroina da favola, con i suoi capelli neri e la pelle pallida e quei grandi occhi color azzurro fiordaliso che una volta credevo fossero pieni di gentilezza. Ma era lei la ragione per cui mia madre e io non avevamo alcun status nel branco, nonostante io fossi un enorme lupo alfa. Aveva distrutto la mia famiglia, qualcosa che non avrei dimenticato mai. Mi avvicinai alla sua scrivania dopo che suonò la campanella e feci finta di sistemare il mio disegno al centro, di fronte a lei. Le stavo togliendo lo spazio.

Mi sarebbe piaciuto poter dire che lo facevo solo per intimidirla, e sapevo che la cosa funzionava, ma c'era di più. C'era il fatto che avevo il disperato bisogno di sentire di nuovo il suo profumo nelle narici, pur conoscendo la bomba incendiaria che mi sarebbe esplosa nella pancia di conseguenza.

La luna piena che si avvicinava mi aveva reso particolarmente sensibile, e l'assaggio che avevo preso quando ero arrivato alla sua scrivania prima non era stato abbastanza.

Perché non avevo mai sentito niente di così allettante in vita mia. Miele e gelsomino e quella fragranza unica che era solo sua. L'avevo percepita nel momento in cui era entrata nel laboratorio d'arte due settimane prima come supplente a lungo termine.

6

Mi era entrata attraverso i pori, aveva influenzato la mia fisiologia e mi aveva fatto realizzare l'orribile verità.

Il peggior risultato possibile. Il destino aveva deciso di fottermi nel culo accoppiandomi con l'unica femmina che non sopportavo.

«Scrivici il tuo nome, Asher.» Non mi guardò neanche mentre spingeva il disegno verso di me. Non lo sapeva. Le lupe femmine non riconoscevano l'odore dei loro compagni con la stessa facilità dei maschi.

Picchiettai il disegno con il dito medio. «Ti ricorderai a chi appartiene» le dissi.

Era un avvertimento. La sfidai a deludermi.

Non lo avrebbe fatto.

Perché tra le note di paura che colsi dal suo odore, percepii qualcos'altro: il senso di colpa.

Bene.

Lotta avrebbe dovuto pentirsi di quello che mi aveva fatto.

E avevo intenzione di farla soffrire ogni giorno per questo.

CAPITOLO DUE

Lotta

MI SI RIZZARONO i peli sulla nuca. Mi tremavano le dita attorno allo stelo del pennello, rendendo i tratti frastagliati e ruvidi.

Gli occhi di lupo color giada sulla tela di due metri mi fissavano con aria accusatoria.

La Wolf Ridge High era buia, fatta eccezione per la mia aula d'arte, l'unico posto in cui avevo abbastanza spazio per dipingere su una tela così grande. Preferivo dipingere alla luce del giorno, ma con il nuovo lavoro di insegnante era impossibile. *Era un lavoro temporaneo*, continuavo a ripetermi per rimanere sana di mente.

Tentai qualche altra pennellata, ma il tremore continuava a rovinare le mie linee.

Fanculo. Stasera non si poteva dare sfogo al genio creativo. Lasciai cadere il pennello nel barattolo di vetro del diluente.

Gli urli e gli ululati del branco che correva con la luna

piena arrivavano giù per la montagna attraverso la finestra rotta, facendomi venire la pelle d'oca lungo le braccia.

Perché?

Avrei dovuto unirmi a loro? Mi si chiuse lo stomaco.

Non facevo una corsa sotto la luna piena da più di quattro anni. Non sapevo se la sensazione che provavo era la mia lupa, arrabbiata per non averla lasciata uscire, o il mio istinto che mi diceva di non farlo. Che se mi fossi abbandonata alla mia vera natura, avrei perso tutti i miei sogni.

Wolf Ridge sarebbe diventata la mia realtà permanente. I quattro anni di studio dell'arte a Chicago pieni di colori si sarebbero dissolti nel nulla come la vernice sul mio pennello. Agitai il pennello nel barattolo, osservando il vortice blu prima che l'intero contenuto del barattolo diventasse grigio.

Era così che la mia vita stava iniziando ad apparire da quando ero tornata. I miei piani erano confusi, macchiati. Contaminati dai dolori del passato.

Gli ululati si avvicinavano. Il branco non avrebbe dovuto scendere dalla montagna, ma sembrava che stesse arrivando da questa parte. Probabilmente erano degli studenti della Wolf Ridge High, desiderosi di marcare il loro territorio nel campus.

Iniziarono a tremarmi le gambe. Guardai fuori dalla finestra.

Non farlo, ringhiò la me artista.

Era feroce. Più feroce persino della mia lupa.

Ci avevo messo nove mesi per imparare a tenere dentro la mia lupa mentre vivevo tra gli umani in una grande città, ma ce l'avevo fatta. I miei capelli erano diventati opachi e la carnagione giallastra. Avevo perso cinque chili, che non avrei dovuto perdere in primo luogo. I miei genitori mi avevano implorata di tornare a casa, ma avevo rifiutato. Non lo avevo fatto nemmeno per le vacanze estive. Perché una volta che avevo soppresso la mia lupa, non potevo rischiare che assaporasse di nuovo la libertà. Avrei dovuto rivivere l'astinenza in autunno. Non ne valeva la pena.

Ora, però, avevo caldo, ero febbrile. Il bisogno di uscire e unirmi al mio branco mi trascinò verso la porta.

Avevo voglia di piangere e vomitare allo stesso tempo.

«Non posso» gemetti ad alta voce, afferrando lo stipite della porta per impedirmi di uscire dallo studio.

Era inutile. Sentivo la mutazione che mi premeva dentro. Se non mi fossi spogliata subito dei miei vestiti, li avrei strappati. Era come essere di nuovo un'adolescente. Mi spogliai nel corridoio buio, togliendo i vestiti capo per capo mentre correvo verso le porte sul retro.

Ci arrivai a malapena prima di mutare. Le mie due zampe anteriori colpirono la maniglia e la porta si aprì. Esplosi nell'aria fresca autunnale. La voglia di correre non mi aveva mai colpita così forte. Corsi lungo il campo da football, restando sul lato in ombra nel caso in cui ci fossero degli umani che passavano in macchina. La terra mi volò via da sotto le zampe mentre facevo la curva che portava fuori dal cortile della scuola.

Corsi su per la collina, restando nei vicoli e nelle strade secondarie finché non raggiunsi la terra del branco. La mia lupa mi aveva condotta dritto verso il branco. Senza alcun pensiero cosciente da parte mia, mi misi in posizione sul retro. Non riconoscevo nessun lupo, ma era passato un po' di tempo. Anche da adolescente, non lasciavo uscire spesso la mia lupa.

Corremmo su e intorno alla montagna, salendo più in alto. Dopo un periodo di non pensiero, ne apparve uno nella mia testa.

Era piacere.

Un piacere profondo, intenso. Era incredibile correre in questo modo. Essere il mio me lupo. Sentire le rocce sotto le zampe. La forza bionica nelle gambe. La brezza sul muso.

E questo mi fece venire voglia di piangere. Come se avessi tradito la me artista.

Ma me ne dimenticai subito perché un lupo maschio mi colpì la spalla, spingendomi di lato.

Mi girai e gli ringhiai. Era un enorme lupo nero con una chiazza di pelo bianco sul petto e intorno al muso. I suoi occhi verdi erano sorprendentemente belli. Il suo odore non mi era familiare, ma mi solleticava il naso, incuriosendomi.

Mi diede di nuovo una spallata, spingendomi di lato, lontano dal branco. Scoprii i denti. Mi morse i quarti posteriori, mostrando il suo dominio.

Il mio corpo rispose all'istante, non con sottomissione ma con calore.

Ovunque. Formicolava e mi si accumulava nella pancia. Inondò l'interno delle mie cosce.

Mi morse di nuovo e il mio nucleo si contrasse. Mi resi conto all'improvviso che non sarei stata in grado di resistere se lui avesse provato a sopraffarmi.

Quando ci avesse provato. Mi si contorse la pancia mentre all'improvviso realizzavo di cosa si trattava.

Corteggiamento.

Nello stile del lupo.

L'eccitazione, il calore che sentivo, era la risposta del mio corpo a lui. La mia lupa lo voleva. Voleva essere sopraffatta da lui. Non per sottomettersi facilmente, ma perché lui si impegnasse per ottenere la sua sottomissione. Era *eccitata* dall'idea.

Doveva essere per questo che le femmine umane amavano il sadomaso. Il brivido del pericolo amplificava l'eccitazione sessuale. Non conoscevo affatto questo maschio. Era enorme. Potente. E mi aveva scelta. Avrebbe potuto fare tutto ciò che voleva con me, con o senza il mio permesso.

Mi morse di nuovo, allontanandomi dal branco e mettendomi all'angolo contro uno sperone di massi.

Iniziai a girarmi per mostrare i denti, ma lui colpì velocemente, placcandomi a terra.

Non ricordavo che il mio cervello avesse dato l'ordine di mutare, ma all'improvviso, mi ritrovai in forma umana, premuta contro la pancia sulla terra morbida, con un uomo enorme alle spalle. Era stato lui a ordinarmi di mutare? Mi girai per guardarlo, avevo bisogno di sapere con chi stavo per fare sesso, ma lui mi afferrò i capelli nel pugno e mi tenne la testa ferma. «Uh uh. Faccia a terra, piccola lupa.» La sua voce era dura. Crudele come la presa sui miei capelli.

L'umidità mi trasudava tra le gambe.

Non ero mai stata così eccitata in vita mia. Non sapevo proprio cosa pensare. Era colpa della mia lupa? Ma no, ero in forma umana, ancora eccitata.

Disperatamente eccitata.

Avrei fatto qualsiasi cosa quest'uomo mi avesse detto di fare in questo momento per ottenere la soddisfazione del suo tocco. Il suo dominio. Sentii la spinta del suo cazzo indurito che si faceva strada tra le mie cosce e allargava le gambe.

«Lo vuoi, piccola lupa?» Sentii una nota di soddisfazione nel suo profondo ringhio. Mi teneva ancora stretti i capelli, tirandomi il cuoio capelluto.

«Sì» ansimai.

«*Sì?*»

Sembrava sorpreso? «Sì, vuoi che ti scopi?» chiarì. Ero innamorata della sua voce profonda.

Mi chiedeva il consenso. Poteva anche avermi inseguita e atterrata; poteva avermi immobilizzata e non avermi permesso di vedere chi fosse, ma avevo voce in capitolo.

Non avrebbe fatto nulla senza il mio permesso.

Era *questo* che volevo? Dovevo essere pazza. Questo era esattamente lo scenario che mi ero promessa di evitare quando avevo accettato di tornare a Wolf Ridge per il resto del semestre.

Ma solo una piccola parte di me voleva dire di no: quella voce che mi avvertiva che era così che sarei rimasta intrappolata a Wolf Ridge. Stavo facendo esattamente quello che i miei genitori volevano che facessi e una volta che mi fossi ambientata nel branco, non me ne sarei andata mai più.

Ma in questo momento, non mi interessava.

Tutto ciò che volevo era sapere cosa si provasse a essere penetrata dal maschio virile dietro di me. Provare l'esperienza completa della lussuria. Del sesso bollente, da luna piena. Di qualsiasi cosa questo maschio volesse fare con me.

«*Sì.*»

* * *

*A*SHER

R*IUSCIVO* a stento a credere alle mie orecchie. Carlotta James voleva fare sesso con me.

Feci fatica a trattenermi dall'affondarle subito dentro e cavalcarla fino a esplodere. Avevo anni di lussuria repressa condensati in questo momento. Questo era separato dagli anni di rabbia e risentimento per il suo tradimento. Potevo sommare il fatto che nel momento in cui avevo sentito il suo odore a scuola, avevo realizzato l'innegabile verità: che era mia, ed era una ricetta per la combustione totale.

Sì. Il destino mi aveva fottuto di nuovo.

Mi aveva accoppiato con l'unica femmina che non avrei mai più voluto vedere.

Quindi il mio bisogno accecante di penetrare il delizioso corpo sotto il mio era tanto dovuto alla rabbia quanto alla lussuria. Questa sarebbe stata una scopata d'odio.

Ma questo non significava che non avrei reso bella l'esperienza. Mantenni la presa sui suoi capelli e spostai le ginocchia tra le sue gambe.

Sapevo già che era pronta per me. Anche se non avesse semplicemente aperto quelle dolci cosce e sollevato il culo, l'odore del suo nettare me lo avrebbe chiarito.

«In ginocchio» ordinai.

Fui scioccato quando obbedì come lo ero quando aveva detto di sì. D'altra parte, il suo corpo doveva conoscere il suo padrone. Riconoscere l'odore del suo compagno predestinato.

Dovevo solo impedirle di vedere il mio viso.

Carlotta si alzò sulle mani e sulle ginocchia, inarcando la parte bassa della schiena per presentarmi il suo splendido culo. Lo schiaffeggiai forte. Sotto la luce argentea della luna, vidi l'impronta della mia mano sbocciare sulla sua pelle pallida.

«Ah.» Il suo grido suonò come un misto di protesta e desiderio. Le onde scure si riversarono sulla sua schiena.

Le accarezzai il culo, massaggiando via il bruciore. Poi la schiaffeggiai di nuovo, più forte. La posizione di potere in cui mi trovavo in questo momento me lo fece venire duro come il granito. Non avrei mai sognato che questo momento sarebbe arrivato. Io, dietro la ragazza dei miei vecchi sogni. Lei, completamente sottomessa a me, che tremava.

Non dovetti nemmeno tenere il cazzo per guidarlo dentro. Era come se conoscesse la strada di casa.

Carlotta era stretta, ma era anche fradicia, i petali del suo sesso si aprirono per ricevermi. Una spinta e sfondai il suo ingresso. Un'altra e andai a fondo. Gridò alla seconda spinta, la mia lunghezza senza dubbio allargava il suo canale sottile.

Carlotta era sempre stata minuta e sembrava ancora più magra da quando era tornata. Io pesavo il doppio di lei, facilmente, e il mio cazzo era... beh, diciamo solo che era più che desideroso di essere dentro di lei.

Restai vicino, con i lombi premuti contro il suo culo morbido, e le diedi piccole spinte per abituarla alle mie dimensioni. «Sì?» ringhiai, spingendole la testa verso il basso invece di tirarla indietro per concedere una pausa ai muscoli del suo collo. Tuttavia, le tenni i capelli, così che non si girasse a guardare la mia faccia. «È di questo che avevi bisogno, piccola lupa?» Lei si limitò a piagnucolare in risposta, dicendomi che era ancora troppo.

Rallentai ancora di più, tenendo i fianchi incollati ai suoi, muovendoli solo per scivolare dentro e fuori di qualche centimetro. Con la mano libera, mi allungai e trovai il clitoride.

Lo sfiorai appena e le sue ginocchia si staccarono da terra, i fianchi premettero contro i miei per prendermi più in profondità. Le pareti strette del suo nucleo si contrassero attorno al mio cazzo, strappandomi un breve gemito dalle labbra.

«Sei appena venuta?» La mia voce suonò più rauca di quanto non volessi. Il piacere sconvolgente di darle soddisfazione così facilmente mi stava ancora lacerando il corpo. Ripresi il controllo. «Non ho detto che potevi venire. Chi ha detto che potevi venire prima di me?» Mi tirai fuori e iniziai a colpirle il culo velocemente e forte. «Non puoi venire prima di me. Non a meno che io non te lo permetta. Hai capito?»

Non rispose, non che le avessi dato molte possibilità. Continuai a sculacciarla. «Se vuoi il tuo piacere, aspetta che te lo dia io.» Smisi di sculacciarla e le afferrai la pelle con violenza. La scossi. «Questo culo mi appartiene. È mio, posso fare quello che voglio. E se voglio sculacciarlo finché non diventa rosso e dolorante prima di scoparti, è quello che farò.» Le mie parole indicavano più un autentico dominio che un parlare sporco. Nascevano da quasi cinque anni di angoscia per quello che Carlotta mi aveva fatto. Dalla mia frustrazione e dal fatto che il mio mondo era stato distrutto e la mia vita rovinata da lei, solo per scoprire che era la donna che il destino aveva scelto per me.

«Okay.» Sembrava senza fiato. La sua eccitazione goccio-lava sulla terra tra le sue ginocchia.

«Mmm.» Le strofinai la scintilla viscida tra le gambe. «Le sculacciate ti hanno eccitata?»

Non rispose.

«La prossima volta, ti lascerò toccare mentre ti sculaccio, e se sarai una brava ragazza, ti lascerò venire.»

Non sapevo perché le stavo parlando di una prossima volta. Non sapevo per quanto tempo sarei stato in grado di impedire a Carlotta di realizzare chi ero. Appena lo avesse fatto, sarebbe finita. Non ci sarebbe assolutamente stata alcuna possibilità per noi.

Non che io volessi una possibilità.

Mi spinsi dentro di lei ancora una volta. Questa volta fu ancora più facile. Il suo corpo era più accogliente. Bagnato. Avevo già aperto la strada, e ora aveva bisogno di me tanto quanto io ne avevo di lei.

Le avevo dato una sculacciata e mi aveva calmato. Avevo rilasciato un po' dell'aggressività che temevo di portare nel sesso. Ora ero in grado di chiudere gli occhi e assaporare la sensazione di essere dentro di lei.

Ora ero in grado di muovermi lentamente dentro e fuori, misurando la sua capacità di prendere di più.

Creai un ritmo, aumentando la velocità, affondando di più. Enfatizzando i miei colpi in entrata. Aggiungendo uno schiocco alle mie spinte. Per tutto il tempo, la tenni ferma con i capelli nel pugno.

«Okay» ansimò di nuovo. «Okay.»

Rallentai. «*Okay*, cosa? *Okay, devo venire?* O vuoi che mi fermi?»

«Devo venire!»

Cazzo.

Per qualche ragione, questa consapevolezza mi distrusse. Le mie narici si dilatarono. Mi slanciai contro il suo splendido culo, perdendo il controllo. Sapevo che stavo esagerando. Era troppo. Sollevò le ginocchia da terra e si appoggiò con tutto il suo peso sulle braccia per prendermi.

Non mi interessava. Ora mi prendevo ciò che era mio.

La dea della luna sembrava circondarci come se stesse celebrando il fatto di averci riuniti dopo averci separati.

Ero perso in un uragano di piacere e profonda soddisfazione. In una sensazione che diceva che questo era il posto a cui appartenevo, che tutto nella mia vita era stato incentrato sull'arrivo a questo preciso momento. Come se questo fosse l'apice del viaggio di tutta la mia vita.

Volevo che durasse per sempre. Sapevo che non poteva essere così. Questa euforia passeggera sarebbe stata la misura irraggiungibile che artigliando e raschiando avrei cercato di raggiungere di nuovo ogni giorno per il resto della mia vita.

Mi si contrassero le palle e iniziarono a pompare. Quasi troppo tardi, mi ricordai di tirarmi fuori.

«No!» Carlotta sembrò quasi offesa. Come se anche lei fosse sull'orlo dell'estasi. Mi afferrai il cazzo e gli diedi due tirate prima di venire tutto sul suo culo.

«No» singhiozzò.

«Lo so.» La mia voce era roca e gutturale. «Non sei riuscita a venire.» Mi allungai e le accarezzai il clitoride. Era gonfio, il piccolo nodulo sporgeva dal cappuccio. Anche se stavo ancora riprendendo fiato, mi sforzai di essere delicato con il mio dito tremante. Feci un movimento lento intorno al clitoride.

Espirò con un altro singhiozzo.

Un altro movimento.

Cominciò a muovere i fianchi.

A metà del terzo, venne. Le infilai due dita dentro, così

che avesse qualcosa da stringere. Il suo orgasmo continuò, i muscoli si contrassero, i fianchi ondeggiarono e sussultarono. Era magnifico.

Crollò in un ammasso molle quando ebbe finito.

Fu allora che impazzii mentalmente. Perché il mio istinto mi diceva di coprire il suo corpo con il mio. Di avvolgerla con le braccia e baciare quel collo sottile e profumato.

Ma non potevo. Non lo avrei fatto. La rilasciai di colpo, spingendomi all'indietro nello stesso momento in cui mutavo, pregando che non vedesse la mia forma umana.

Il mio cervello mi diceva di lasciarla. Di correre veloce e raggiungere il branco. O meglio ancora, di sparire, così non ci sarebbe stato quel momento imbarazzante con il branco in cui lei avrebbe cercato di capire chi fossi.

Il mio lupo non me lo permise. Sarebbe stato poco da gentiluomo scopare la mia compagna e poi lasciarla mentre era ancora in ginocchio. La spinsi con il muso per farla alzare e muovere. Non volevo essere affettuoso. Era l'ultima cosa che volevo essere con lei, ma finii per leccarle l'orecchio.

Poi mi ripresi. La spinsi di nuovo e quando ancora non si mosse, le diedi un piccolo morso alla coscia.

Questo la fece muovere. Mutò nella sua forma di lupo: una lupa bianca dal pelo lucido con occhi verde giada. Non potevo fare a meno di notare come i nostri lupi si completassero a vicenda. Il mio grande lupo nero combaciava bene con la sua piccola lupa bianca. Entrambi avevano gli occhi verdi. La sua lupa era snella, ma elegante. Si fermò per un momento, girò la testa nella direzione in cui il branco di lupi era partito, poi guardò il punto da cui era venuta.

Con mio sollievo, virò in quella direzione.

La guardai trottare via. All'inizio si mosse lentamente, come se le sue gambe non ricordassero come funzionare. Poi riprese il passo e presto saltò giù dalla montagna veloce come quando era arrivata.

Bene. Non le interessava sapere chi ero.

Allora forse, avremmo potuto avere una prossima volta.

L'idea di stalkerarla a tarda notte, scoparla da dietro e non lasciarle mai vedere la mia faccia non era solo profondamente soddisfacente.…

Poteva essere l'unico modo in cui sarei riuscito a sopravvivere al resto dell'anno.

CAPITOLO TRE

Lotta

CORSI verso il retro della scuola, il mio corpo ancora in fiamme per quello che era successo in montagna.

Non ci potevo credere. Non avevo mai fatto sesso durante una corsa sotto la luna piena prima. Non ne avevo mai avuto il desiderio. Stasera, non ero stata in grado di rifiutare quel maschio dal momento in cui avevo sentito il suo odore. Volevo fare sesso come non l'avevo mai desiderato prima.

Uh. Ecco perché non volevo mutare.

Non volevo cedere alla mia natura da lupa e rimanere intrappolata qui a Wolf Ridge. Eppure, non potevo negare quanto fosse stato appagante permettere al mio lato animale di uscire. E non mi riferivo alla corsa, anche se pure quella era stata fantastica.

Mi riferivo al sesso selvaggio e violento.

Ero ancora febbricitante ed eccitata. Tremante di desiderio per quel maschio. Soddisfatta ma bisognosa allo stesso tempo.

Chi era?

In un certo senso amavo il fatto che non mi avesse permesso di vederlo. Non voleva che io sapessi chi era. Ciò significava che non stava cercando di legarmi. E lui era stato attento con me. Si era tirato fuori, anche se desideravo disperatamente che venisse dentro di me. Aveva avuto più controllo di me.

Forse era più grande. Di sicuro molto più dominante.

Cosa significava l'intensa reazione che avevo avuto nei suoi confronti? Non era, non poteva essere, il mio compagno.

O forse sì?

Cazzo.

Se fossimo stati compagni, lui l'avrebbe capito per primo. I maschi avevano più facilità a identificare l'odore della loro compagna rispetto alle lupe.

L'avrebbe capito nel momento in cui aveva iniziato la caccia.

Eppure, non aveva voluto che sapessi chi era.

Significava che si era già accoppiato?

Oh, per il destino.

L'idea mi fece rivoltare lo stomaco. Avevo appena fatto sesso con il fidanzato o il marito di un'altra donna? Era disgustoso.

Ma certo, se fossi stata la sua compagna predestinata, non sarebbe stato in grado di fermarsi. Non sotto la luna piena nella sua forma di lupo. Non importava il suo impegno con un'altra femmina, le fasi della luna piena rivelavano la nostra natura più autentica. Non potevamo fermare il nostro desiderio di cacciare. Di scopare. E se la natura ci mostrava il nostro vero compagno predestinato, di reclamare.

Era da qui che nasceva la tradizione umana sui lupi

mannari. L'idea che ci trasformavamo in mostri che non potevano impedirci di uccidere era in parte vera. Solo che non uccidevamo gli umani. Cacciavamo la selvaggina. Perseguitavamo il sesso opposto.

Questo era esattamente il motivo per cui avevo cercato di reprimere il mio lato da lupo. Non potevo essere così fuori controllo.

Ma avrei dovuto essere felice, immaginavo. Se quel maschio fosse stato davvero il mio compagno predestinato e fosse stato già legato a un'altra femmina, mi avrebbe dato una ragione ancora più forte per andarmene dall'Arizona non appena questo contratto da supplente fosse terminato.

E avrebbe significato che non mi avrebbe fermata o non mi avrebbe seguita una volta fuggita. Mutai in versione umana quando raggiunsi la porta sul retro della scuola. Il profumo intenso e forte di quel maschio mi si aggrappava ancora alla pelle. Profumava di cuoio e spezie.

Stare qui nuda in forma umana mi fece tornare tutto in modo ancora più delizioso. Mi si contrassero i capezzoli. L'umidità mi sfuggiva tra le gambe. Mutare in forma di lupo aveva attivato le mie capacità di guarigione rapida, ma sentivo ancora il formicolio delle sue sculacciate e la fitta del dolore tra le gambe. Sentivo ancora l'eco del suo ruvido ringhio nelle orecchie.

Per il destino, quel maschio.

Chi era?

No, non volevo saperlo.

Il mio pavimento pelvico si contrasse tra le gambe, ricordando come mi aveva usata.

Mi era sembrato arrabbiato con me? Di certo non era contento.

Forse perché la sua vita non gli permetteva di trovare una compagna predestinata, proprio come succedeva a me.

Il suo fastidio non gli aveva impedito di stare attento,

però. Andando piano finché non ero stata pronta ad accogliere il suo cazzo enorme.

Mi era piaciuto quanto era stato violento. Quella dominanza alfa che non avrei mai pensato di apprezzare mi aveva portata a un livello di nirvana che non avevo mai trovato prima, con o senza un partner.

E onestamente, prima di stasera, il sesso migliore che avessi mai fatto era stato senza un partner. Solo io e il mio fidanzato a batterie. Ma in fondo, avevo fatto sesso solo con gli umani, quindi forse era per questo.

Stasera avevo imparato come poteva essere il sesso. Una dimensione alterata. Alchimia. Un posto dove combattere, accendersi e diventare qualcosa di completamente cambiato, completamente nuovo.

Afferrai la maniglia della porta e tirai.

Oh. Merda.

«No.» Sbattei il palmo della mano contro la porta chiusa a chiave della scuola. Anche se sapevo che era chiusa a chiave, scossi la porta, mettendoci tutta la mia forza.

Avevo davvero chiuso le chiavi dentro la mia classe? E i miei vestiti... Oh, cazzo.

Non sarebbe potuta andare peggio. Erano sparsi nel corridoio della scuola superiore dove insegnavo. Una scuola superiore piena di mutaforma che avrebbero saputo a chi appartenevano dall'odore! Era... un disastro.

Avrei perso il lavoro la settimana dopo aver iniziato. Non sapevo cosa mi fosse preso. Non ero mai stata così sopraffatta da una luna piena in vita mia. Avevo perso ogni ragione.

Iniziai a girare in cerchio, considerando le mie opzioni.

In pratica, non ne avevo. Potevo restare qui nuda e rischiare di essere vista da un umano, o peggio, da uno dei miei studenti, i coglioni alfa, oppure potevo mutare e tornare a casa.

Per il destino, se uno di quei giocatori che se ne stavano

seduti in fondo alla mia classe e mi ignoravano per tutto il tempo mi avesse visto in questo momento, sarei stata per sempre la barzelletta sporca della scuola. Sapevo già che si intrattenevano con tutti i tipi di fantasie pornografiche su di me. Essere una giovane insegnante donna per un gruppo di lupi adolescenti aveva i suoi rischi.

Inspirai profondamente ed espirai lentamente.

Va bene. Potevo farcela. Dovevo solo essere la prima ad arrivare a scuola domani mattina. Finché fossi arrivata nello stesso momento del custode, sarebbe andato tutto bene. A meno che anche il custode non fosse un cane in calore.

Cazzo. Probabilmente lo era.

* * *

Lotta

Mi girai e rigirai tutta la notte, febbricitante per gli ormoni che non sentivo da quando avevo fatto la transizione. Mi svegliai in preda a un orgasmo, le dita tra le gambe, il sesso che gocciolava. Mi inarcai sulle lenzuola, l'interno delle cosce tremava nel punto in cui si stringevano intorno al polso. Non ricordavo quale fosse il sogno. Sapevo solo che sentivo ancora gli echi del profondo ringhio di quel maschio nelle orecchie.

Sentivo ancora il tremito in ogni cellula in reazione alla sua voce.

Morivo dalla voglia di sentire di nuovo il suo odore, quel cuoio, quella spezia e quell'aroma virile che mi avevano colpita come una droga inebriante.

Mi accasciai sui cuscini, cercando di riprendere fiato. Poi guardai la sveglia sul comodino.

Cazzo!

Saltai giù dal letto e corsi verso l'armadio. Non c'era tempo per una doccia, per fortuna l'avevo fatta ieri sera. Ero in ritardo. *Davvero* in ritardo.

Avevo spento la sveglia nel sonno?

Stupida, stupida, stupida!

Come potevo arrivare in ritardo la mattina in cui sarei dovuta arrivare presto?

Davvero, cosa mi stava succedendo? Non dormivo mai troppo.

Ovviamente, non avevo mai sogni febbrili su lupi maschi che mi costringevano a uscire allo stato brado.

Mi infilai una maglietta e una gonna senza controllare se stessero bene insieme. Infilai i piedi in un paio di infradito. A chi importava se erano contrarie al dress code del territorio? Zero infradito era una regola stupida, comunque, insieme alla regola sessista che le ragazze non potevano mostrare le spalline del reggiseno.

In un minuto netto, uscii di casa e avviai la mia Mini Cooper con la chiave di scorta che avevo tirato fuori la notte scorsa dopo essere strisciata attraverso una finestra aperta fino alla casita dove vivevo.

Accelerai, facendo stridere le gomme mentre partivo. Ma non aveva grande importanza. Anche se fossi riuscita ad arrivare prima del suono della prima campanella, non c'era nessuna possibilità che io fossi la prima o la seconda persona ad entrare a scuola. Mi ero giocata quell'opportunità con un orgasmo proprio un'ora fa. Corsi per le strade e arrivai al parcheggio riservato al personale. *Cara Dea della Luna,* aiutami a superare questa giornata. Corsi verso la scuola. Ero convinta che tutti mi stessero guardando, ma speravo che fosse solo paranoia.

Diedi una rapida occhiata furtiva per controllare, ma i miei vestiti non erano nel corridoio. Non sapevo se fosse una cosa buona o cattiva, a dire il vero. Andai in classe, dove gli studenti se ne stavano riuniti fuori dalla porta per la prima ora. Era una classe del primo anno, una di quelle più facili tra quelle che avevo. Più erano giovani, più era facile per me controllarli. La classe peggiore era quella degli studenti dell'ultimo anno della sesta ora, la classe con Asher Martin, la star del football della scuola e il leader dei coglioni alfa.

Il ragazzo che abitava nel vicinato che era raddoppiato di stazza dall'ultima volta che l'avevo visto e che ora mi odiava del tutto.

Allungai la mano verso la porta della mia classe prima di ricordare che non avevo le chiavi per aprirla.

Dannazione. Dovevo trovare il bidello o il preside.

No, un attimo. No, no, no. Resistetti alla tentazione di correre in giro come un topo colpevole.

Ero un insegnante. Dovevo mantenere la mia dignità.

Mi misi dritta con tutto il mio metro e sessanta, gonfiai il petto e girai la testa con aria altezzosa verso lo studente più vicino a me. «Andrew, vai a cercare il bidello per chiedergli di aprire la porta.» Forse non ero il lupo più imponente o forte della scuola, ma ero un'insegnante e sapevo come esercitare autorità.

«Sì, signorina James.»

Non appena scomparve, desiderai di essere andata io stessa. Perché ora, i secondi si dilatarono in ore mentre suonava la campanella, e io mi trovavo ancora in piedi nel corridoio con la classe.

Pensai velocemente. «Essere un artista significa lavorare con ciò che hai dove sei» dissi alla classe. «La campanella è suonata. La lezione inizia ora. Guardatevi intorno in questo corridoio. Se doveste raffigurarlo in un modo che trasmetta un significato, come lo fareste?»

Nessuno mi ascoltava.

Aggiunsi alla mia voce più comando alfa che potei. «Spalle agli armadietti.»

I miei studenti indietreggiarono con riluttanza per formare una fila contro il muro. «Ora, diamo un'occhiata a quel muro.» Indicai la parete di fronte a noi. Cosa vedete e come vi esprimereste al riguardo?»

«Cosa intende per *esprimerci al riguardo*? È un muro» disse una delle studentesse, guardandosi le unghie.

«Certo. E quante cose diverse può comunicare un muro?» Sguardi vuoti.

«Come vi fanno sentire i muri?»

Altri sguardi vuoti.

Offrii un po' di vulnerabilità. «A volte i muri mi fanno sentire chiusa. Imprigionata.»

Ricevetti alcuni cenni di assenso mentre iniziavano a capire il mio ragionamento.

«Quindi potrei dipingere questo muro con un'inclinazione opprimente nella mia direzione come se si stesse chiudendo su di me. O in quale altro modo potrei mostrarlo?»

«Potrebbe dipingere delle sbarre» buttò lì qualcuno.

«Esatto. Potrei dipingere delle sbarre di prigione.»

«Oppure potrebbe far sembrare gli armadietti sbarre di prigione, lo so!» –finalmente, uno dei miei studenti si emozionò a riguardo– «Potrebbe usare gli armadietti come sbarre di prigione e poi piegarle in mezzo con un buco all'esterno.»

«Sì, e se tutto dentro fosse bianco e nero poi l'esterno potrebbe essere a colori!» suggerì un'altra studentessa.

La premiai con un sorriso incoraggiante. «Ora sembra proprio un'opera d'arte che vale la pena realizzare.»

Il bidello, credevo si chiamasse Zory, arrivò con le chiavi. Non mi guardò mentre apriva la porta e la spingeva per me.

«Grazie, Zory» mormorai.

Lui grugnì in risposta e se ne andò senza dire altro.

Qualcuno era entrato in classe di recente. Sentivo l'odore ma non riuscivo a identificarlo. I miei vestiti di ieri sera erano piegati e ordinatamente impilati dietro la mia scrivania, sotto la mia borsa.

Ok. Esalai il respiro che avevo trattenuto.

Qualcuno mi aveva coperto le spalle.

Forse non tutto era fottuto. Andai avanti con la lezione del mattino, dicendo loro che avremmo fatto una pausa dal loro attuale progetto di puntinismo per provare a fare qualche schizzo del corridoio.

Una cheerleader alzò la mano.

«Sì, Remi?»

«Posso andare nel corridoio a fare uno schizzo?»

Esitai. Mi sarebbe piaciuto portare la mia classe fuori dall'aula e nel mondo per iniziare a vederlo attraverso la lente di un artista, ma non mi sentivo abbastanza coraggiosa da oppormi al sistema dopo il mio comportamento di ieri sera.

La cosa si aggravò quando il preside aprì la porta e si affacciò dentro. «Ho bisogno di vederti dopo le lezioni.»

Cazzo.

Probabilmente stavo per essere licenziata. Fantastico. Il mio primo lavoro professionale era durato solo tre settimane. Non sapevo se la me artista si fosse semplicemente auto-sabotata per non vendermi e restare a Wolf Ridge, o se questa fosse la punizione naturale per aver lasciato uscire la mia lupa.

Ero incerta. Stamattina ero troppo distrutta per capire i miei fallimenti o le mie motivazioni da quando ero arrivata.

Deglutii. «Sì, signore. Ci sarò.»

Ero davvero distrutta.

CAPITOLO QUATTRO

Asher

CHIUSI I PUGNI mentre camminavo a grandi passi lungo il corridoio. Le mie nocche scricchiolarono e schioccarono. Eric Damonella stava per morire.

A pranzo, avevo sentito una voce, una voce per cui lo avrei ucciso.

A quanto pareva, aveva un paio di mutandine di Carlotta e diceva di essere venuto qui e di essersela scopata durante la corsa sotto la luna piena di ieri sera.

Ovviamente, sapevo che non era vero.

Lo sapevo perché ricordavo ancora la sensazione del suo corpo snello sotto il mio. Come mi ero sentito a spingere dentro di lei e farla urlare di piacere.

Probabilmente aveva portato un paio di mutandine di sua sorella a scuola. Tutto ciò che mi interessava era che stava diffondendo bugie su Carlotta che la degradavano e la mercificavano.

Potevo anche essere lo stronzo che sedeva all'ultimo banco e le mancava di rispetto in classe, ma questo non significava di certo che me ne sarei stato a guardare e avrei lasciato che Eric Damonella la umiliasse. Io avevo le mie ragioni per odiarla.

Ragioni che lei capiva. Motivi che nessun altro doveva sapere.

Ma avrei picchiato a sangue chiunque altro avesse deciso di andare oltre al fatto di seguire il mio esempio in classe.

Spalancai la porta dell'aula d'arte. Aveva una di quelle cerniere che la tiravano automaticamente, ma colpii la porta così forte che la cerniera si ruppe e cadde rumorosamente a terra.

Non me ne fregava un cazzo.

Eric era seduto nell'ultima fila, dove di solito stavamo io e i miei amici, e stava mostrando ai ragazzi qualcosa nella tasca del suo zaino.

Lasciai cadere lo zaino e spinsi via una fila di banchi mentre camminavo, facendo volare i disegni degli studenti. Incredibile ma vero, non avevo ancora l'attenzione di Eric. Era troppo impegnato a raccontare qualche storiella di scopate a Seb e Markley, che avrei ucciso per aver guardato il paio di mutandine che stava mostrando.

«No, amico. Non me lo sto inventando. Annusale tu stesso.» Appallottolò il tessuto nel pugno e lo passò a Seb.

Persi quasi il controllo del mio lupo. Saltai oltre la fila di banchi in tempo per afferrare il polso di Eric prima che completasse il passaggio.

Slap.

Gli spezzai le ossa del polso con una rapida torsione.

Una ragazza umana in classe urlò.

Ma il mio lupo non era ancora soddisfatto.

«Asher Martin!» sbottò Lotta, correndo verso di noi. Il

suo profumo mi entrò nelle narici: fresco e terroso allo stesso tempo. Gelsomino e miele.

Indossava un top turchese brillante tagliato sopra l'ombelico e una semplice gonna nera che arrivava sopra il ginocchio ma sfortunatamente le abbracciava il sedere in un modo che mi faceva venire l'acquolina in bocca.

Guardai con rabbia quella perfezione a forma di cuore. Odiavo tutto di lei.

E non la volevo vicina a me ora. Il suo profumo mandò a farsi fottere il mio lupo, che stava già slegando il guinzaglio.

«Stai giù.»

Il mio lupo riconobbe il suono della nostra compagna, ma questo non fece che irritarlo ulteriormente. Come se credesse che lei fosse in pericolo fisico a causa di questo stronzo, anziché rischiare solo la reputazione.

Presi la testa di Eric e la sbattei sul tavolo, di fronte a Carlotta. «Di' alla signorina James cosa stai dicendo.» Eric sputacchiò.

«Dai. Diglielo.» Gli tenni la faccia premuta contro il laminato.

«Lasciami andare, amico.» Lui si sforzò di spostare la gamba dietro la mia per buttarmi giù.

Con il mio grande piede spinsi contro il lato del suo ginocchio. «Vuoi che ti rompa anche il ginocchio?»

Eric era un mutaforma. Sarebbe guarito in un paio di giorni. Tuttavia, le risse non erano ammesse nella proprietà della scuola. C'erano insegnanti e studenti umani che sarebbero rimasti inorriditi dal livello di violenza che i mutaforma mostravano in una rissa. Inoltre, ci sarebbe stato il problema di spiegare perché guarivamo così in fretta. Ora Eric avrebbe dovuto portare un gesso, guarito o meno.

«Amico, qual è il tuo problema? Pensavo che odiassi la signorina James.»

Gli presi la testa e gliela sbattei di nuovo giù. L'umana davanti a noi strillò di nuovo. Stavo decisamente infrangendo tutte le regole del branco e della scuola in questo momento. Avrei dovuto pagare le pene dell'inferno per questo, ma ero abituato a essere il paria del branco. Mio padre e Lotta avevano fatto in modo di garantirlo.

«*Asher!*» gridò Carlotta. «*Basta così.* Lascialo andare. *Subito.*»

«Chiedi scusa alla signorina James.» Mi ero un po' calmato ora che era immobilizzato, e riuscivo a sentire il suo dolore.

«Mi dispiace, signorina James» ansimò rapidamente.

«Dille di cosa ti dispiace.» La mia voce era più dura della pietra.

Guardai il pavimento dove le mutandine erano cadute quando aveva perso il controllo delle dita. Le indicai. «Dammele» dissi a Seb.

Seb obbedì, raccolse le mutandine e mi scrutò il viso mentre me le porgeva. Ero sicuro che il mio comportamento sembrasse un completo cambio di rotta. Il mio solito obiettivo in questa classe era di prendere in giro la nostra insegnante supplente, non di difenderla.

Le sollevai. Tutto in me era indurito e cattivo. «Cosa stavi dicendo di queste?»

La parte che mi spiazzò fu il modo in cui il viso di Carlotta si svuotò quando vide le mutandine.

Erano le sue? Eric aveva detto a Seb di annusarle.

Me le infilai nella tasca posteriore, cercando di tenere sotto controllo la mia rabbia da lupo.

Non l'aveva toccata. Impossibile.

La mia mente stava impazzendo, però. E se l'avesse toccata dopo di me? No. Non ci credevo.

Inoltre, se l'avesse fatto, lei non avrebbe indossato le mutandine.

Quindi, *che cazzo succedeva?*

Rivolsi di nuovo la mia attenzione a Eric, che temevo di uccidere davvero.

Gli sbattei di nuovo la testa e gli diedi un pugno al rene. «Di' alla signorina James cosa stai dicendo di lei.»

«Mi dispiace!» urlò Eric. «Ho detto che abbiamo fatto sesso. Sono uno stronzo, okay?»

Vidi l'espressione di Carlotta passare dallo shock all'indignazione. Ma significava che non aveva fatto sesso con lui? O sì?

Cazzo, ero completamente fuori fase. Non sapevo se potevo fidarmi di nessuno dei miei pensieri su quella donna.

«Tutti e due, nell'ufficio del preside. Subito» ringhiò.

Il mio sguardo incrociò quello di Carlotta e si bloccò. Il suo viso era tornato a colorirsi, c'erano due punti luminosi in alto sulle guance. La rabbia gli lampeggiava nello sguardo dorato. *«Ora, Asher.»*

Dovevo ammetterlo. Sapeva come infondere un comando alfa nel suo tono per essere una mutaforma così minuta. Non mi influenzava fisicamente, ma sembrava proprio che ci mettesse una forza letale.

Non volevo lasciare andare Eric, ma cos'altro potevo fare? Aveva confessato e si era scusato. A meno che non lo uccidessi davvero, lo scontro era finito. Con riluttanza, sollevai la mia presa a morsa sulla sua testa, poi lo afferrai sotto l'ascella per tirarlo in piedi.

Uscii furtivamente dalla classe, afferrando il mio zaino mentre varcavo la porta. Fuori dall'aula, mi girai per dare un'altra occhiata a Carlotta.

Mi stava guardando con... era sospetto? Rimpianto?

Beh, avrebbe dovuto pentirsene.

Speravo che trascorresse tante notti in preda alla miseria quante ne avevamo passate io e mia madre per quello che ci aveva fatto.

* * *

Lotta

Bussai alla porta del preside Olsen anche se la sua segretaria mi aveva detto che mi stava aspettando.

Ora ero un'insegnante, un'adulta, cercai di ricordarmelo perché mi sentivo molto come una scolaretta cattiva. Be', avevo fatto un casino. L'atteggiamento da adulta era ammetterlo e basta.

A meno che lui non sapesse cosa fosse successo. In quel caso, avrei dovuto tenere la bocca chiusa. Cavolo, non sapevo come gestirlo!

«Carlotta.» Il suo sguardo esprimeva disapprovazione, per usare un eufemismo. «Siediti.»

Mi sedetti sulla sedia di fronte a lui e incrociai le gambe.

«Sono entrato stamattina e ho trovato i tuoi vestiti sparsi per tutto il corridoio. Vuoi spiegarmi?»

La faccia mi bruciava. Destino, speravo avesse pensato che fosse perché ero mutata e non perché avevo fatto sesso bollente e intenso con qualcuno a scuola.

«Mi dispiace tanto. Ho avuto un... incidente ieri sera.»

«Di che natura?»

«È davvero imbarazzante, ma la verità è che non sono mai mutata da quando sono partita per il college.» Mi sforzai di smettere di gesticolare tenendo le mani strette in grembo. «Dopo i primi mesi, ho scoperto che le lune piene in realtà indebolivano la mia energia e la mia forza vitale. Ma ieri sera, mentre dipingevo qui, ho sentito il branco ululare e la mia lupa si è svegliata. Era come se fossi di nuovo un'adolescente pre-pubescente: non avevo alcun controllo sulla mutazione. Sono corsa fuori dalla scuola. Quando sono tornata, ho scoperto di essermi chiusa fuori. Avevo programmato di arrivare prima per sistemare la situazione dei vestiti nel corridoio, ma in qualche modo, credo a causa dell'essere mutata per la prima volta in quasi cinque anni, ho dormito troppo.» Tralasciai la parte in cui avevo realizzato che il mio compagno predestinato era qui, a Wolf Ridge. Un membro di questo branco. Quante erano le probabilità? Di tutte le centinaia di migliaia di lupi sparsi per il mondo, il mio compagno predestinato era nella mia città natale. Il posto da cui volevo disperatamente andarmene.

Il preside Olsen aggrottò la fronte, trasudando quel potere alfa e quella severità che lo rendevano un buon preside per una scuola piena di mutaforma. «Avresti dovuto contattarmi ieri sera quando ti sei accorta di essere rimasta chiusa fuori.»

«Sì, signore.» Volevo buttare lì la scusa che anche il mio telefono era rimasto chiuso dentro, ma sarei comunque potuta andare a casa dei miei genitori per prenderne in prestito uno. Semplicemente non volevo ammettere a mia madre nulla di ciò che era accaduto.

«Ha ragione. La verità è che ho perso il controllo, e poi mi sono imbarazzata, e la mia incapacità di assumermi la responsabilità delle mie azioni ha peggiorato tutto. Mi dispiace.»

«Immagino che Eric Damonella abbia trovato le tue mutandine da qualche parte nel campus?»

La faccia mi si infiammò ancora di più. Era possibile morire di umiliazione? No, vero? Perché sembrava davvero che sarei potuta morire proprio qui, proprio ora.

Mi schiarii la gola. «Eh, sì, è anche la mia ipotesi.»

«Ho capito che ha dichiarato ad altri studenti di aver fatto sesso con te.»

Schifoso. Come se avessi mai potuto fare sesso con uno studente.

Avere un ragazzo che diceva a tutti che mi aveva trombata era proprio il tipo di merda perversa che mi aspettavo da quella situazione. Quello che non mi aspettavo era che Asher Martin mi avrebbe difesa.

Per quale motivo?

Quel tizio mi odiava letteralmente. Si sedeva in fondo alla classe e borbottava insulti per tutto il tempo. L'avevo già punito due volte per il suo comportamento in classe e insegnavo a Wolf Ridge solo da due settimane.

Asher non faceva mai nessuno dei compiti che gli assegnavo. Prevedevo che presto l'avrebbero espulso dalla squadra di football perché stava mandando all'aria il mio esame. Il che sarebbe stato un problema, visto che sapevo che era uno dei giocatori più forti della scuola.

Non mi piaceva infliggere quella punizione, però. Gli avrebbe dato solo un altro motivo per credere che gli avevo rovinato la vita.

«Sono sicura che sa che non è vero. Sarebbe altamente immorale.»

«Sì. L'ho interrogato. Ha mentito sul fatto di aver diffuso voci su di te, ma ha detto la verità quando gli ho chiesto a bruciapelo se avesse avuto rapporti sessuali di qualsiasi tipo con te.»

Annuii.

«Non voglio che si diffondano voci sui miei insegnanti che vanno a letto con i loro studenti in questa scuola. Non voglio che le mutandine degli insegnanti vengano passate in giro dagli studenti. Se non riesci a tenere sotto controllo la tua lupa quando c'è la luna piena, stai lontana da questa scuola dopo l'orario di lavoro. Ti ho dato le chiavi e il permesso di usare lo studio d'arte nel tuo tempo libero come favore. Non farmene pentire. Capito?»

Sì, signore. Perfettamente.»

Esitai. Prima che mi congedasse, dovevo chiedergli di Asher.

«Dato che è stata la mia follia a causare la rissa in classe, spero che lei, ehm, non sia stato troppo duro con Asher. Si stava solo... comportando da gentiluomo, per essere onesti.»

Non sapevo perché quell'idea mi facesse venire un nodo sotto le costole.

Perché dimostrava che gli importava? No, chiaramente non gli importava. Dimostrava solo che c'era un bravo ragazzo sotto tutta quell'atteggiamento da stronzo.

«L'ho sospeso per il resto della settimana, ma gli ho permesso di giocare nella partita di questo fine settimana. Ci sono degli osservatori universitari che partecipano, ed è uno dei migliori.»

Mi sentii sollevata. «Bene. È importante.»

«Dovrò avvisare Alpha Green e il consiglio, però. Ha infranto le regole del branco mostrando la sua natura di fronte agli umani della tua classe. Inoltre, la violenza è stata eccessiva.»

Cazzo.

Mia madre era in quel consiglio. Non sarebbe stata gentile con Asher a causa del pregiudizio che aveva nei confronti di suo padre.

Mi si contorse lo stomaco. Poteva anche essere una spina nel fianco in questo momento, ma sapevo cosa aveva passato. Se si fosse fatto bandire dal branco, mi sarei sentita male.

«È sicuro che sia necessario?»

Avevo ancora questo bisogno onnipresente di proteggere Asher. Ma non aveva più tredici anni. Ne aveva diciotto, ormai era un adulto. E il mio tentativo passato di proteggerlo aveva solo rovinato ancora di più la sua vita. Ma in qualche modo, non riuscivo a fermarmi.

«Stai mettendo in dubbio il mio giudizio?»

«No, signore. Mi dispiace.» Mi alzai. «Grazie per la comprensione. Non permetterò che accada di nuovo, glielo assicuro.»

«Fa che sia così.»

Uscii, cercando di non pensare al destino di Asher. Era un suo problema, non mio.

Ma erano state le mie mutandine a dare il via. Cavolo!

CAPITOLO CINQUE

Asher

AVVOLSI le braccia attorno a mia madre e la strinsi forte. Il suo corpo sottile tremava contro il mio, cosa che mi diceva che i miei timori di essere bandito da questo branco come mio padre erano fondati.

«Andrà tutto bene» mormorai, non sicuro che fosse vero.

Eravamo fuori dalla porta dell'ufficio di Alpha Green, dove ero stato convocato con una telefonata durante la cena.

Avevo già risposto al preside Olsen, che mi aveva sospeso da scuola per il resto della settimana.

«Se avessero intenzione di cacciarmi, questa sarebbe probabilmente una riunione del consiglio» sussurrai.

Almeno, era così che pensavo che fosse andata quando mio padre era stato bandito.

La vergogna riempiva tutto il mio essere, come sempre quando pensavo a mio padre. Era stata la mia boccaccia a farlo bandire. Mi ero stupidamente fidato di Lotta James. Mi ero confidato con lei e lei mi aveva tradito.

Che orribile scherzo del destino sarebbe stato se ora fossi stato bandito per aver difeso la sua reputazione. Lasciai andare mia madre e bussai leggermente alla porta.

«Entra.»

Entrai e Alpha Green lanciò un'occhiata a mia madre. «Aspetta fuori, Lisa.»

Lei chinò la testa. «Sì, Alpha.»

Alpha Green rimase seduto ma non mi fece segno di sedermi di fronte a lui, quindi restai in piedi.

«Hai rotto il polso di uno studente a scuola.»

«Sì, Alpha.»

«A *scuola*. Davanti *agli umani*.»

«Mi perdoni, signore.»

Mi scrutò il viso.

Mi sforzai di rimanere perfettamente immobile. Perfettamente stoico. Non mi permisi di deglutire o sudare. Non volevo che il nostro Alpha del branco mi sentisse addosso l'odore della paura. Ciò avrebbe confermato l'idea che avevo fatto qualcosa di sbagliato.

«Il preside Olsen era incline a perdonare il tuo comportamento per cavalleria: stavi difendendo un'insegnante donna.»

«Mi ha sospeso fino alla partita di sabato, signore.» Glielo feci notare nella speranza che decidesse che ero già stato punito in modo appropriato.

«Eric dovrà indossare un gesso per almeno quattro settimane per evitare sospetti. Sono molti più di tre giorni, non è vero?»

Quel bastardo se lo meritava, per quanto mi riguardava. Ma non mostrai un'espressione irritata. «Sì, signore.»

Alpha Green dovette percepire il mio disaccordo perché si alzò, inviandomi una scarica di potenza. Feci tutto il possibile per non fare un passo indietro e mostrare quanto mi avesse colpito.

«La violenza è nei tuoi geni, Asher.» Mi puntò il dito contro. «Tuo padre era violento. Questo branco ha sopportato un incidente dopo l'altro con lui, liquidandolo come parte della natura del lupo, ma a posteriori, è chiaro che non sapeva distinguere il bene dal male.»

Non sapevo a cosa si riferisse. Certo, mio padre aveva litigato al pub. Aveva picchiato me e mia madre quando era di cattivo umore. Ma il suo crimine più grave non era stato violento.

Un familiare mix di vergogna e rabbia mi fece arrossire il collo per il calore. Tenni le labbra chiuse, inspirando aria dal naso.

«Tu *sei in grado*, Asher?»

Sbattei le palpebre, non ero sicuro di cosa stesse chiedendo. Il mio cervello stava rivedendo questa prospettiva di mio padre.

«Conosci la differenza tra giusto e sbagliato?» ruggì.

Cazzo. L'avevo fatto arrabbiare.

«Sì, Alpha.»

Alzò le sopracciglia. «Davvero?»

«Sì, signore.»

Mi lanciò un'occhiata fulminante per un momento. «Figliolo, lascia che ti spieghi molto chiaramente. Non ti giustificherò più per la tua violenza. Sei a un passo dall'essere bandito come tuo padre. Altre incursioni e sei fuori. Hai capito?»

Il cuore mi martellò contro il petto. «Sì, signore.»

«Puoi andare.»

Odiavo questa città. Odiavo tutto questo dannato branco. Odiavo particolarmente Lotta James perché tutto questo, tutto questo dannato pasticcio, gravava saldamente sulle sue esili spalle.

* * *

Carlotta

Entrai nella mia casita e mi lasciai cadere a faccia in giù sul letto che occupava metà dell'appartamento. La luce del sole entrava a fiotti dalle finestre, facendo brillare le piastrelle lucide di Saltillo come un caldo tramonto.

Avevo lasciato la scuola dopo la visita al preside. Di solito restavo a dipingere fino a tarda sera, ma in questo momento non ero in grado di fare nulla di creativo.

Era un miracolo che non mi avessero licenziata. Non sapevo come ci ero riuscita. Probabilmente solo perché mia madre era una nobile del branco, ed entrambi i miei genitori facevano parte dell'alto consiglio di Alpha Green.

Il telefono vibrò indicando un messaggio in arrivo. *Come va, Arizona?* Era di Andy, uno dei tre coinquilini umani che avevo lasciato a Chicago quando avevo capito che non sarei mai riuscita a continuare a pagare l'affitto. Non eravamo amici, ma avevo confuso le acque giocando con lui al gioco dei *coinquilini con benefici* per un periodo.

Cosa potevo dire? Mi sentivo sola. Era sexy, per essere umano, e disponibile. Troppo egocentrico e concentrato solo sul sesso per fiutare il mio segreto.

Non sapevo perché mi stesse mandando messaggi ora. Non ci mandavamo altro che messaggi formali. Anche se a volte quell'attività includeva delle sveltine.

Risposi: *??*

Sto venendo a Scottsdale per incontrare un gallerista che conosce mia madre. Potrei riuscire a organizzare un incontro con te.

Oh. Non me l'aspettavo. Andy era uno scultore finanziato dal fondo fiduciario. Non aveva mai dovuto lavorare un giorno in vita sua. Pensava troppo bene della sua arte e non gliene fregava niente di quella degli altri. Di solito non era il tipo di persona che faceva un regalo a qualcuno.

Mi accelerò il battito. *Sarebbe fantastico. Lo apprezzerei. Scottsdale è proprio sotto la collina di Wolf Ridge.*

Fantastico. Ti faccio sapere.

Mi girava la testa. Il brontolio nello stomaco mi fece alzare dal letto. Qualcosa riguardo al mutare di ieri sera mi aveva resa affamata oggi. Sembrava quasi di essere entrata di nuovo nella fase di transizione. Fantastico, stavo vivendo una seconda pubertà. Come se la prima non fosse stata abbastanza orribile. Tornare qui era stato un errore enorme. Ma che scelta avevo? Non ero riuscita a trovare un lavoro a Chicago che mi pagasse abbastanza da coprire i miei prestiti studenteschi e l'affitto. Lì insegnavo come supplente per venti dollari l'ora. Quando l'insegnante umana di arte alla Wolf Ridge High era andata in congedo per malattia per il resto dell'anno scolastico, mia madre mi aveva chiamato e mi aveva convinta a tornare a casa per accettare il lavoro. Il contratto da supplente a lungo termine pagava più di quanto guadagnassi a Chicago. Era un impegno di sette mesi nell'insegnamento della materia che amavo. Avevo deciso che mia madre aveva ragione: era un'opportunità per recuperare le bollette e capire la mia prossima mossa.

Ovviamente, voleva solo che tornassi sotto il suo occhio vigile. Lei e mio padre avrebbero potuto aiutarmi finanziariamente mentre ero a scuola, avevano un sacco di soldi, ma si erano rifiutati. Mi stavano fondamentalmente facendo morire di fame.

Il che mi ricordava che stavo iniziando a tremare per la fame. Avevo bisogno di proteine e non del paio di fette di prosciutto che avevo nel mio mini-frigo. Avrei dovuto autoinvitarmi a cena dai miei genitori.

Sarebbero stati felicissimi. Io, non tanto. Attraversai il

bordo della piscina fino alla loro porta scorrevole posteriore, che trovai aperta. «Ehi, ragazzi!»

La casa era dotata di aria condizionata a ventuno gradi e l'aria fresca era piacevole sulla mia pelle arrossata. Non mi ero accorta di avere caldo.

«Ciao, tesoro!» Mia madre aveva un bicchiere di vino bianco in mano e si muoveva per la cucina, cucinando e bevendo allo stesso tempo. Indossava ancora i suoi abiti da lavoro, senza i tacchi, la camicetta senza maniche aperta sul collo e tirata fuori dalla gonna a tubino.

«Ehi, nocciolina.» Mio padre era in piedi su una scala a pioli, stava installando delle nuove tende.

Mia madre mi guardò criticamente dall'alto in basso. «Dimmi che non hai indossato quegli abiti per le lezioni di oggi.»

Cercai di resistere alla reazione immediata del mio sistema nervoso al suo giudizio. Il calore sul mio viso. La punta di rabbia. La contrazione dei miei palmi.

Solo sette mesi.

Poi me ne sarei andata e mi sarei dedicata alla mia arte.

«Mi sono svegliato tardi» confessai. Immaginavo che, se non si fossero accorti da soli della mia partenza tardiva, qualcuno in questa piccola città glielo avrebbe detto sicuramente.

«Lotta, mi sono esposta per ottenere questo lavoro per te. Non mettermi in imbarazzo dimostrando che non sei abbastanza responsabile…»

«Va bene, Denise» la interruppe mio padre.

«Mamma, lo so. Non ho intenzione di mollare il lavoro. La luna piena mi ha spiazzata.»

Entrambi i miei genitori interruppero quello che stavano facendo per guardarmi. Mia madre si mise una mano sul fianco. «Sei mutata?» Cavolo. Non volevo proprio avere questa conversazione con loro. Sapevano che non ero mutata per tutto il tempo in cui ero stata al college. Che avevo trovato più facile adattarmi e vivere con gli umani in quel modo. Ovviamente, era per questo che avevano voluto che tornassi a casa.

«Sì.»

Si lanciarono sguardi compiaciuti. «È fantastico tesoro» disse mio padre. «Scommetto che è stato bello.»

Mi sforzai di sorridere. «Sì. Ma ha accelerato il mio metabolismo. Ho dormito molto e ora sto morendo di fame.»

«Bene!» mia mamma sorrise raggiante. «Ti facciamo mangiare qualcosa. Prepara la tavola, tesoro. Ho quasi finito questo manzo in padella.» Odiavo il fatto che fossero contenti della cosa. Non volevo ammettere che mio padre aveva ragione: mi aveva fatto sentire bene. Tutta la situazione puzzava di "te l'avevo detto". Per gran parte della mia educazione, mi avevano detto che l'arte era una cosa per gli umani. Le città erano per gli umani.

Quando avevo scelto di frequentare una scuola d'arte in una grande città contro la loro volontà, mi avevano detto quanto sarebbe stato male per me non mutare mai, come mi sarei ammalata, come la mia lupa avrebbe potuto diventare dormiente o che avrei potuto soffrire di una malattia simile al cancro umano.

Si erano rifiutati di aiutarmi con le tasse universitarie o le spese di soggiorno nella speranza che mi sarei tirata indietro e sarei tornata.

Per oltre quattro anni, avevo cercato di dimostrare che avevano torto. Quindi odiavo davvero dar loro ragione su qualsiasi cosa. Soprattutto qualsiasi cosa che li facesse condividere sorrisi vittoriosi su di me. Immaginavo che fosse il compromesso per guadagnarmi un pasto cucinato in casa che avrebbe soddisfatto davvero la mia lupa affamata. Apparecchiai la tavola e mi versai un bicchiere di vino, bevendone metà in pochi sorsi per cercare di rilassarmi.

Non che l'euforia dell'alcol durasse molto per i lupi muta-forma. Metabolizzavamo troppo in fretta. Sperai che fosse sufficiente per arrivare alla fine della cena.

Mia madre finì di cucinare e servì il pasto sui tre piatti che avevo preparato.

Mi sedetti e misi il tovagliolo in grembo. Lo stomaco mi brontolava forte.

«Arrivo» disse mio padre prima che mia madre glielo dicesse. Si lavò le mani e si sedette al tavolo, scrutandomi il viso con gioia. «Non ti ho vista correre ieri sera.»

Presi la forchetta. Era un piatto semplice: piselli dolci, pomodori e manzo con anacardi e una specie di salsa di prugne. Aveva un sapore paradisiaco. Ne mangiai un boccone prima di rispondere. «No. Non avevo intenzione di unirmi. Ecco perché non sono andata all'incontro del branco. Ma ho sentito gli ululati e le grida dalla scuola e… credo di non aver resistito.» Mi sforzai di dare una nota allegra alla voce, come se fosse qualcosa che avevo scelto io piuttosto che qualcosa che la mia lupa mi aveva imposto.

«Hai incontrato qualcuno dei tuoi vecchi amici?»

Mi stavo ancora ingozzando di cibo. «Uh… sinceramente non so con chi stessi correndo.» Il calore mi salì lungo il collo. All'improvviso mi sentivo di nuovo febbricitante, ricordando quel maschio.

Le cose che mi aveva fatto.

È di questo che avevi bisogno, piccola lupa?

Non ero riuscita a smettere di pensare a lui per tutto il giorno. A quanto desideravo di nuovo il suo tocco dominante.

A quanto ne avevo bisogno.

A quanto avevo paura di scoprire chi fosse. Avrei dato qualsiasi cosa per tenerlo nel regno della fantasia. Un uomo senza volto con una voce incredibile e roca che incontravo una volta al mese durante la corsa sotto la luna piena.

Solo che stavo già morendo dalla voglia di rivederlo. Non sapevo come avrei fatto ad aspettare altri ventisette giorni.

Avevo persino chiamato l'ufficio del dottor Oakley a pranzo oggi e avevo preso un appuntamento per prendere un anticoncezionale. Avevo sicuramente intenzione di fare di nuovo sesso con questo tizio e non potevo rischiare una gravidanza indesiderata. Considerando che non avevo avuto alcun controllo di me stessa ieri sera quando ero in forma di lupo, dovevo prendere delle precauzioni.

«Ma ti sei divertita?» insistette mio padre.

Questo culo appartiene a me. È mio e posso fare quello che voglio.

Oh, destino. Iniziavo a sentirmi accaldata e agitata proprio qui a tavola dai miei genitori. Mi ficcai un altro boccone gigantesco in bocca e masticai, annuendo. «Uh huh.»

Per un momento non mi resi conto che mia madre aveva smesso di mangiare per fissarmi.

Mi costrinsi a rallentare. Appoggiai di proposito la forchetta.

«Avevi fame, vero?»

Presi il bicchiere di vino e lo svuotai. «Inaspettatamente. Mi dispiace di essere venuta qui e di aver fatto irruzione durante la vostra cena, ma non vedevo l'ora di mangiare qualcosa.»

«No, siamo felicissimi di averti qui quando vuoi, tesoro. Mi chiedo se riuscirai a prendere un po' di peso ora che stai di nuovo mutando.»

Ugh. Ora anche il body-shaming. Mia madre mi faceva davvero impazzire. Mi sforzai di pulire il mio piatto.

«Può darsi che tu sia solo sbocciata tardi, e che sia per questo che sei riuscita a reprimere la tua lupa mentre eri al college. Voglio che tu vada a trovare il dottor Oakley per un controllo completo.»

«Ho già chiamato per prendere appuntamento» la interruppi.

«Adesso è un'adulta, Denise» la rimproverò mio padre. «Vive sola da anni ormai.»

«Lo so, lo so.» Mia madre alzò la mano nella sua direzione senza staccare il suo sguardo da rapace da me. «Perché hai preso un appuntamento?»

La fissai dritto negli occhi. «Anticoncezionali.»

«Oh!» Questo la sconvolse al punto da costringerla a un momento di silenzio. «Beh, è fantastico. Vuol dire che ti è piaciuta *davvero* quella corsa con la luna piena.» Aggrottò le sopracciglia. Ovviamente, le sarebbe piaciuto molto se avessi trovato qualcuno qui che mi facesse restare.

«Ugh.» Mi alzai, portandomi via il mio piatto pulito. «Basta, mamma. Rispetta i miei limiti, per favore.» Risciacquai il piatto e lo misi in lavastoviglie.

Mia madre ebbe abbastanza grazia da ridere. «Va bene, tesoro. Mi dispiace. Mi preoccupo solo per te, tutto qui.»

Oh, lo sapevo. Si preoccupava solo per me in modo invadente e autoritario.

Mi chinai e le diedi un bacio sulla guancia. «Grazie per la cena, mamma.» Baciai anche la guancia di mio padre. «Vi voglio bene. Ciao!»

Uscii dalla porta prima che potessero ancora mettermi sotto torchio.

Ero seriamente pronta per un secondo pasto. Come se quello mi avesse dato abbastanza energia per salire in macchina e andare all'In 'n Out Burger per altre proteine.

Ecco cosa avrei fatto. Mi sarei fatta un altro pasto e sarei andata a scuola a dipingere.

Nella speranza di non mutare ancora e di non perdere le mutande con un altro studente idiota.

CAPITOLO SEI

Asher

«TRE GIORNI di sospensione dalla scuola, ma potrò comunque giocare nella partita di sabato» dissi ad Abe quando passò in pasticceria dopo l'allenamento. Ero abbastanza sicuro che giocare andasse contro la politica della scuola, ma il football era il re a Wolf Ridge. Il fatto che io fossi la star della nostra difesa era probabilmente l'unica ragione per cui non avevo ricevuto una punizione più severa.

«Bene. Tutto qui?»

Eravamo nel magazzino sul retro dove mia madre mi aveva mandato a pulire e organizzare le forniture della signora Angelson. Era la mia punizione per essere stato sospeso da scuola.

Non che aiutare la signora Angelson fosse mai stata una punizione. La vecchia lupa era come una nonna per me. Era stata la datrice di lavoro di mia madre da quando ero un cucciolo; quindi, Wolf Ridge Sweet Treats era la mia seconda casa. Lavoravo per lei nei fine settimana da quando avevo quindici anni.

Prima di raggiungere la pubertà e di entrare nella squadra di football, venivo qui tutti i giorni dopo la scuola fino all'orario di chiusura. La signora Angelson mi aspettava con un caldo biscotto al burro di arachidi e gocce di cioccolato e un bicchiere di latte e lo portava al tavolo d'angolo dove avrei fatto i compiti.

Quello stesso tavolo dove Carlotta mi faceva lezione di matematica, facendomi impazzire con il suo profumo di gelsomino e miele. Con il modo in cui tirava e girava quel ciondolo dorato a forma di luna mentre mi guardava risolvere un problema.

«No. Alpha Green ha detto che un altro episodio e sono fuori.» Questa era la parte a cui cercavo di non pensare.

Potevo essere buttato fuori dal branco prima di finire il liceo. Ogni speranza che avevo, per quanto esigua, di ottenere una borsa di studio universitaria per il football sarebbe stata distrutta.

«Cazzo.» Abe iniziò a raccogliere sacchi di farina da venti chili e me li lanciò, così che potessi impilarli ordinatamente in grandi vasche di plastica con coperchio. Il magazzino si trovava dietro la pittoresca pasticceria sulla strada principale. Nei primi anni del 1900, era stato un piccolo mulino per la farina finché la concorrenza del più grande Hayden Mill di Tempe non lo aveva fatto chiudere. Ora, era un grande edificio vuoto in mattoni che la signora Angelson usava per immagazzinare scorte extra.

«Allora, cosa è successo? Seb e Markley hanno detto che hai perso la testa.»

Scrollai le spalle. «Damonella mi ha fatto incazzare.»

«Ho sentito che aveva le mutandine di Carlotta James.»

Arricciai il labbro superiore, ma riuscii a trattenere il ringhio.

«Quindi gli hai dato una lezione di buone maniere?»

Lanciai il sacchetto di farina così forte che si spaccò quando colpì il muro, liberando in aria una gigantesca nuvola di farina integrale. Dannazione. Un sacchetto rotto era il motivo per cui la signora Angelson mi aveva fatto entrare qui a pulire, per cominciare. Voleva che tutto fosse pulito e in ordine, così i roditori non potevano arrivare a niente.

«Dannazione» borbottai. Ora le avrei dovuto il costo della farina.

«Quindi stavi difendendo l'onore di un'insegnante donna. Questa è una difesa legittima. Non vedo quale sia il problema.»

Risposi con un grugnito. «Il problema è che tutti in questa città pensano che io sia destinato a creare problemi come mio padre.»

«Che succede tra te e la signorina James?» Abe mi lanciò un altro sacchetto.

Lo presi ma lo rilanciai indietro. «Aspetta. Devo spostare tutto per spazzare di nuovo il pasticcio.» Spinsi i bidoni nella sua direzione per svuotare la pila contro il muro.

«Stai evitando la domanda?» Abe si appoggiò al muro, braccia incrociate sul petto.

Considerai la possibilità di dirgli la verità. Insomma, Abe aveva appena marchiato un'umana. E aveva avuto a che fare con una specie di crisi epilettica che ci aveva nascosto per chissà quanto tempo. In fondo, il figlio perfetto del dottor Oakley non era poi così perfetto.

«Ti piaceva quando eravamo alle medie. Voglio dire, piaceva a tutti. Era carina da morire. Ma so che sua madre è stata la responsabile di aver fatto cacciare tuo padre dal branco.»

Scossi la testa. «*È stata lei*. Lotta-» Mi interruppi, il sapore amaro del tradimento mi fece diventare spessa la lingua.

Odiavo così tanto questa storia. Non l'avevo mai raccontata a nessuno, nemmeno a mia madre, e non volevo iniziare ora.

Abe mi guardò con curiosità.

Fanculo. Glielo avrei detto. «Sai tenere un segreto?»

Si avvicinò, abbandonando il suo sorrisetto abituale. «Sai che posso, amico.»

«Lei è stata *direttamente* responsabile.»

«Sì?»

Annuii. «Sì. Le ho detto, non so perché, che mio padre stava rubando dal birrificio. Gliel'avevo detto in confidenza. Mi ha giurato che non l'avrebbe detto.»

«Ma l'ha fatto davvero?»

Annuii. «Diamine, l'ha fatto. È stata sua madre a farlo cacciare.»

«Merda.» Abe si infilò le dita tra i capelli. «Non è colpa tua, amico.»

All'improvviso mi sentivo come se mi avessero tolto il fiato. Far capire ad Abe il livello di colpa che provavo per essere responsabile aprì una ferita che non avevo nemmeno esaminato io stesso. Avevo chiuso bene quella merda all'epoca. Troppo imbarazzato per dire a mia madre cosa avevo fatto. Ammettere che era stata colpa mia se era diventata una madre single cinque anni fa.

«C'è di più.» Mi ero tolto il peso dal petto, avrei anche potuto raccontargli tutto.

«Cosa?»

«Il destino mi ha fottuto.» Sollevai le sopracciglia e lasciai la cosa in sospeso, aspettando che Abe capisse.

Ci volle un momento, poi spalancò gli occhi. «Stai dicendo-»

Annuii.

«È la tua compagna? Cazzo. È dura. Davvero dura, amico. Mi dispiace. Lei... Voglio dire, ti ha fatto...»

«Non lo sa.» Tralasciai la parte in cui ci eravamo incontrati ieri sera. Non ero il tipo che spettegolava. Inoltre, il mio lupo era follemente protettivo nei confronti di Lotta nonostante il mio odio per lei.

Vidi della compassione nello sguardo di Abe, il che mi fece incazzare. Era la stessa compassione che avevo ricevuto dai miei amici dopo che Alpha Green aveva cacciato mio padre dal branco e il resto della città aveva evitato me e mia madre.

Afferrai l'ultimo sacco di farina, arricciai il labbro superiore in un ringhio, ma prima che potessi rispondere, Abe mi sorprese. «Sai tenere un segreto per me?»

Sollevai le sopracciglia. «Certo.» Spazzai la farina persa dal pavimento con la paletta, gettandola nella spazzatura.

«Lauren non è tutta umana.»

Mi fermai e lo fissai. «Cosa?»

Mi lanciò la scopa. «È in parte orso. Pensiamo che suo nonno potrebbe essere quel vecchio orso che se ne andava in giro per la terra del branco il mese scorso.»

Fischiai. «Non scherzare. Ecco perché il destino ti ha messo con lei.» Iniziai a spazzare via la farina rimasta.

Abe annuì. «Quindi forse c'è una ragione, sai?» Scrollò le spalle. «Ho provato a resisterle, ma mi ha fatto solo impazzire.»

Passai l'angolo con la scopa, cercando di sollevare tutto. «Pensi che ci sia una ragione per cui il Fato ha scelto Carlotta per me?» Scossi la testa. «Assolutamente no. Voglio dire, è fottutamente sexy, quindi in teoria faremmo dei cuccioli carini, ma non succederà.»

«È quello che pensavo anch'io.»

«No.» Non avrei permesso che accadesse. «Se si arrivasse a questo, sceglierei la follia della luna piuttosto che marchiare quella femmina.»

Abe si appoggiò alla parete di fondo e incrociò le braccia sul petto. «Potrebbe essere la tua difesa. Per il consiglio, intendo. Il fatto che sia la tua compagna. Nessuno ti biasimerà per aver difeso la reputazione della tua compagna predestinata.»

Mi sedetti sulla pila di sacchi di farina. «Lo so. Ma non lo dirò a tutta la fottuta città prima di-»

Mi fermai. Prima di cosa? Prima di dirlo a Lotta?

Era questo che avevo intenzione di fare? Non avevo ancora pensato alla mia prossima mossa, a parte darle di nuovo la caccia durante la prossima corsa di luna piena.

In qualche modo, dubitavo che sarei riuscito a resistere così a lungo, però.

Il bisogno di metterle le mani addosso cresceva ogni minuto del giorno.

«Prima di marchiarla?»

«Non la marchierò» ringhiai. Ma sapevo che era una bugia.

Avrei affondato i denti in quella sua deliziosa carne e avrei lasciato il mio odore, così nessun altro maschio l'avrebbe mai toccata.

Ciò non significava che l'avrei tenuta.

Sarebbe stata una situazione di caccia.

Solo che sapevo che anche questa era una bugia.

Avrei marchiato Lotta, e poi l'avrei legata al mio letto e l'avrei punita in ogni modo delizioso possibile per la miseria che mi aveva causato.

Dovevo solo diplomarmi prima, così non avrei creato uno scandalo ancora più grande di quello che aveva fatto cacciare mio padre dalla città.

* * *

LOTTA

. . .

«Sei stata una stronza a non tornare, nemmeno per una visita» dichiarò la mia amica del liceo Olive, socchiudendo le sue lunghe ciglia finte.

«Davvero» concordò Brianna. Eravamo al New Moon Diner dove le due avevano organizzato di incontrarmi, così da poterci mettere in pari.

«Lo so. Mi dispiace. È solo che... era dura vivere con gli umani, quindi avevo bisogno di tagliare fuori la mia vecchia vita, così da potermi adattare.»

C'erano solo due percorsi possibili per i membri del branco di Wolf Ridge dopo il liceo: la morte o la rinascita. Questa era la mia opinione, comunque. La morte era restare. Lavorare al birrificio o in qualche altra attività locale, essere messa incinta da un altro membro del branco e rimanere qui fino alla morte come avevano fatto tutti nella propria discendenza. Oppure, con un po' di fortuna e molto impegno, era possibile andarsene. Ma avrebbe significato vivere lontano dal branco tra gli umani, il che aveva i suoi fattori di stress. Per sopravvivere, bisognava rinascere come umano. «È bello vedervi. Non mi ero nemmeno accorta di quanto mi mancassero le vostre facce.»

Ero fortunata che non fossero più incazzate con me, considerando che non avevo nemmeno provato a chiamare nessuno dopo essere arrivata qui due settimane prima. La settimana scorsa avevo incontrato Olive al supermercato e le avevo chiesto con aria colpevole chi altro del nostro gruppo ci fosse in giro. Aveva chiamato Brianna, ed eccoci qui.

Erano state entrambe cheerleader del Wolf Ridge, ginnaste incredibili che costruivano piramidi altissime e si lanciavano a vicenda a sei metri di altezza. Ora erano bloccate a Wolf Ridge. Brianna lavorava nel salone per unghie. Olive aveva un lavoro in una boutique di abbigliamento di lusso giù dalla montagna, nella ricca comunità umana di Cave Hills.

«Sì. Ho sentito che Wilde Woodward sta facendo fatica a giocare a football alla Duke. Si è ficcato apposta in qualche guaio per farsi cacciare dalla squadra, ma ora è tornato lì per finire almeno la stagione.»

«La Duke, wow. È impressionante.» Ero fuori dal giro di tutte le notizie. Certo, mia madre mi aveva comunque chiamata mentre frequentavo le lezioni e mi aveva parlato a lungo delle novità del branco, ma probabilmente mi ero persa la notizia che qualcuno era riuscito a uscire da qui per andare alla *Duke*.

Mi chiesi, brevemente, se Asher fosse abbastanza bravo da ottenere una borsa di studio da qualche parte. Ma odiava la scuola, quindi dubitavo che volesse continuare. Da quello che potevo dire, il lavoro che avevo fatto per migliorare la sua alfabetizzazione in matematica e scrittura quando gli avevo fatto da tutor era andato a rotoli dopo che suo padre era stato bandito.

Mi si contorse lo stomaco in un nodo familiare a quel pensiero. Certo c'era da pensare che dopo quattro anni e mezzo, mi sarei dovuta perdonare, anche se non c'era alcuna possibilità che Asher mi perdonasse mai.

«Cosa pensi che ci voglia per farsi scopare da Coach Jamison?» mormorò Olive, mescolando il suo frullato con la cannuccia e ammirando lo splendido allenatore di football trentenne del liceo.

Era seduto a qualche tavolo di distanza. Con l'udito da mutaforma, probabilmente l'aveva sentita, se si fosse preso la briga di ascoltare.

Mi costrinsi a rallentare sorseggiando il mio frullato espresso. L'avevo quasi finito tutto nel momento in cui Sandra, la nostra cameriera, un'altra ragazza che non era mai uscita da Wolf Ridge, me l'aveva messo davanti. Per il destino, il mio appetito era fuori controllo da quando c'era stata la luna piena. Questo pasto sarebbe costato più di quanto avrei voluto spendere.

«Chi si scopa durante le corse con la luna piena?» si chiese ad alta voce Brianna.

Strinsi le cosce alla menzione della luna piena. Stavo ancora pensando fin troppo a chi fosse il mio misterioso amante e alle cose che mi aveva fatto.

«Nessuno. O, se lo fa, è discreto.»

«Dovrebbe stare attento. Dovrebbe essere un modello per tutti i suoi giocatori. È lui che rifila loro tutte le chiacchiere schiette su sesso e lupi» dissi.

E se... fosse stato *lui* la mia scappatella della luna piena? Sentii il petto accaldarsi. Forse il mio amante non aveva già una relazione. Forse non si era fatto vedere perché era una figura importante nel branco e doveva stare attento ai pettegolezzi. Mi ritrovai a guardare anche io verso di lui.

«Lo seguirò il mese prossimo» dichiarò Olive.

«Sai che aspetto ha il suo lupo?» Cercai di buttare lì la domanda come se fosse improvvisata.

«Non lo sanno tutti? È un lupo enorme grigio.»

Grigio. Non nero. Non era il mio compagno.

Brianna volse il suo sguardo dagli occhi scuri verso di me. «E allora? Avevi un giocattolino umano a Chicago?»

Arrossii e misi le labbra intorno alla mia cannuccia per temporeggiare. «Avevo un coinquilino con benefici, ma ho chiuso quando la storia è diventata vecchia.»

«Oh, è stato imbarazzante?»

Scossi la testa. «No. L'ego di questo tizio era così grande che non credo che abbia nemmeno capito di essere stato scaricato. Continuava a cercare di stare con me ogni sera che era a casa finché non me ne sono andata.»

Brianna arricciò il naso. «Ehh. Gli hai dato un calcio nelle palle?»

«Nah. È stato fastidioso, ma non pericoloso. Avevo altre cose di cui preoccuparmi, come trovare un lavoro che coprisse l'affitto.»

Olive mi lanciò uno sguardo compassionevole. «Faceva schifo lì? Penso che sarebbe impossibile vivere in una città.» Si allungò sul tavolo e mi strinse la mano. «Siamo così contente che tu sia tornata.»

«Sì... grazie.» La mia voce suonò vuota.

Brianna lo colse subito. «Non vuoi restare, vero?»

Mi irrigidii. «Non proprio. La scena artistica qui è inesistente.»

«E Scottsdale?» chiese Olive. «È appena sotto la montagna. Ci sono un sacco di gallerie d'arte lì. Dovresti prendere la tua roba e vedere se la espongono.»

«Sì, ma devi conoscere qualcuno per far sì che ciò accada. Sapete, far parte della scena. Il mio ex coinquilino potrebbe avere un contatto per me, ma non ho ancora ricevuto risposta.» Mi guardai mentre evitavo gli ostacoli. Perché avevo così tanta paura? Perché non mi facevo avanti con Andy? Cercai di scrollarmi di dosso la mia resistenza. «Ma è una buona idea. Dovrei comunque provarci. Non si sa mai cosa potrebbe succedere.»

«Verrò con te se hai bisogno di supporto morale» si offrì Olive.

Aprii le labbra in sorpresa. «Lo faresti? Davvero?» Per il destino, ero così abituata a pensare che nessuno in questa città sostenesse la mia arte, che la sua offerta era stata uno shock. Soprattutto considerando che ero stata una pessima amica.

Scrollò le spalle. «Certo. So come trattare con gli umani snob. È quello che faccio tutto il giorno al lavoro.»

La mia vista si agitò per un momento e trattenni il respiro finché non passò. «Incredibile.» Inclinai la testa. «Sarebbe assolutamente incredibile. Grazie.»

«Ragazza, è a questo che servono le amiche. Il branco resta unito.»

Il branco resta unito.

Quella frase mi sfuggì come un piolo quadrato che non riusciva a trovare il suo posto. Non sarei rimasta con questo branco. Sarei tornata nel mondo umano dove avrei potuto prosperare come artista. Eppure, questo assaggio di supporto e cameratismo che mi era mancato mi fece sentire come se avessi potuto inspirare a pieni polmoni per la prima volta da anni.

Certo, sarei rimasta qui solo per pochi mesi, ma non dovevo più respingere l'amicizia per sopravvivere. Mi sporsi in avanti e afferrai una delle patatine fritte di Brianna. «Allora, aspetta che ti racconti cosa mi è successo durante la luna piena!»

CAPITOLO SETTE

Lotta

TREMAI PER LA BREZZA. Nel deserto, la temperatura scendeva notevolmente di notte, e io indossavo ancora pantaloncini corti e top a vita alta.

Stavo disegnando sotto la luce soffusa delle luci di Natale che avevo appeso sotto il tetto del mio patio posteriore. Il patio anteriore della casita studio che i miei genitori mi avevano affittato si affacciava sulla piscina e sulla loro casa, motivo per cui preferivo questo lato. Qui avevo un po' di privacy. Ero rivolta verso la natura selvaggia che ispirava lo sfondo del mio schizzo.

In primo piano c'era una lupa gigante. Non ero io. Questa era una lupa alfa. La vedevo nei miei sogni. Era bianca come la neve. Elegante. Potente.

Posai il carboncino e il blocco da disegno e mi strinsi tra le braccia mentre fissavo l'oscurità.

Stasera la natura selvaggia mi chiamava.

Muta. Muta. Corri.

Trova il tuo compagno.

Forse non era la natura selvaggia. Forse era solo la mia lupa che moriva dalla voglia di essere di nuovo libera.

Non ero più la stessa da quando avevo fatto quella corsa con la luna piena. Era stato impossibile dormire. Restavo sveglia, febbricitante e piena di energia. Quando dormivo, i miei sogni erano infestati da lui.

La mia lupa voleva il suo compagno. Voleva un altro round con lui. Voleva che io capissi chi era. Dove trovarlo. Come attirare la sua attenzione.

Mi svegliavo ogni mattina sudata, eccitata e disperatamente bisognosa di una liberazione.

Girai la testa, ascoltando quello che sembrava un passo leggero.

Ma no. Stavo immaginando cose. Tutto ciò che sentivo era il suono dei clacson delle auto che strombazzavano a tutto volume per festeggiare. La squadra di football di Wolf Ridge doveva aver vinto la partita. I primi applausi si erano diffusi nella brezza dello stadio. La squadra faceva sempre un grande spettacolo per la città.

Non ero andata alla partita, nonostante la disperazione della mia lupa di uscire e annusare ogni uomo in città. C'era qualcosa nell'essere a casa quando il resto della città era riunito che sembrava succoso. Probabilmente perché erano gli unici momenti in cui potevo concentrarmi sulla mia arte da quando vivevo sotto il governo dei miei genitori. Mi chiesi se ad Asher fosse stato permesso di giocare nella partita di stasera. Era stato assente dalle lezioni per gli ultimi tre giorni, ma il football qui era importante. Non sarei stata sorpresa se il preside Olsen lo avesse lasciato scendere in campo stasera. Avrebbe considerato le azioni di Asher nella mia classe giustificate dal punto di vista di un lupo. Un lupo maschio che difende l'onore di una femmina fa parte della nostra cultura. Era solo che quelle azioni non erano consentite a scuola o di fronte agli umani.

Sospirai e mi alzai dalla sedia del patio. Ero troppo irrequieta per godermi la bella serata. La mia pelle era calda e pruriginosa. Forse avrei dovuto semplicemente mutare e cercare di farmela passare. Avrei dormito meglio? O avrebbe peggiorato i miei problemi?

Mi girai verso la porta e mi bloccai. Il sussulto fu così acuto che mi fece male la gola.

Se questo fosse stato un film horror, avrebbero riprodotto quel suono così pauroso da far saltare per aria. Tipo, il classico rabbioso colpo di violino.

Perché in piedi sul mio portico c'era la sagoma massiccia di uno dei miei studenti.

Non uno qualsiasi dei miei studenti. Quello che mi odiava per un giudizio che avevo espresso cinque anni fa. Quello che avevo appena fatto sospendere per aver litigato in classe.

Asher Martin.

Strinse gli occhi mentre sollevava il naso per sentire il mio odore. «Hai paura di me.» C'era disprezzo nella sua voce?

Sembrava più rabbia.

Ma forse era solo la sua vibrazione quotidiana nei miei confronti. Cavolo, era il suo approccio generale anche prima che raggiungesse la pubertà e diventasse un lupo. Era cresciuto in una casa violenta. La violenza generava violenza, come sapevano tutti.

E in questo momento, avevo un difensore arrabbiato da centodieci chili in piedi sul mio portico, senza dubbio qui per vendicarsi. Non ero sicura se si trattasse di vendetta per il passato o di vendetta per averlo fatto sospendere questa settimana.

Guardai verso la casa dei miei genitori. Avrei dovuto chiamare aiuto? Probabilmente erano tornati dalla partita ormai. Ma poi ci sarebbero state altre ripercussioni per Asher. Mia madre lo avrebbe fatto punire avvalendosi della legge del branco per avermi minacciata. Non ero sicura di volere che gli succedesse questo. Non avevo mai creduto che meritasse la reputazione di teppista ribelle arrabbiato che si era guadagnato in questa città.

Dilatò le narici quando guardai verso la casa. «Stai pensando di chiamare aiuto?» Si avvicinò furtivamente.

Mantenni la posizione con il collo rigido e dritto, ma il cuore mi martellava contro lo sterno. Avevo i palmi umidi di sudore. Sapevo che Asher sentiva l'odore della mia paura.

«Proprio non capisci perché sono qui, vero, Lotta?» La sua voce era dolce e pericolosa. Aveva lasciato perdere il *signorina James*, il che era un bene. Riusciva sempre a infondergli abbastanza provocazione da farmi essere certa che non trasmettesse alcun rispetto.

«Pensi che sia in cerca di vendetta. Ha senso dopo quello che hai fatto a me e alla mia famiglia.» Si avvicinò ancora di più.

Resistetti alla tentazione di indietreggiare. Ero ancora l'insegnante di Asher, accidenti.

«O forse pensi che io voglia qualcosa da te.» Inclinò la testa, studiandomi. «Forse sono qui per vedere se sei davvero il tipo da togliersi le mutandine per i tuoi studenti.»

Un lampo di rabbia fece emergere la mia lupa, ma era troppo tardi.

Asher si mosse prima che io finissi di stringere i pugni. Mi bloccò contro il muro della casita con una mano attorno alla gola, l'altra sotto un ginocchio.

Urlai per lo shock a quell'improvvisa violenza. Ma mi rendevo conto che non mi stava strangolando. Stavo penzolando da terra, il mio peso era sostenuto dal ginocchio anziché dalla gola.

Mi stava solo spaventando. Mi stava mostrando quanto

fosse più forte. Di cosa era capace. Una stretta di quel pugno potente e avrebbe potuto spezzarmi il collo. Nessun tipo di proprietà curative da mutaforma mi avrebbe fatta tornare indietro da quello. «Vediamo se riesci a capire il vero motivo per cui sono qui» ringhiò.

Cercai di dargli un calcio nelle palle, ma lui mi intrappolò la gamba libera bloccandola contro il muro con i fianchi. Il suo corpo premette contro il mio. Sentii ogni cresta dei suoi muscoli duri come la roccia.

Stavo sudando e avevo freddo allo stesso tempo.

«Chiudi gli occhi, Lotta.» Il suo ringhio era un basso brontolio ora.

Lo fissai confusa. Cosa?

«Chiudili e fai un respiro profondo. Poi dimmi perché sono qui.»

Non mi mossi. Stavo ancora trattenendo il respiro, cercando di decifrare cosa diavolo stesse dicendo. Cosa voleva da me?

«Respira.» C'era un Comando Alfa nella sua voce, e il mio corpo rispose istintivamente.

Inspirai profondamente, cercando un indizio sul suo viso.

«Chiudi gli occhi.» Di nuovo un comando Alfa.

Mi si chiusero le palpebre di scatto. Il calore del suo respiro mi sussurrava sul viso. La sua fronte toccava la mia.

«Perché sono qui, Carlotta?» Il ringhio era basso ora. Sarcastico.

Con gli occhi chiusi, gli altri sensi si acuirono. Sentii il battito del mio cuore. Il sibilo del mio respiro. L'odore della mia paura mescolato alle note più profonde del suo-

Oh!

Spalancai gli occhi.

Cuoio e spezie.

Oh no.

No, no, no.

Non poteva essere.

Asher Martin *non poteva* essere il mio amante della corsa sotto la luna piena.

Oh. Cazzo.

Ero convinta fosse un uomo più grande. Qualcuno che non poteva reclamarmi perché aveva già una compagna. Non uno studente.

Ma non si poteva negare il suo odore né la risposta del mio corpo ad esso.

Il destino mi aveva mandato un abbinamento impossibile. Il destino mi stava seriamente fottendo.

Perché Asher Martin, uno dei miei studenti e un acerrimo nemico, non poteva essere il mio compagno.

Non appena lo capii, Asher mi lasciò andare e i miei piedi caddero dolcemente sul pavimento. Mi fissò con uno sguardo pensieroso. «Già.»

Accidenti a lui. Come aveva osato scoparmi in quel modo? Non mi aveva permesso di vedere la sua identità perché sapeva che non era giusto. Che non avrei mai acconsentito a fare sesso con lui. Aveva messo a repentaglio il mio lavoro.

Gli diedi uno schiaffo in faccia. Fu difficile perché era molto più alto di me. Lo schiaffo mi bruciò la mano e sembrò non avere alcun effetto su di lui. Gli diedi un altro schiaffo, più forte. Poi, una terza volta. Ancora nessun effetto. Riportai indietro il braccio per colpirlo una quarta volta, ma lui mi afferrò il polso e mi fece girare, inchiodandolo alla mia vita, con la mia schiena tirata contro di lui. «Schiaffeggiami di nuovo e ti spaccherò il culo fino a farlo diventare rosso» mi ringhiò nell'orecchio.

Destino, aiutami. Il calore mi esplose tra le gambe e mi pervase il collo e il viso. Tutto ciò cui riuscivo a pensare era la sculacciata che mi aveva dato nel bosco. Quanto era stato meraviglioso essere dominata dal suo corpo forte e autorevole. Quanto avrei voluto che lo facesse di nuovo.

No. Destino, no. Questo era sbagliato a tutti i livelli.

Asher mi liberò e io scappai immediatamente, raggiunsi la maniglia della porta della casita. La spalancai e mi precipitai dentro, ma lui era proprio dietro di me. Mi sollevò e mi gettò al centro del letto. Ora stava solo ostentando il suo dominio fisico. Si assicurava di ricordarmi quanto lui fosse grande e forte e io piccola.

Mi alzai a fatica, in piedi sul letto dove potevo torreggiare su di lui per una volta, come un cagnolino in piedi su una sedia per abbaiare a uno più grande.

Ovviamente, Asher non fu minimamente intimidito da me.

«Allora.» Avanzò fino al bordo del letto. «Ti dirò perché sono venuto qui.» Si infilò la mano in tasca e tirò fuori le mie mutandine.

Accidenti a lui. Certo che le aveva.

Perché non mi era venuto in mente di richiederle indietro dopo la rissa?

Sollevò la striscia di seta rossa che gli pendeva dal pollice. Cercai di strappargliela via, ma lui sollevò la mano fuori dalla mia portata. «Voglio sapere perché cazzo Eric Damonella aveva le mutandine della mia compagna.»

«Non sono la tua compagna!» sbottai, anche se era palesemente falso. Quello che intendevo era che non avevo acconsentito a essere la sua compagna. Non gli avrei permesso di reclamarmi. Questo non sarebbe accaduto. Anche se non fossimo stati nemici assoluti, era un mio studente e aveva cinque anni in meno. Era impossibile.

Inarcò un sopracciglio. Cosa che, sfortunatamente, trovavo incredibilmente sexy.

Un attimo. No.

Non potevo essere attratta da questo tizio. *Era un ragazzo.*

Tranne che niente di Asher Martin faceva pensare a un ragazzo. Era alto oltre un metro e ottanta, aveva più di un centinaio di chili di muscoli solidi e diciotto anni. Asher era completamente *uomo* ora. Un lupo alfa. Quell'aspetto che era strazianemente bello su di lui quando era ancora un tredicenne magro, ora lo rendeva bello da morire.

«Sai che non è vero.»

Sventolò le mutandine. «Dimmi che non ti ha toccata, così so che non commetterò un omicidio stasera.»

CAPITOLO OTTO

Asher

Lotta si mise le mani sui fianchi e mi lanciò un'occhiata fulminante. «Non sono affari tuoi.»

Scoprii i denti. «Dillo al mio lupo.» Una tensione mortale nella mia voce le fece rizzare i peli sulle braccia.

Doveva sapere che il lupo avrebbe voluto sangue. Non ero riuscito a trattenermi dall'attaccare Eric nella sua classe la scorsa settimana per averle mancato di rispetto. Potevo anche odiarla, ma il mio lupo l'avrebbe difesa fino alla morte. Si trattava semplicemente della biologia dei mutaforma.

Infilai le mutandine nella tasca posteriore e afferrai una delle caviglie sottili di Lotta. Tirai rapidamente e perse l'equilibrio, cadde all'indietro. Allungai una mano per prenderle la testa, attutendo il suo atterraggio sul materasso.

Aveva un'espressione selvaggia. Il suo profumo di gelsomino e miele era ovunque, un misto di paura, rabbia e lussuria.

Essere vicino a lei calmava e irritava il mio lupo allo

71

stesso tempo. La desideravo tantissimo; era difficile non reclamarla proprio qui, proprio ora.

Ovviamente, non poteva succedere. Anche se non mi avesse odiato, non la volevo.

Non potevo fidarmi di lei. La sua famiglia odiava la mia.

La figura snella di Lotta era al centro del letto king-size, che occupava la maggior parte del monolocale. Un copriletto bianco immacolato la incorniciava e la pila di cuscini soffici vicino alla testiera la faceva sembrare una splendida modella in posa su una rivista di interior design.

Si sollevò sui gomiti, le guance arrossate. C'era un bagliore verde nei suoi occhi. La sua lupa si stava mostrando. Non sapevo se fosse per pericolo o desiderio.

Il desiderio di fare a pezzi quella biancheria da letto, rompere la testiera e scoprire esattamente perché una piccola lupa come Lotta aveva bisogno di un letto così grande mi travolse.

Così come il bisogno di sapere delle mutandine.

«Dimmi che non ti ha toccata» ringhiai. Non volevo usare un tono minaccioso. O meglio, la minaccia era rivolta a Eric, non a lei, ma la sua gola sussultò.

«Non mi ha toccata.»

Il mio lupo fu dannatamente contento della risposta. Non solo perché non l'aveva toccata (non credevo davvero che l'avesse fatto), ma perché era stata lei a darmi la risposta. Stava concordando che erano affari miei.

Le bloccai entrambe le caviglie con le mani. «Come ha fatto ad avere le mutandine?»

Lo sguardo di Lotta si spostò sulla mia presa e tirò indietro una caviglia, testandone la forza, ma il profumo della sua eccitazione esplose nella stanza.

Lei mi voleva. Potevamo essere completamente in contrasto tra di noi, ma la biologia era tutta lì. Non esisteva nessuno per lei se non io.

Nessuna per me se non lei.

Le trascinai le caviglie più vicino. Aveva le ginocchia piegate, quindi il suo sedere si avvicinò al bordo del letto. «Dimmi, Lotta.»

«Non sono mai mutata da quando sono andata al college» disse.

Alzai le sopracciglia per lo shock. Avrei voluto interrogarla sulla cosa, ma non interruppi il suo racconto.

«Non avevo pianificato di mutare per la luna piena. Ero a scuola, a dipingere. Ho sentito il branco, e poi è stato come se fossi un'adolescente in transizione. Stavo iniziando a mutare prima ancora di rendermene conto. Mi sono spogliata mentre correvo verso le porte sul retro. Sono fortunata a non aver fatto a pezzi i miei vestiti. Quando sono tornata, mi sono resa conto di essere rimasta chiusa fuori dalla scuola. Il mio telefono e le chiavi erano dentro. Volevo arrivare presto la mattina dopo, ma ho dormito come se fossi in transizione anch'io. Il preside Olsen ha preso i vestiti, ma deve essersi perso le mutandine.» Non riuscii a controllare il basso brontolio che mi scappò dalla gola. Il pensiero che un qualsiasi maschio, preside o studente, le toccasse le mutandine mi fece venire voglia di sfondare le finestre della scuola e dare fuoco a tutto il posto.

Dovetti spaventarla perché Lotta cercò di liberarsi dalla mia presa, sforzandosi di darmi un calcio.

Le inchiodai i piedi al letto, allargandoli, così che le sue ginocchia si aprissero. Il mio lupo era proprio in superficie. Sapevo che i miei occhi dovevano brillare. Il desiderio di possederla, di assicurarmi che nessun altro maschio diffondesse mai più una voce su di lei mi mandò in cortocircuito il cervello.

Tutto ciò a cui riuscivo a pensare era il sesso.

La dominazione.

Fare cose sporche e irrispettose a quel suo corpicino

caldo. Ancora più irrispettose dell'ultima volta. «Come punisco la mia compagna per aver dato le mutandine a un altro maschio?» Non lo avevo nemmeno pensato. O almeno, non avevo nemmeno pensato alle parole prima che mi uscissero dalla bocca. Ma nel momento in cui le dissi, il cazzo mi diventò più duro dell'acciaio. L'idea di sculacciare quel suo bel culo mi fece scorrere nelle vene un'eccitazione frizzante. Ricordavo quanto le fosse piaciuto l'ultima volta.

Ricordavo quanto si fosse eccitata quando l'avevo minacciata sul suo portico stasera.

Nello stato di eccitazione, non mi accorsi che questa volta non era eccitata. Era troppo intimidita. Tentò di darmi un altro calcio. «Non gliele ho date io! Per l'amor del destino, Asher, ti ho appena raccontato cosa è successo.»

Spostai i palmi sulle sue ginocchia e le spinsi, allargandole, verso le sue spalle.

Il respiro di Lotta sussultò nel suo ventre mentre ansimava, fissandomi. Gli occhi, ora di un verde brillante, mostravano la sua lupa.

Mi sporsi in avanti, attratto dalla pelle delicata dell'interno della sua coscia. La morsi lì, poi trascinai la mia bocca aperta lungo la pelle morbida e dolce, leccando e mordendo mentre avanzavo verso l'apice delle sue cosce.

Il profumo della sua eccitazione mi avvolse la testa. Aprii la bocca e le coprii tutto il cavallo. I suoi pantaloncini sottili non riuscivano a fare da barriera al calore e all'umidità che sentivo attraverso di essi. Le raschiai i denti sul sesso.

«C-cosa stai facendo?»

Cosa *stavo* facendo?

Non avevo il diritto di stare qui tra le cosce di Carlotta James. Non mi aveva invitato. Non aveva acconsentito. E mi aveva già schiaffeggiato tre volte per averla presa senza consenso l'ultima volta.

Il fatto che io fossi il suo compagno non significava che io potessi sopraffarla e prendere ciò che volevo.

Avrebbe dovuto essere il contrario. Avrei dovuto rispettarla. Trattarla come una fottuta regina. Quindi cosa ci facevo qui?

Le lasciai andare le ginocchia. I piedi le caddero sul copriletto. Respirava ancora affannosamente, inspirava ed espirava come se avesse appena corso in una gara.

Mi raddrizzai, sostenendo il suo sguardo. Ero sicuro che nei miei occhi si intravedesse il mio lupo, come nei suoi. Ma eravamo in disaccordo l'uno con l'altra. Questo era un incontro proibito. Potevo anche essere un adulto consenziente, ma lei era un'insegnante a Wolf Ridge. Io uno studente. Inoltre, non mi voleva. Di certo io non volevo lei. Mentre indietreggiavo verso la porta, i nostri sguardi rimasero incrociati.

«Asher.»

No. Non volevo avere questa discussione con lei. Non volevo sentire niente di quello che aveva da dire.

Aprii la porta con violenza e la attraversai, sbattendola mentre uscivo. Corsi nel deserto, fino al canale che collegava le case a schiera dove vivevo con mia madre con la proprietà di lusso dei genitori di Carlotta.

Mi fermai e mi appoggiai al lato in ombra del nostro edificio.

Il mio lupo era tutto agitato. Voleva Carlotta. Era incazzato perché me ne ero andato.

«Non puoi forzare un accoppiamento senza amore» borbottai ad alta voce, cercando di placare l'aggressività prima di fare qualcosa di stupido. Qualcosa che mi mettesse di nuovo nei guai.

A quanto pareva ero sempre nei cazzo di guai in questa stupida città.

Il profumo di gelsomino e miele di Carlotta mi rimaneva

ancora nelle narici. Sulla lingua avevo ancora il sapore della sua pelle. Sarebbe stato impossibile per me dormire stanotte.

Ricordandomi che avevo ancora un pezzo di lei con me, tirai fuori le sue mutandine dalla tasca posteriore e inspirai profondamente.

Sentii il rumore di una porta a soffietto mentre qualcuno usciva nel suo piccolo appezzamento di terreno.

Lo scatto di un accendino mi disse che era Murph Downy, un operaio addetto alla linea di produzione del birrificio. «Ehi» gridò. «Cosa ci fai qui fuori?»

Ed eccoci qua.

Altri guai.

«Niente. Sto solo andando a casa.» Mi rimisi le mutandine in tasca e mi diressi verso la nostra casa a schiera.

«Non sei il figlio di Johnny Martin?»

Giusto. Perché tutti in questa fottuta città pensavano che io fossi fatto della stessa pasta di mio padre.

Fanculo. Mi piazzai faccia a faccia con lui, mostrandogli la mia stazza e un pizzico di aggressività per dimostrargli che non mi sarei tirato indietro solo perché era più grande. Io ero fottutamente più grande. Questo stronzo non mi avrebbe bullizzato per qualche supposizione che aveva fatto in base al mio cognome. «E allora?»

Socchiuse gli occhi e mi squadrò da capo a piedi, poi sputò tra i cespugli.

«Allora, ti tengo d'occhio, ragazzo.»

Trattenni il *fottiti* che mi era quasi scappato. Sarebbe stato esagerato. «Tienimi d'occhio quanto vuoi» borbottai, allontanandomi furtivamente, nel mio minuscolo giardino.

* * *

Lotta

. . .

ME NE STAVO SDRAIATA sul letto, ansimando. Il mio corpo era febbricitante. La pelle tra le mie gambe era gonfia, premeva contro la cucitura dei pantaloncini. Era oltremodo indolenzita. Dolorante.

Asher aveva appena fatto la cosa peggiore possibile.

Non la parte in cui mi aveva buttata sul letto e mi aveva allargato le gambe senza il mio permesso. Non la parte in cui mi aveva morsa e leccato la coscia. Nemmeno quando aveva messo la sua bocca calda proprio sulla cucitura dei miei pantaloncini e mi aveva morsa come se stesse addentando una pesca.

Anche se per un minuto avevo pensato che sarebbe diventato uno stupro.

Proprio come durante la corsa sotto la luna piena, non ero sicura se avrei avuto scelta o meno. Non ero sicura che ne avrei voluta una.

C'era qualcosa di così eccitante nell'essere sotto un maschio che avrebbe potuto spezzarmi il collo con un colpo della sua grande mano.

Ma la cosa peggiore era stata quando se n'era andato, dritto fuori dalla mia porta e nella notte.

Se n'era andato senza soddisfarmi. Senza togliermi gli shorts e mettere la lingua dove la desideravo disperatamente. Senza salire sul mio letto e trattarmi male in un modo che mi avrebbe costretta ad arrendermi. Senza darmi la punizione che aveva promesso.

E non avevo capito, fino a che non se n'era andato, quanto il mio corpo desiderasse ardentemente il tocco di Asher. Ne avevo bisogno tanto quanto avevo bisogno di respirare.

Mi alzai dal letto, con le gambe tremolanti. Andai in bagno e mi schizzai dell'acqua sul viso arrossato. I miei occhi da lupa mi guardarono dallo specchio. Avevo ancora prurito e caldo. Non riuscivo a pensare lucidamente. Perché se n'era andato senza finire quello che aveva iniziato?

Era quella la punizione? Lasciarmi eccitata, bisognosa e completamente insoddisfatta? Non avevo idea che fosse così trovarsi accanto al proprio compagno.

O Asher stava mostrando pietà perché pensava che non lo volessi? Probabilmente sembravo di no. Gli avevo detto di no? Ora non ricordavo. Ero nervosa, di sicuro. Quando si era presentato per la prima volta, ero proprio spaventata, e questo lo aveva fatto arrabbiare. Aveva bisogno che capissi perché era lì. Poteva anche odiarmi, ma era il mio compagno. Non poteva stare lontano da me più di quanto io potessi rifiutarlo quando si presentava.

Eravamo biologicamente programmati l'uno per l'altra, per quanto orribile potesse essere per entrambi.

Ugh!

Ancora tremante e accaldata, mi spogliai e avviai l'acqua fredda della doccia. Forse se mi fossi lavata via il suo odore, sarei riuscita a calmarmi.

Per il destino, lo speravo, o le possibilità che io dormissi stanotte erano nulle.

CAPITOLO NOVE

Asher

NON DORMII neanche un minuto per tutta la notte o in quella successiva. Restai semplicemente sveglio, girandomi e rigirandomi. Mi masturbai più e più volte per cercare di impedirmi di cambiare posizione e di correre per la breve distanza che mi separava dalla casita di Lotta.

Per il destino, improvvisamente capivo la leggenda umana sui lupi mannari: l'idea di un mutaforma incatenato, così che non potesse mutare e uscire.

Era quello che dovevo fare. Perché ero abbastanza certo che se mi fossi permesso di mutare, avrei buttato giù la porta di Lotta e avrei reclamato quella femmina così forte che l'intera città di Wolf Ridge avrebbe sentito le sue urla.

Lunedì mattina, mi ritrovai fuori dal letto prima dell'alba. Aprii di scatto il cassetto superiore della mia cassettiera e misi da parte i calzini. Presi l'ultima busta che era arrivata indirizzata a me con la grafia di mio padre. Era arrivata circa sei mesi fa. Dentro, non c'era nessun biglietto. Solo nove banconote da cento dollari avvolte in un pezzo di carta da quaderno strappato con scritte che sembravano appunti di scommesse. Probabilmente stava facendo la lotta anche tra le sbarre. O stava rubando di nuovo, chi poteva dirlo.

L'ultima busta era arrivata otto mesi prima di questa. Non c'era una logica o una ragione per quando arrivavano o per quante ne mandava. Non aveva mai mandato una lettera con quella. Ma non era mai stato il tipo di padre che diceva qualcosa di carino.

Immaginavo che avrei dovuto essere grato che si ricordasse di avere un figlio.

Anche prima che mio padre venisse cacciato, non era stato una figura paterna. Ora, poiché mia madre si era rifiutata di andarsene con lui quando era stato bandito, era completamente fuori dai giochi. Non chiamava, non mandava messaggi né faceva videochiamate. Non avevamo idea di dove vivesse o cosa facesse.

Mia madre si rifiutava di prendere i soldi, era troppo incazzata con mio padre per quello che aveva fatto. Diceva che i soldi erano probabilmente sporchi e che erano per me, comunque, la sua forma di mantenimento per i figli, quindi potevo farne quello che volevo. Cercavo di farli durare il più a lungo possibile, contribuendo a comprare la spesa per noi, a pagare le mie spese e a comprare bei regali di compleanno e del Solstizio a mia madre.

Ora aprii la busta. Ne restavano trecento. Non sapevo perché li stavo guardando. Perché i miei pensieri stavano collegando i soldi a Lotta. Come se avessi dovuto usarli per corteggiarla. O per mettermi in mostra con lei. O per provvedere a lei.

Come no.

Sotto la busta c'era una sottile catenina con un piccolo ciondolo a forma di mezzaluna in vero oro.

Ora la raccolsi e me la portai alle narici come se potesse

ancora contenere il profumo di Lotta dopo tutti questi anni. Non era così, ma mi aiutava comunque a evocare quella dolcezza. Il gelsomino, il miele e il profumo appetitoso della sua eccitazione femminile mi fecero girare la testa.

Mi scossi bruscamente.

Feci la doccia e salii sulla mia moto, diretto al Wolf Ridge Sweet Treats. Il profumo dei croissant appena sfornati riempiva il vicolo dove parcheggiai la mia moto. La signora Angelson stava già lavorando dentro, scartando un panetto di burro da buttare nel mixer in funzione.

Il suo viso rugoso si illuminò con un sorriso quando entrai dalla porta sul retro. Il resto della città poteva pensare che io fossi un teppista, ma la signora Angelson mi aveva sempre trattato come se fossi speciale. In effetti, se non fosse rimasta dietro a mia madre quando mio padre era stato cacciato dal branco, non ero sicuro che io e mia madre saremmo riusciti a restare a Wolf Ridge. Aveva trovato ore extra da dare a mia madre dopo che mio padre se n'era andato, anche quando non aveva bisogno di aiuto. Anche quando arrivare a fine mese era una fatica per lei.

«Buongiorno, Asher. Ti sei alzato presto. Pensavo che la tua sospensione fosse finita oggi.»

Mi chinai e premetti la guancia su quella rugosa di lei per darle un bacio. «È così. Ma sono venuto per occuparmi delle tue consegne mattutine.»

«Sei dolce. Non sono ancora arrivate. Perché non riempi la caffettiera con dell'acqua?» Indicò il lavandino a tre scomparti dove la caffettiera era stata riempita con acqua filtrata. La presi e la portai in pasticceria dove la collegai e aggiunsi i fondi di caffè freschi. La accesi per preparare il caffè, così le persone potevano servirsi da sole quando venivano a fare colazione. Mia madre aprì la porta d'ingresso e mi fissò sorpresa. «Asher! Pensavo fossi ancora a casa a letto. Cosa ci fai qui? Oggi hai scuola, lo sai.»

«Non riuscivo a dormire. Sono venuto per vedere se potevo essere utile.»

Il volto preoccupato di mia madre si addolcì con un'espressione affettuosa. «Sei un ragazzo dolce.»

«Sei l'unica persona su questo pianeta che pensa che io sia dolce» dissi con un sorriso.

«Non è vero» disse la signora Angelson dal retro.

«Bene, solo voi due, allora.» Entrai in cucina, presi un croissant al cioccolato dalla teglia che aveva appena tirato fuori dal forno e diedi un morso gigante. «Mmm. Delizioso.»

La signora Angelson mi punzecchiò. «Sei venuto qui solo per fare colazione, vero?»

«Mmm. È assolutamente perfetto, signora A.» La pasta sfoglia si scioglieva in bocca, il cioccolato fondente mi colò sulla lingua.

Mia madre entrò in cucina e indossò un grembiule. Si mise al lavoro accanto alla signora A senza che le venisse detto cosa fare. «So che hai tante sfaccettature» disse, riprendendo il filo della conversazione interrotta.

«Oh, beh» borbottai. Mi aveva fatto la predica per tutto il weekend sulla rissa a scuola e sembrava che non avesse ancora finito.

Mia madre non sapeva che ero in una classe tenuta dalla nostra nemesi Carlotta James. Il che significava che non sapeva nemmeno che era stata l'insegnante responsabile della mia sospensione. Se lo avesse saputo, avrebbe potuto arrabbiarsi ancora di più, e a me non piaceva far arrabbiare mia madre. Aveva attraversato quattro anni di depressione dopo che mio padre se n'era andato, anche se non era un compagno predestinato, e ora si era appena ripresa.

«Hai la capacità di essere un alfa, ma non avrai la tua possibilità di leadership se non ti rimetti in riga, Asher. Non puoi andare in giro a rompere polsi e spaccare nasi a scuola e aspettarti che chiunque pensi che tu sia materiale alfa. Ci vuole qualcosa di più di grandi muscoli e un ringhio profondo per ottenere rispetto. Anzi, la tua stazza potrebbe giocare a tuo sfavore quando si tratta di questa città. La gente ha paura di un grosso lupo che porta amarezza nel cuore.»

Amarezza nel mio cuore? Sembrava una cosa strana da dire.

«Per il destino, mamma» borbottai. «Non è un po' presto la mattina perché tu mi faccia la predica sullo stato del mio cuore?»

«Sì, ha bisogno di un altro croissant per quello» disse la signora A con indulgenza.

Presi le sue parole come un permesso per rubarne un altro. Mi versò un bicchiere gigante di latte per mandarlo giù.

«Quello di cui hai veramente bisogno sono più proteine. È tutto quello che hai mangiato oggi?» chiese la signora A.

«Sto bene» borbottai, mandando giù il bicchiere di latte. «Non ho fame oggi.»

«Non sei riuscito a dormire e non hai fame.» Mia madre smise di fare quello che stava facendo e si mise le mani sui fianchi. «Cosa devo sapere di questa lite della settimana scorsa?»

«Niente.» Cazzo. Presi un altro croissant e me lo infilai in bocca per evitare ulteriori discussioni. Mi salvò il rumore di un camion delle consegne che si fermava nel vicolo.

«Ecco la tua consegna del lunedì.» Spinsi la porta sul retro ed uscii per aiutare.

Mia madre e la signora A non erano delle fifone. Erano mutaforma, quindi erano molto più forti delle femmine umane della loro età, ma aiutare con cose pesanti era una cosa cavalleresca da fare nei confronti delle lupe. E queste due lupe erano le uniche persone che avessi mai avuto al mio fianco.

* * *

Lotta

Mi spruzzai acqua fredda sul viso prima della mia ultima lezione. Oggi ero a malapena in grado di reagire. Non avevo dormito la notte scorsa. Stavo morendo di fame ma non ero riuscita a fare colazione o pranzare perché avevo una nausea tremenda.

Mi tremavano le dita. Ero febbricitante.

Avevo quella sensazione pruriginosa come se dovessi mutare di nuovo spontaneamente come era successo la notte della luna piena.

E ora ero terrorizzata che l'odore o la vista di Asher nella prossima lezione potessero causare qualcosa di ancora peggiore. Una specie di vergognoso spettacolo pubblico che mi avrebbe fatto perdere questo lavoro e che avrebbe fatto vergognare per sempre me e la mia famiglia.

Mi tirai il tessuto della maglietta sullo sterno, tirandola fuori e dentro per farmi vento e raffreddare il sudore tra i seni.

Il respiro profondo che feci per schiarirmi le idee mi fece solo girare la testa. E la parte peggiore di tutte era il frenetico ronzio che sentivo tra le gambe. L'umidità che sentivo lì mentre ripensavo ancora e ancora a come mi ero sentita a essere presa dall'uomo che era il mio compagno. L'uomo che era a malapena un uomo.

Quello che mi aveva lasciato bisognosa e ferita la scorsa notte. E quel bisogno ora si era trasformato in una vera e propria malattia.

Presi un tovagliolo di carta e mi accarezzai il viso, fissando i miei occhi luminosi e le guance arrossate allo specchio.

Quella nausea nella fossa dello stomaco si agitò quando pensai a quando avevo visto Asher. L'aveva fatto apposta.

Pensavo che fosse una tortura per i lupi maschi incontrare una compagna e non reclamarla, ma in qualche modo, aveva ribaltato la situazione a mio sfavore.

In questo momento stava gongolando per quello che aveva fatto la scorsa notte. Quando mi aveva morso e succhiato l'interno delle cosce, appoggiando la bocca calda direttamente sul mio nucleo.

Mi aggrappai al lavandino mentre mi attraversava un orgasmo. Fu completamente insoddisfacente, però. Aveva solo aumentato il mio bisogno e il mio calore.

Basta superare la sesta ora. Poi posso mutare e correre.

Mi allontanai dal lavandino e camminai con le gambe tremanti verso la porta. La mia spina dorsale si irrigidì mentre uscivo dal bagno ed entravo in classe.

Suonò la campanella, ma Asher e il suo seguito non smisero di fare gli scemi in fondo alla classe.

«*Ai vostri posti*» ringhiai con più forza di quanta la situazione richiedesse. La classe si zittì, tutti mi fissarono con curiosità mentre quelli che non si erano seduti ora scivolarono ai loro posti.

«Chi ha pisciato nei tuoi Cheerios?» borbottò Asher ai suoi amici. Loro risero in risposta.

Mi morsi la guancia così forte che sanguinò. Li feci crogiolare tutti in un silenzio di tomba mentre prendevo le presenze. Anche dopo aver finito, li fissai con uno sguardo di gesso per diversi lunghi istanti prima di dire «lavorate sui vostri autoritratti.»

Sparii nell'angolo dello studio dove avevo sistemato due tele giganti come divisorio per la mia privacy quando dipingevo. Di solito non ci andavo durante le lezioni: era poco professionale lasciare la classe senza supervisione, ma avevo bisogno di un momento. Mi tolsi i sandali coi tacchi. Ero troppo barcollante per camminare con quelli.

Datti una mossa, Lotta. Non mostrare debolezza. Non far credere ad Asher che ha vinto.

Dopo aver fatto diversi respiri profondi, afferrai il barattolo di vetro, sporcato dalla vernice e dai pennelli del giorno prima, e lo riportai in classe al lavandino.

Il volume in classe era cresciuto costantemente. In qualche modo tutti avevano capito che oggi non avrei insegnato e avevano chiaramente deciso di non lavorare. O meglio, stavano fingendo di lavorare mentre parlavano.

Mentre agitavo i pennelli nel diluente mi travolse un'ondata di calore. Capii immediatamente perché. La sagoma massiccia del mio peggior studente era apparsa accanto a me. Asher fingeva di sfogliare la pila di riviste che avevo lasciato in giro per il lavoro multimediale.

«Il tuo odore è strano.» La sua voce era bassa, appena udibile per me, il che significava che nessun altro nella stanza avrebbe dovuto essere in grado di sentirlo, che avesse o meno l'udito da mutaforma.

«È colpa tua» sussurrai-ringhiai. Non lo guardai. Se qualcuno si fosse voltato, avrebbe visto le nostre schiene angolate l'una dall'altra. Due persone vicine ma che non interagivano.

Si avvicinò un po' di più, allungando una mano sopra di me per aprire gli armadietti sopra la mia testa. Il suo profumo di cedro e sapone mi assalì. La tensione che mi percorse il corpo fu eccessiva. Chiusi il pugno attorno al barattolo di vetro e lo schiacciai accidentalmente in una presa sovrumana.

Ansimai quando il vetro si frantumò, incastrandosi nella parte carnosa del mio pollice. Metà dei pezzi caddero nel lavandino, l'altra metà mi cadde sui piedi nudi.

«Che cazzo.»

Prima ancora che io potessi muovermi, Asher mi sollevò per la vita e mi buttò il sedere sul bancone accanto al lavandino.

«Perché sei a piedi nudi?» Sembrava arrabbiato, come se lo stessi offendendo personalmente mostrando le dita dei piedi. Ma chissà cosa gli passava per la testa in questo momento. Probabilmente odiava la protezione che il suo lupo avrebbe mostrato se mi fossi fatta male.

«Qualcuno pulisca quei vetri dal pavimento» ordinò Asher e quattro studenti si affrettarono a obbedire.

Mi mossi per saltare giù, con la faccia in fiamme. «Non si prende in braccio un insegnante, non importa quanto cavaliere pensi di esse-Oh.» Trattenni un brusco sussulto. «Cosa pensi di fare?»

Asher si strappò la maglietta e la tenne sotto la mia mano, usandola come uno straccio per assorbire il mio sangue. Non c'era niente di sbagliato in quell'istinto, di per sé, tranne che lasciava il suo torso nudo a mia disposizione.

E il suo petto era magnifico. I pettorali forti e scolpiti erano leggermente spolverati di riccioli dorati. I suoi capezzoli piatti erano tesi. Il suo odore era ovunque ora, mi ricopriva il viso. Non riuscivo a respirare aria che non avesse il suo odore.

Si chinò sulla mia mano per guardare più da vicino e tirò fuori una scheggia di vetro dalla mia carne sanguinante.

La stanza si inclinò e girò. L'aria era densa.

Mi stava toccando. Questo era ciò di cui avevo bisogno. Ciò di cui avevo bisogno da quando era uscito dalla mia porta ieri sera.

Mi tirò fuori un altro pezzo di vetro dalla mano, poi allungò il mio polso verso il lavandino.

Non riuscivo a pensare. Non riuscivo a reagire con lui così vicino. Mi sembrava che il mio corpo stesse per esplodere proprio qui in classe.

«Basta» sbottai, saltando giù dal bancone e sul pavimento, con il vetro sotto i piedi, accidenti. «Ragazzi, vado a occuparmi di questo taglio. Continuate a lavorare *in silenzio*.»

Uscii dalla stanza a piedi nudi, con il sangue che gocciolava dietro di me. Non mi voltai indietro per vedere se la classe avrebbe eseguito le mie istruzioni. Di sicuro non mi voltai indietro per vedere la reazione di Asher.

Non credevo di poter resistere alla vista del suo bellissimo viso arrabbiato.

Aprii e spalancai la porta del bagno della scuola. Il mio cuore batteva a un ritmo irregolare. La testa mi girava. Non riuscivo a pensare.

Camminavo su e giù in un cerchio stretto e veloce. L'aria era troppo densa per respirare. Mi fermai davanti al lavandino e aprii l'acqua. Il sangue scorse nel lavabo mentre risciacquavo il resto dei frammenti del bicchiere dal mio pollice. Il mio petto si sollevava mentre cercavo di riprendere il controllo.

Ma era impossibile.

A quanto pareva non avevo chiuso la porta con chiusura automatica quando ero entrata perché Asher in qualche modo apparve in bagno con me.

Lo fissai mentre chiudeva la porta con uno scatto e accorciava la distanza tra noi in un lungo passo.

Mi strappò la maglietta e la gettò a terra.

CAPITOLO DIECI

Lotta

Volevo dirgli di uscire. Non avrebbe dovuto seguirmi fin qui. Eravamo a scuola! Non potevo essere vista con uno studente.

Ma nessuna di quelle parole mi uscì dalle labbra. Le mie mani volarono sui suoi pantaloncini, le dita armeggiarono con il bottone.

La sua bocca finì sul mio seno, le labbra si chiusero intorno al mio capezzolo. Non sapevo nemmeno come ci fosse arrivato così in fretta.

Mi inchiodò al muro, una mano mi afferrò il sedere per sollevarmi. Appoggiai un piede al doppio lavandino, allargando le gambe per lui.

Gli liberai l'erezione dai pantaloncini e dai boxer e la usai come un appiglio per trascinare i suoi fianchi verso i miei.

«Hai bisogno che ti scopi?» Le parole mormorate da Asher erano solenni, scivolarono fuori dalle sue labbra tra i sospiri. Sembrava frenetico quanto me, disperato dal bisogno di trovare sollievo.

Mi tirò su la gonna fino alla vita e mi infilò una mano nelle mutandine, strofinandomi un dito tra le gambe. Mi spostò le mutandine e gli spinsi via la mano. Non era delle sue dita che avevo bisogno in questo momento. Di certo non avevo bisogno di preliminari.

Ero circa sedici ore oltre la fase dei preliminari. Ben oltre l'equivalente femminile delle palle blu, o come si chiamavano. Mi sembrava che qualcuno mi avesse dato un pugno nella vagina. Il clitoride era così gonfio che faceva male.

«Hai bisogno di questo cazzo?» sussurrò a malapena le parole nel mio orecchio.

«Sì» ringhiai, mostrando i denti. Chiusi gli occhi e appoggiai la testa contro il muro, così non dovevo guardare i lineamenti orgogliosi del bel viso di Asher così vicini al mio.

Non lo volevo. Ne avevo bisogno, ma non lo volevo.

Mi trafisse con la sua lunghezza, spingendo i miei fianchi contro il muro perché lo prendessi profondamente. Il suo respiro mi colpì l'orecchio con una raffica calda.

Trattenni un grido di soddisfazione. «Oh destino» sussurrai.

Si spinse di nuovo dentro.

Rovesciai gli occhi all'indietro. «Oh destino, oh destino, oh destino.»

Questo era tutto ciò di cui avevo bisogno. No, era più di questo: era glorioso.

Gli avvolsi la gamba libera intorno alla vita, così poteva farmi rimbalzare sulla sua erezione, con il bacino inclinato verso di lui.

«Sì» borbottai.

Il pollice di Asher trovò il mio labbro inferiore, lo tracciò e poi mi penetrò anche lì. Gli succhiai forte il dito, raschiando la pelle con i denti.

Il mio nucleo si contraeva attorno al suo cazzo a ogni inspirazione.

La sensazione di Asher che pompava dentro di me era meglio di scoprire che ero entrata alla scuola d'arte. Meglio di lasciare Wolf Ridge. Meglio di vincere il primo premio alla mostra d'arte del nostro college.

Aveva la sensazione e il significato dello scopo della vita. Come se tutto ciò di cui avrei mai avuto bisogno fosse questo. Come se fossi potuta morire in questo momento ed essere completa.

Ma questa era solo biologia, ricordai a me stessa. Non era reale. Questa non era la vera me.

Questa sensazione sarebbe svanita appena finito, e avrei potuto capire come non farlo mai più.

Bugie, ringhiò la mia lupa.

Mi si riempirono gli occhi di lacrime. Conficcai le unghie nelle spalle robuste di Asher e usai il piede sul lavandino per fare leva sui miei fianchi e andare incontro ai suoi.

Asher soffocò il suo gemito. Eravamo entrambi in preda a una frenesia soffocata di respiri affannosi e singhiozzi silenziosi. Se qualcuno fosse passato, avrebbe sentito solo l'acqua che scorreva ancora nel lavandino.

Le lacrime mi rigavano il viso. Non sapevo bene da cosa fossero causate: forse frustrazione sessuale. Delusione e rabbia verso me stessa per aver perso il controllo in questo modo. Per essere così bisognosa. Per aver lasciato che un mio studente, *uno studente!*, mi fottesse contro un muro in un bagno durante la lezione.

Morsi forte il pollice di Asher, trafiggendogli la pelle. Me lo sfilò dalla bocca. Aprii gli occhi e vidi i suoi occhi cambiare da verde lupo brillante a nocciola.

«Vieni.» Gli scossi le spalle. Ora le lacrime scendevano rapidamente. «Devo venire.»

Vidi un lampo di panico attraversare il viso di Asher. Fu allora che mi resi conto che non stavamo usando protezioni.

Per il Destino, cosa c'era che non andava in me? Avevo davvero perso la testa! La sua espressione tornò lentamente promiscua, strinse gli occhi. Si spinse dentro di me e smise di muoversi. Iniziai a protestare, ma lui fece scivolare il polpastrello del pollice sul mio clitoride, e io andai oltre il limite con uno strillo. Lo soffocai mordendo la spalla di Asher mentre venivo e venivo e venivo.

Lui rimase rigido, eh, e immobile, lasciando che mi strusciassi e strofinassi contro la sua base finché non strappai fino all'ultimo orgasmo.

Nel momento in cui ebbi finito, mi sollevò dal suo cazzo e mi lasciò cadere in piedi, poi si afferrò il cazzo e lo puntò verso il lavandino.

I muscoli tesi della sua schiena si contrassero e si irrigidirono, e poi venne, i nastri della sua essenza scesero nello scarico sotto il vapore dell'acqua corrente.

Il mio cervello si schiarì. Asher era così intelligente. Ansimai, poco più di un sussurro, «Lava via il mio odore dal tuo cazzo.»

Aprii il lavandino più vicino a me e mi feci scorrere l'acqua sulle mani. Non riuscivo ancora a fermare le lacrime silenziose per l'impotenza che provavo. La sensazione che il mio corpo mi avesse tradita.

Asher si girò e abbassò le sopracciglia. Mi raggiunse. Non sapevo cosa volesse fare: asciugarmi le lacrime o cullarmi la guancia o qualche altra stronzata del genere, ma io non ci stavo. Gli schiaffeggiai via la mano e mi girai per raccogliere le mutandine da terra.

Non ci arrivai. Asher mi sollevò con un braccio intorno alla vita e mi scaraventò contro la parete dello spazio.

Due delle sue dita carnose mi affondarono tra le gambe.

Ansimai per la sensazione deliziosa, il mio desiderio placato fiammeggiò di nuovo.

Asher chiuse le dita dell'altra mano intorno alla mia gola. Schiantò la bocca sulla mia. Girai la testa, ma lui mi inseguì la bocca, aprendomi le labbra con la lingua. Mi colpì con la lingua, affondando in profondità nella mia bocca, penetrandomi simultaneamente in entrambi i punti.

Ero arrabbiata, ma non sapevo perché.

Non importava. Ero già in preda all'estasi. Il suo profumo di cedro e sapone mi drogava mentre le dita facevano la loro magia. Non mi stava soffocando, mi stava solo tenendo ferma. Mi stava dominando. Mi stava ricordando quanto fossi impotente contro di lui. Se avesse voluto scoparmi in questo bagno per le prossime quarantotto ore di fila, mi sarei sottomessa, incapace di rifiutare il piacere potente che era capace di strapparmi.

Mi misi una mano sulla bocca per soffocare il grido di vittoria che mi usciva dalle labbra mentre raggiungevo il secondo picco. I miei muscoli interni si strinsero attorno alle sue dita. Portai le dita lì per spingerlo più a fondo e strofinarmi il clitoride.

«Torna a lezione, Asher» dissi con la gola chiusa. Le lacrime si erano fermate, però. Forse alla fine il piacere superava l'agonia.

Avevo continuato a strusciarmi sulle sue nocche mentre gli davo quell'ordine.

Asher si prese il suo tempo per uscire da me, mentre tirava le labbra in un sorriso crudele. Reso ancora più crudele dalle due fossette che lo rendevano degno di un divo di Hollywood. Era come se il mio cervello non riuscisse a calcolare che una persona così attraente potesse essere anche un tale idiota. «Va bene, signorina James. Ma mi aspetto un dieci per quel compito mancato.» Era tutto spavaldo mentre camminava verso il lavandino per lavarsi via il mio odore dalle dita. Mi guardò da sopra la spalla. «E in tutti gli altri compiti da ora in poi.»

* * *

ASHER

«TROPPA FORZA!» urlò Coach Jamison mentre correvo lungo il campo, colpendo un giocatore dopo l'altro così forte da farli volare via.

Corse lungo il campo e mi afferrò per il casco per attirare la mia attenzione. Rallentai la corsa fino a fermarmi, e lui mi fece voltare verso di lui e scosse il casco. «Metti via il tuo lupo, Asher. Cosa ti è preso? Non puoi farlo nel mio campo. Ora sei a scuola.»

«Mi dispiace, Coach.»

«Cosa ti sta succedendo?»

Scossi la testa.

«Non prendermi in giro. Sei stato sospeso per aver litigato la settimana scorsa. Ora sei tornato ma sembra che tu stia cercando un altro round con qualcuno. Ho ragione?»

Scossi la testa. «No, Coach. Non è così.»

«Beh, allora com'è?» Mi fissò.

Mi sentii il petto pesante per la sua delusione. Coach Jamison era la cosa più vicina a un padre che avevo adesso, quindi quando mi si avvicinava, gli prestavo attenzione.

«Mi dispiace. Non mi ero reso conto di quanto forte stessi colpendo.» Non era vero, ma non era nemmeno una totale bugia. Non ci avevo fatto caso perché non mi importava. Non importava. Nessuno nel nostro campo era umano. Se avessi fatto male a qualcuno di loro, sarebbe guarito entro mattina.

Male. Cazzo.

Il ricordo del sangue di Lotta che si riversava nel lavandino mi balenò davanti agli occhi, e il mio lupo ringhiò sotto la superficie. Avrei voluto stendere altri miei compagni di squadra.

Certo, stava bene. Il taglio si era già chiuso quando l'avevo raggiunta in bagno.

Ma ero ancora fottutamente traumatizzato dalle sue lacrime.

Sapevo che voleva quello che le avevo dato. Ero dannatamente sicuro che fosse consensuale. Semplicemente *non voleva* volerlo. Ma guardare la ragazza dei tuoi sogni piangere mentre la scopi duramente contro un muro era una cosa più che spaventosa. Mi aveva turbato nel profondo.

«Ecco.» Coach Jamison mi batté una mano sul casco. «A cosa stai pensando, Asher?»

«Niente, Coach.»

«Quindi ora ci mentiamo tra di noi? È così che funziona?» Mi inchiodò con uno sguardo penetrante. Non era il suo predominio sul branco che mi colpiva. Era il fatto che gli importava.

Era una delle poche persone in questa città a cui importava di quello che mi succedeva. Che non mi accomunava a quel buono a nulla di mio padre.

Fanculo.

«È per una ragazza» ammisi. Ovviamente non gli avrei detto quale ragazza.

Lui aspettò senza reagire. A quanto pareva, non era stata una spiegazione sufficiente.

«Ci siamo rimorchiati durante la corsa della luna piena.»

«Senza protezione.» La delusione nel suo tono era chiara. Ovviamente Coach Jamison prendeva il suo lavoro non ufficiale di educatore sessuale della squadra più seriamente di quanto non facesse con l'allenamento di football.

«Mi sono tirato indietro.»

Coach scosse la testa. «Non è un metodo efficace. Quante volte ve l'ho detto?»

«A ogni luna piena negli ultimi quattro anni» borbottai. Avrei dovuto vergognarmi per l'ammonimento di Coach, ma invece, una calda sensazione di soddisfazione stava permeando il mio disturbo da stress post traumatico di questo pomeriggio.

Ma perché?

Mi guardai intorno per vedere se Lotta era lì vicino.

Non la vidi. C'era solo la squadra qui fuori. Poi realizzai: era la paura di Coach che io l'avessi messa incinta. Il mio lupo stava rispondendo a quell'idea con profonda soddisfazione. Come se mettere incinta l'insegnante d'arte del mio liceo fosse una buona idea. Come se potesse mai volere una famiglia con me.

Tienila.

Sentii il sussurro delirante nella mia testa.

Ma non potevo tenere questa ragazza. Non volevo nemmeno tenerla. Disprezzavo Lotta James per quello che aveva fatto.

Potevo desiderarla sessualmente, ma era tutto qui. Non avrei mai superato quello che aveva fatto. Non l'arei perdonata per questo, certo, non mi aveva nemmeno chiesto di perdonarla.

Inoltre, non poteva stare con uno studente. L'avrebbero licenziata se qualcuno lo avesse scoperto.

«La pillola del giorno dopo potrebbe ancora essere un'opzione. Il dottor Oakley capisce l'attrazione della luna piena. Non ha riempito quel suo chalet di preservativi per voi ragazzi?»

Era vero, il padre di Abe aveva chiarito fin da quando eravamo alle medie che il suo chalet era disponibile per tutti noi. Era un altro degli evangelisti di Wolf Ridge riguardo al sesso sicuro.

«Sì. Non sono arrivato alla baita.» Coach Jamison mi scrutò. «Ti piace questa ragazza?»

Scossi la testa. «No.»

Inarcò le sopracciglia. «Vuoi parlarne?»

Distolsi lo sguardo, scrutando i miei amici in campo. «No.»

«Asher, tu sei più di questo. Non devi per forza entrare nel buco in cui questa città vuole metterti. Te l'ho detto, una borsa di studio per il football all'ASU è ancora possibile. Forse anche all'UCLA. Il loro osservatore ti stava tenendo d'occhio. Ma non se ti fai sospendere. E non se metti incinta una lupa.»

«Lo so, Coach. Mi dispiace.»

«È carino da parte tua, ma non mi servono le tue scuse, Asher. Devi capire a chi devi davvero delle scuse.»

Scossi la testa mentre se ne andava, non volendo analizzare il puzzle che aveva lasciato cadere. Ma come per tutte le altre lezioni di morale che aveva inflitto alla squadra, ero sicuro che ci avrei lavorato nelle prossime settimane.

Beh, ero dannatamente sicuro che non avrei chiesto scusa a Lotta se era questo che intendeva.

Il massimo che quella donna avrebbe mai potuto ottenere da me sarebbe stata una scopata violenta e uno schiaffo sul culo.

CAPITOLO UNDICI

Lotta

MI SEDETTI sul lettino del dottor Oakley e scrollai Instagram. Non pubblicavo un nuovo dipinto da un mese, ma il mio canale era pieno di dipinti di lupi. Se il branco avesse saputo che li stavo mettendo in mostra per il mondo, Alpha Green e gli altri anziani sarebbero impazziti. La nostra specie era molto attenta a tenere nascosto il segreto. Comprensibilmente.

Il governo degli Stati Uniti sapeva che esistevamo, proprio come sapeva che la vita aliena esisteva e aveva visitato la Terra. Alcuni dicevano che tenevano un registro dei branchi e dei loro membri in America. Non sapevo se fosse vero. Sapevo che dei mutaforma erano stati rapiti e sottoposti a test dolorosi e a esperimenti finanziati dal governo. Avevo anche sentito che c'erano squadre di operazioni speciali nell'esercito degli Stati Uniti composte interamente da mutaforma. Un po' come dei Navy Seal 2.0.

Indipendentemente da ciò, una delle regole principali del

branco era nascondere la nostra esistenza agli altri umani. Quindi se avessi pubblicato tela dopo tela dipinti di lupi più grandi del naturale avrebbero disapprovato. Soprattutto quelle che mostravano una sovrapposizione di un essere umano su un lupo. Il significato avrebbe potuto essere troppo ovvio, persino per un essere umano.

La mia professoressa d'arte preferita, Ann Sweetling, pensava che stessi raffigurando lo spirito lupo interiore di una persona o la guida spirituale animale. Era questo l'aspetto su cui giocavo sulla mia pagina Instagram e avevo venduto un certo numero di dipinti. Immaginavo che molte di quelle persone con la passione per il soprannaturale là fuori credessero di avere uno spirito lupo animale.

Se solo avessero saputo cosa avrebbe significato essere effettivamente guidati da un lupo.

Solo a pensare all'altro mio lato mi faceva sudare.

Bussarono piano alla porta e il dottor Oakley e la sua assistente, Melinda, entrarono.

«Carlotta» disse calorosamente il dottor Oakley. «Avevo sentito dire che eri tornata. È bello vederti.» Mi diede una rapida occhiata prima di incrociare il mio sguardo. «Sembri...ti senti bene?»

Guardai Melinda. Sua figlia era una mia amica, ci eravamo diplomate alla Wolf Ridge lo stesso anno. Il problema delle piccole città era che i tuoi affari diventavano affari di tutti in circa quattro ore.

«Melinda è qui in modo che tu ti senta a tuo agio con qualsiasi esame io conduca e, per legge, tutto ciò di cui discuteremo in questa stanza è confidenziale. Sei un'adulta, il che significa che non possiamo discutere di nulla con i tuoi genitori o chiunque altro senza il tuo consenso.»

Annuii e sospirai. «A dire il vero, la luna piena mi ha dato una bella lezione. Non ero mai mutata da quando sono partita per il college e adesso questa sembra una seconda pubertà o una transizione.»

«Controllale la pressione sanguigna» ordinò a Melinda, che entrò in azione.

«Hai represso la tua lupa per tutto il tempo che sei stata via?» A suo merito, nascose la sua sorpresa abbastanza in fretta.

«Sì.»

«Ha causato qualche sintomo avverso?»

«Perdita di appetito ed energia. Un po' di perdita di capelli. Un minimo di depressione. Ma dopo circa nove mesi, mi ci sono abituata.»

«Nove mesi sono un lungo periodo per non sentirsi bene. Deve essere stata dura per te.»

Era passato così tanto tempo, ma la sua compassione mi riportò alla mente quella solitudine intensa che avevo sofferto. Il dolore per l'abbandono dei miei genitori era stato reso ancora più duro dal dolore della mia lupa.

Melinda lesse la mia pressione sanguigna, ma i numeri non significavano nulla per me. I mutaforma non avevano bisogno di dottori, se non per la pillola anticoncezionale o per traumi gravi. L'ultima volta che avevo visto il dottor Oakley era stato quando ero al primo anno di liceo per iniziare la pillola anticoncezionale in occasione delle corse con la luna piena.

Lo stesso motivo per cui ero tornata ora.

«Dovevo farlo. Volevo studiare arte e la scuola migliore era a Chicago. Era l'unico modo in cui potevo vivere tra gli umani.»

Il dottor Oakley alzò un sopracciglio come per dire che non era d'accordo con il mio ragionamento, ma non discusse. Probabilmente aveva vissuto tra gli umani per anni anche lui per ottenere la sua laurea in medicina.

Mi avvicinò lo stetoscopio al petto e ascoltò. «Quindi sei

mutata per la prima volta di nuovo, quando? Con la luna piena?»

«Sì, signore.»

Agitò una mano. «Non c'è bisogno che mi chiami signore. Quando sei in questo ufficio non c'è gerarchia di branco o tradizione.»

Abbassai lo sguardo, lo stesso. Potevo anche essere un'adulta, ma il rispetto per gli anziani era stato completamente insito in me. «Grazie.»

«E ora hai vampate di calore? Fame estrema? Basso livello di zucchero nel sangue?»

«Sì.» Deglutii e annuii. Tralasciai la parte su Asher. Sulla mia disperazione di sentirlo dentro di me, che mi cavalcava forte. Il mio intenso bisogno di strisciare su tutto quel suo corpo muscoloso. Di farmi dominare con discorsi sporchi e trattamenti bruschi.

«Beh, pare sia proprio come un nuovo inizio della tua lupa. Non penso che durerà quanto la pubertà. Penso che dal momento che ci sei già passata, e sai come mutare e quanto cibo ed esercizio richiede la tua lupa, dovresti adattarti nel giro di pochi mesi.»

«Mesi?»

Scrollò le spalle. «Due o tre direi, ma è solo un'ipotesi. Sei magra, Carlotta. Direi di assumere più proteine e grassi possibili per aiutare a stabilizzare il ritorno degli ormoni.»

«Okay.»

«Altro?»

«Devo ricominciare a prendere la pillola anticoncezionale.»

«Okay.» Guardò la mia cartella. «Mi sembra di capire che abbiamo smesso di spedirti la ricetta sei mesi fa.»

Il dottor Oakley lavorava con un farmacista specializzato per creare formulazioni speciali che funzionassero con gli ormoni mutaforma.

L'unica ragione per cui avevo smesso di prenderla era stata per evitare di fare sesso gratuito con il mio coinquilino egocentrico, Andy. Era bello e disponibile, ma completamente presuntuoso e vuoto di cervello. Sapevo che la cosa dei coinquilini con benefici era una cattiva idea, ma mi ero lasciata andare.

Ovviamente, lo stavo usando. Quando avevo iniziato a sentirmi usata anche io, avevo capito che la relazione non era sana per nessuno dei due e avevo smesso di fare sesso. Per resistere alla tentazione di ricominciare, avevo smesso di prendere la pillola.

«Hai bisogno di un'iniezione post-luna piena?»

Questo era pane quotidiano del dottor Oakley, immaginavo. Solo che non ero convinta che lo facesse pagare a qualcuno. Il suo contributo principale al branco era impedire alle giovani lupe di rimanere incinte durante le corse di luna piena.

Era già abbastanza difficile tenere sotto controllo il tuo lupo, ma quando eri un nuovo mutaforma e la luna era piena, la natura prendeva il sopravvento.

L'iniezione post-luna piena era come la pillola del giorno dopo per gli umani.

«Sì, per favore.»

Il dottor Oakley annuì a Melinda, che stava già tirando fuori una siringa e un tampone imbevuto di alcol. Strappò la confezione del tampone e me lo passò sulla spalla.

«Questo potrebbe aiutare a stabilizzare i tuoi ormoni» disse il dottor Oakley. «O potrebbe peggiorare temporaneamente la situazione.» Prese l'ago da Melinda e mi punse. «Difficile dirlo.» Tirò fuori l'ago e lo buttò via.

Stavo sudando e avevo caldo. Sentii un prurito come se avessi bisogno di mutare e correre.

«Ti consiglio di riposare molto e aumentare l'apporto calorico.»

«Capito.» Saltai giù dal lettino, impaziente di andarmene da lì.

«E Carlotta» -si girò sulla porta per sorridermi- «Bentornata a casa.»

Mi si strinse lo stomaco mentre mi sforzavo di sorridere. «Grazie, ma non ho intenzione di restare.»

Alzò le sopracciglia. «No?»

«Wolf Ridge non è più casa mia.»

* * *

*A*SHER

C'ERANO ALMENO dieci cose che avrei dovuto fare stasera che non riguardavano il perseguitare Lotta. Avevo un sacco di compiti da recuperare dai giorni in cui ero stato sospeso. Mia madre mi aveva chiesto di sostituire la pellicola protettiva rotta del suo telefono. Seb si era offerto di aiutarmi con il compito di matematica che dovevo ripetere.

Invece, mi stavo avvicinando furtivamente al portico posteriore di Lotta, morendo dalla voglia di sentire il suo profumo di gelsomino e miele.

L'avevo già scopata oggi. Non avrei dovuto avere bisogno di averne di più.

Non avrebbe dovuto averne bisogno neanche lei.

Ma se ne avesse avuto bisogno? Il mio lupo mi mormorava nella testa.

Sembrava tormentata quando ero entrato nella sua classe oggi. Ero stato io a farle questo. Negandoci entrambi ieri sera, le avevo causato un danno evidente. Dolore, persino.

Quella consapevolezza era una tortura in sé. Mi faceva venire prurito. Sentire a disagio. Non l'avrei propriamente chiamato senso di colpa. Era più come la versione fisiologica della colpa. Il mio corpo si rammaricava e piangeva per ogni dolore che avevo causato al suo bellissimo corpo. E doveva essere per questo che stavo guardando nelle sue finestre buie e provando la sua porta chiusa a chiave in questo momento.

Le luci di casa sua erano spente. Non era così tardi, ma forse era esausta per qualsiasi prova fisica avesse dovuto affrontare oggi. Un altro disagio si insinuò in me.

Bussai leggermente alla porta. Non sentivo niente dall'interno. Fu allora che vidi una delle sue infradito tra i cespugli.

Il mio lupo ruggì in superficie. Quasi mutai all'idea che fosse in pericolo. Ma era stupido. Non c'era motivo di supporlo. Cazzo. Non riuscivo a fermare il ruggito di energia che mi attraversava il corpo. Il bisogno di trovarla.

Afferrai la scarpa e scrutai i dintorni. L'altra scarpa era più in basso nel lavabo. E poi... oh cazzo! I suoi pantaloncini erano impigliati in un piccolo palo verde. Ecco la sua maglietta.

Mi spogliai sul posto e mutai, seguendo la scia del suo profumo su per la montagna. Corsi su per la collina. La mia compagna era mutata in fretta. Come se qualcosa la stesse inseguendo. Come se qualcosa non andasse. Non sentivo nessun altro profumo fresco vicino al suo, però.

Allora c'era qualcosa che non andava nella sua lupa.

Ecco perché era così fuori di testa oggi.

Forse non aveva niente a che fare con me. No, riguardava *me*. Ero io quello che aveva sistemato le cose per lei. Il suo corpo desiderava il mio allo stesso modo in cui il mio desiderava il suo. Aveva bisogno che la scopassi duramente per farsi rimettere in riga.

Continuai la mia caccia, salendo costantemente di quota. Doveva aver avuto un buon vantaggio su di me perché ci misi molto tempo a raggiungerla, e stavo correndo veloce. Il mio lupo era molto più potente e forte della sua.

Finalmente la vidi sotto la luna calante. La snella lupa

bianca si appoggiò a un masso, i fianchi si sollevarono come se fosse esausta.

Mia, ringhiò il mio lupo.

Mi diedi il permesso di averla. Di nuovo.

Mutai e mi diressi verso di lei. Il mio cazzo era più duro dell'acciaio, puntava nella direzione del suo desiderio.

«Muta» le ordinai.

Era impotente contro di me. Mutò all'istante, sollevandosi su due gambe tremanti, gli occhi verdi tornarono blu fiordaliso. Le lunghe onde scure caddero su una spalla, scivolando contro il seno sodo.

La presi per la vita. Un grido le scappò dalle labbra, ma non era una protesta. Sembrava piuttosto bisogno. Salii qualche gradino fino alla cima del masso, dove la stesi delicatamente sulla superficie piana. La sua pelle risplendeva sotto la luce della luna, conferendole un aspetto etereo. Come se fosse la dea della luna in persona, scesa sulla Terra per provare piacere carnale.

Mi inginocchiai e le feci scivolare le mani dietro le ginocchia per spingerle verso l'alto, allargandola. Il suo ventre sussultò dentro e fuori mentre abbassavo la testa.

Restai a guardarla negli occhi per un momento, una silenziosa domanda di consenso.

«*Sì.*» La sua risposta era impaziente. Capii la domanda.

Strinsi i pollici intorno alle gambe per riflesso. Il cazzo pulsava. Non sarei stato in grado di trattenermi dal fotterla. Potevo provare a ritardarlo, però. Cercare di rimanere lucido.

Le aprii le pieghe con la lingua, frugando tra quelle mezze pesche dolci. Aveva il sapore del sole. Del miele. Forse sarei riuscito a trattenermi dopo tutto. In questo momento, ero abbastanza sicuro che avrei potuto passare le prossime cinque ore ad assaggiarla.

Gemette. Le sue ginocchia premettero verso l'interno,

potenti, le cosce combattevano la mia presa. I fianchi si solle-
vavano per venirmi incontro. Il verso che fece mentre le
tracciavo le labbra fu un *Ahhhh* gutturale.

Ti amo.

Questo fu il pensiero che mi balenò in mente, che era una
bugia assoluta.

Non la amavo. La odiavo.

Eppure, il mio lupo le stava cantando questa serenata
nella mia testa. *Bellissima, bellissima femmina. Ti adoro. Ti ho
sempre adorata. Sei la luce della luna. Sei la canzone nel vento. Sei
il nodo che sento alla gola.*

Mi concentrai sul clitoride con lo stesso livello di rive-
renza che il mio lupo provava per questa femmina. La lodai
con la punta della lingua. La lavai. La accarezzai e la calmai e
cercai di stupirla con la prodezza della devozione della mia
bocca.

Le gambe le tremarono e si agitarono intorno alle mie
spalle. Mi infilò le dita nei capelli e tirò. Una serie di *ahhh* le
scapparono dalle labbra in una continua articolazione di
gioia.

«Ecco, tesoro.» Sollevai la testa e spostai le mani per far
scivolare due dita dentro di lei. Non avevo intenzione di
regalarle belle parole, ma mi erano uscite di bocca. Probabilmente erano un'espressione sincera del momento.

Spinsi dentro e feci scivolare le dita lungo la sua parete
interna, cercando quella posizione segreta. Il fascio di nervi
che si raccoglieva intorno al punto G.

Lotta si inarcò quando lo trovai, le scappò un grido dalla
gola. Il fluido sgorgò intorno alle mie dita nella più gloriosa
eiaculazione femminile a cui avessi mai avuto l'onore di assi-
stere. I muscoli le pulsavano intorno alle mie dita per l'orgasmo, una danza spasmodica di vittoria.

Tenni le dita dentro di lei e abbassai di nuovo il viso,
aggiungendo la lingua al mix. Si contrasse intorno alle mie

dita, sollevando i fianchi dal masso, mentre stringeva le gambe sulle mie spalle. «Hai il sapore del paradiso» mormorai. Lasciai scivolare le dita fuori e lei sospirò mentre uscivano.

«Ancora» ansimò.

Certo, ne voleva ancora. Insomma, grazie al cielo perché ne volevo ancora anche io decisamente. Era come se non ne avessimo mai abbastanza l'uno dell'altra.

Forse era per la negazione di un morso di rivendicazione, non lo sapevo. Tutto ciò di cui ero sicuro era che presto avrei preso fuoco se non fossi entrato di nuovo in lei.

Qui fuori era dura, però. Non volevo sbatterla contro le rocce.

«Vieni qui.» Le afferrai la mano e la tirai in piedi. Una volta che fu dritta, la presi per la vita e la portai giù dal masso, di nuovo a terra. «Mani sulla roccia.» La piegai a metà, tirandole indietro i fianchi, così le sue mani caddero sul masso. «Tira fuori quel bel culo per me.»

Le diedi un forte schiaffo al culo.

Gemette.

La sculacciai ancora un po'. Ricordavo quanto le piacesse. Era un peccato che non ci fosse abbastanza luce lunare per guardare le impronte delle mie mani sbocciare su quella sua morbida pelle.

Punirla mi eccitava troppo. Il precum gocciolò dalla punta del mio cazzo. Se non fossi entrato presto in lei, probabilmente avrei perso il controllo e l'avrei marchiata proprio qui.

E non avevo assolutamente intenzione di marchiare questa femmina.

Le afferrai le natiche e la allargai per portare il cazzo all'ingresso. Non servì nemmeno che lo spingessi per entrare. Uno scatto dei fianchi e penetrai quelle pieghe paffute. Premetti più a fondo, andando lentamente fino a raggiungere la base. Lei gemette contenta, ma io restai lì, torturando entrambi con la mia moderazione.

Si spinse contro di me per prendermi più a fondo. Era bagnatissima. Il mio cazzo scivolò attraverso i suoi succhi fino a una deliziosa perfezione.

Iniziai con un ritmo lento: brevi colpi contro il suo culo. Le tenevo ancora le natiche spalancate, così da riuscire a far entrare il contatto dei miei lombi contro il suo ano.

Le scappò un grido sorpreso e frenetico, come se si stesse già avvicinando a un secondo orgasmo solo perché ero dentro di lei.

Riuscivo a capirla. Non sapevo quanto sarei durato prima di dover uscire e venire tutto sul suo culo.

Diedi colpi più lunghi e lenti, aumentando la tensione per entrambi. «Asher» ansimò Lotta. «Ho bisogno di...»

Mi tirai fuori e le avvolsi un braccio sotto il busto, stringendole bruscamente un seno mentre le scatenavo una raffica di forti sculacciate sul sedere sollevato. «So di cosa hai bisogno» ringhiai. La sculacciai ancora più forte, prendendole la parte posteriore delle gambe dove il sedere incontrava la coscia. «So perfettamente di cosa hai bisogno. Sono il tuo fottuto compagno.»

«Lo so, lo so» ansimò. «Ti prego.» Mi piaceva che ora mi stesse supplicando. «Dammelo. Per favore Asher. Ne ho bisogno.»

Avevo il cazzo così duro che sembrava che stesse per scoppiare. La mia sanità mentale stava scivolando via.

«Okay, tesoro. Mani a terra. Piegati completamente, ora.» Le tirai indietro i fianchi e le feci fare un passo indietro dal masso, così che avesse lo spazio per far cadere le mani ai piedi della roccia. Le gambe le tremavano forte, ma io le spinsi più in là e la tenni ferma per metterla in una posizione a testa in giù. Quando entrai in lei da questa angolazione, andai in profondità.

Urlò di piacere. «Sì!»

«Lo so.» Le afferrai i fianchi e la colpii forte.

Piegò le ginocchia per rispondere alle mie spinte, inarcandosi all'indietro, spingendo contro di me mentre io spingevo dentro di lei.

«Uhm. È bellissimo» gemetti. Sbattei i fianchi contro i suoi, amando il suono della pelle che si scontrava con la pelle. Amando la vista di questa piccola femmina inarcata per ricevermi. «Non *posso proprio* resistere con questo culo.» Feci scivolare i pollici per tirarle di nuovo le natiche aperte.

Gridò per la sensazione. «Asher! Oh, Destino. Per favore! Per favore!»

Volevo venirle dentro così tanto, ma, ovviamente, era fuori questione. Chiusi gli occhi e calibrai il respiro attraverso le narici per trattenermi. Ancora un po'. Non volevo che finisse.

In qualche modo il mio cervello escogitò un piano per raggiungere l'orgasmo insieme. Mi tirai fuori da lei e le infilai tre dita nel canale fradicio, premendole l'ano con il pollice. Raggiunse l'orgasmo con forza intorno alle mie dita nello stesso momento in cui mi afferrai il cazzo con l'altra mano e le ricoprii il bel culo di sperma.

Entrambi esprimemmo vocalmente il nostro rilascio, le nostre voci erano come un'offerta al vento. Verso la luna d'argento. Verso la montagna.

Scatenai un altro rilascio e poi un altro da ognuno di noi, aspettando che l'ultimo si spegnesse, e poi cambiai la posizione delle mie dita per innescare il successivo.

Quando finalmente sembrava che entrambi avessimo spremuto fino all'ultima goccia di estasi, feci scivolare le dita fuori dalla mia bellissima compagna e la aiutai ad alzarsi. Le gambe non la reggevano, però. Mi guardò, le tremavano le palpebre, e poi crollò contro il mio corpo in totale abbandono.

CAPITOLO DODICI

Lotta

L'ODORE DEL MIO COMPAGNO.

Alberi che mi sfioravano la pelle.

Movimenti scossi.

Il rumore dell'acqua corrente.

Riuscivo a cogliere solo frammenti di coscienza finché non mi ritrovai immersa nell'acqua calda.

Aprii gli occhi e sbattei le palpebre, guardandomi intorno. Ero nella vasca da bagno. Asher era accovacciato accanto a me, intento a lavare il rossore dal mio viso con un panno fresco. Riempiva la sua maglietta Wolf Ridge logora e sbiadita in un modo indecente e delizioso.

Oh, per il destino, il modo in cui mi aveva presa stasera. Alzai i palmi per vedere se la pelle era ancora lacerata dalla spinta contro la roccia.

Lo era. Non ero ancora guarita. C'era qualcosa che non andava in me.

Mi brontolò lo stomaco.

«Cosa è successo?» Cercai di mettermi seduta. Cercai di prendere in mano la situazione. Odiavo profondamente quanto mi sentissi fuori controllo con Asher. A causa di Asher.

Mi mise due dita sullo sterno. Con solo quelle due dita, esercitava una pressione sufficiente a tenermi saldamente ferma. «Non muoverti ancora. Sei svenuta. Quando hai mangiato l'ultima volta?»

«Ho cenato» dissi, ma quando ricordai la misera porzione di carote e hummus che avevo mangiato, mi resi conto che Asher probabilmente aveva ragione. Tutti quei movimenti e il sesso richiedevano molte più calorie di quelle che ero abituata a consumare. Il mio livello di zuccheri nel sangue doveva essere crollato.

«Perché sono nella vasca da bagno?»

«Non ero sicuro se volessi andare a letto con il mio sperma spalmato su tutto il culo.» La sua voce era secca, ma c'era una piega tra le sue sopracciglia e la tenerezza con cui passava l'asciugamano ne smentiva la ruvidità.

Asher si alzò. «Vado a cercarti del cibo. Non uscire da quella vasca.» Inarcò le sopracciglia in un modo sexy e severo che mi fece sciogliere ancora di più nell'acqua.

Da quando il ragazzo della porta accanto era diventato quest'uomo enorme e autoritario? Mi resi conto che non conoscevo affatto Asher. Ricordavo un ragazzo sulla difensiva che soffriva a scuola a causa di un ambiente domestico instabile legato a suo padre. Avevo accettato il lavoro di tutoraggio volontario per aumentare le mie possibilità di vincere una borsa di studio per la scuola d'arte, ed era stato difficile all'inizio. Mi aveva parlato a malapena il primo semestre in cui avevo lavorato con lui. Ma avevo perseverato. Avevo lavorato con lui tre giorni alla settimana. A Natale, era migliorato in matematica e il resto dei suoi voti era sopra la sufficienza. Ma il vero cambiamento era stata la fiducia che si era sviluppata tra noi.

Una fiducia che avevo completamente violato.

Appoggiai la testa alle piastrelle e chiusi gli occhi. Mi travolsero il rimpianto e il dolore. Per una che era stata una principessa del branco, la mia vita ora era un intricato pasticcio.

Il profumo di burro e pane tostato mi invase e sentii il sollievo del mio corpo. Sarei stata nutrita.

Dovevo ammettere che, dopo oltre quattro anni completamente sola, tagliata fuori dal sostegno dei miei genitori, mi sentivo quasi troppo bene all'idea di essere accudita da qualcuno. Era particolarmente pericoloso quando quel qualcuno era il tizio che mi aveva appena fottuta con odio in montagna. E nel bagno della scuola.

Ugh! Non riuscivo ancora a credere di averlo fatto. Era proprio vergognoso. Sbagliato.

Dopo qualche minuto, Asher entrò con un piatto pieno di toast al formaggio. «Non c'è cibo a casa tua» borbottò. Appoggiò il piatto sul bordo della vasca da bagno.

Allungai la mano verso uno dei toast al burro con formaggio che profumavano di paradiso, il mio stomaco gorgogliò rumorosamente.

Asher appoggiò un fianco al lavandino, le braccia incrociate sul petto massiccio. «Sai che sei una lupa, vero?»

Lo ignorai, masticando a malapena il cibo mentre lo ingoiavo.

«Perché non hai carne nel frigorifero? Stai cercando di diventare vegetariana o qualcosa del genere?»

Non risposi. Avrei voluto dirgli di andarsene, ma non avevo ancora l'energia per farmi valere. Finii il primo panino e le mani smisero di tremarmi. Al secondo, mi sentii più me stessa.

Cercai di alzarmi, ma Asher scosse la testa. Per qualche

folle ragione, il mio corpo obbedì al suo dominio e mi bloccai.

«Finisci gli altri due, poi parleremo della possibilità che tu ti muova.»

Lo assecondai, allungando la mano verso un terzo splendido toast al formaggio.

«Lotta.» C'era un tono pesante nella sua voce che portò il mio sguardo sul suo per la prima volta da quando avevo ripreso conoscenza. Ma non disse nulla di noi. Di questa cosa che stavamo facendo e che doveva assolutamente finire. Di come avremmo dovuto gestirla o cosa avremmo dovuto fare. Era ancora bloccato sul cibo. «Perché non mangi?»

Feci un gesto impaziente con la mano che fece cadere il piatto dal bordo della vasca.

I riflessi di Asher furono fulminei. Afferrò il piatto e lo raddrizzò prima che il panino rimasto volasse via dal bordo.

«Wow. Impressionante.»

«Qual è il problema, Lotta? Parla, o non esci da quella vasca.»

Alzai gli occhi al cielo. «Non puoi tenermi prigioniera nella mia vasca da bagno, Asher. Sai che basterebbe un urlo e i miei genitori sarebbero qui e-» Smisi di minacciarlo perché sapevamo entrambi come sarebbero andate le cose se lo avessi fatto. Asher sarebbe stato cacciato dal branco proprio come suo padre. Mia madre lo avrebbe fatto succedere prima che fosse mattina. E naturalmente, questa linea di pensiero riportò alla mente la nostra storia contorta e il motivo per cui ora mi odiava.

Diede un morso all'ultimo panino. «E?» chiese con la bocca piena, il suo atteggiamento arrogante in piena forza. «Vuoi finire quella frase?» Arrossii e poi improvvisamente sentii il viso contrarsi, come se avessi dovuto piangere di nuovo. Ma questa volta non era per il fatto di sentirmi impotente di fronte ai miei istinti da lupo. Era per il potere e la potenza dell'ira di Asher. Sentivo che mi colpiva dritta al petto e mi toglieva il respiro. Un'ondata di odio che mi faceva venir voglia di rannicchiarmi in una palla.

«No» dissi con un tono testardo nella voce, trattenendo le lacrime.

«Dimmi del cibo. Non capisco.»

Finii il mio terzo panino e Asher mi piazzò davanti alla faccia quello mezzo mangiato, offrendomi ciò che era rimasto.

Scossi la testa, ma le mie dita cercarono comunque il cibo, la mia fame non si era ancora placata. «Non muto da quasi cinque anni» ammisi mentre masticavo il cibo.

Asher inclinò la testa. «*Cosa?*»

Scrollai le spalle. «Vivevo nel cuore di Chicago. Non c'era modo che potessi nascondermi lì come lupa.»

«Quindi non l'hai fatto e basta? Hai soppresso la tua lupa?»

Deglutii e annuii. «Sì. È così che sono riuscita a vivere tra gli umani.»

Asher restrinse gli occhi. «È per questo che non sei tornata per le estati o le pause?»

«Sì. Sarebbe stato troppo difficile lasciarla uscire e poi sopprimerla di nuovo. Ho avuto sintomi di astinenza quando sono arrivata lì per la prima volta. Sono stata malata per nove mesi. Ho perso l'appetito e sono diventata molto magra.»

Finii l'ultimo boccone del panino. Asher appoggiò il piatto sul lavandino e mi prese. Prima che me ne rendessi conto, mi sollevò per le ascelle fuori dalla vasca e mi mise sul tappetino.

«Sei ancora molto magra, Lotta.» Mi avvolse con un asciugamano intorno alla schiena ma lo tenne aperto per esaminare il mio corpo nudo.

Avrebbe dovuto farmi arrabbiare, questa vulnerabilità

forzata. Avrei dovuto sentire la difensiva critica o il giudizio costante di mia madre su di me, la mia vita e il mio corpo, ma invece, la sua lettura mi scaldava. Sentivo solo la cura e l'interesse di un compagno. Nessun giudizio.

Usò l'asciugamano per tirarmi più vicino a lui, la mia pelle bagnata quasi a filo del suo corpo. Abbastanza vicino che alcune delle mie gocce d'acqua si trasferirono sui suoi vestiti. Ricominciai a tremare, ma non per debolezza. «Sei mutata *per me*.» La sua voce roca suonava possessiva. Gli occhi gli brillavano di verde. L'elettricità tra i nostri corpi era innegabile. Come le corde di uno strumento, accordate sulla stessa nota. Che risuonavano alla stessa frequenza e velocità.

Gli misi le mani sul petto e mi spinsi indietro, disperatamente bisognosa di spazio. «Probabilmente» borbottai, voltandomi. «Non volevo lasciarla uscire di nuovo. Non ho intenzione di restare a Wolf Ridge.» Sentii il suo respiro trattenuto quando gli diedi la notizia, ma non vidi la sua reazione perché uscii dal bagno e mi diressi verso la mia cassettiera nello studio, dove tirai fuori un paio di mutandine pulite.

Asher mi seguì, guardandomi con quegli occhi luminosi da lupo mentre indossavo le mutandine, una canottiera e i pantaloncini del pigiama.

«Beh, hai bisogno di carne. Sono sicuro che lo sai.»

«Lo so, ma la carne è costosa. Non posso permettermela.»

Asher strinse gli occhi e guardò verso le portefinestre che si aprivano sulla piscina e sulla proprietà da un milione di dollari dei miei genitori. «Perché no?»

Ora mi ero ripresa. Le mie forze erano tornate e così anche la mia determinazione.

Mi avvicinai ad Asher e mi fermai davanti a lui con le mani sui fianchi. Era più alto di me di trenta centimetri, quindi dovetti alzare lo sguardo per lanciargli un'occhiataccia fulminante.

«Va bene, ecco l'accordo. Hai fatto uscire la mia lupa. Ho chiaramente bisogno di-» mi fermai e agitai la mano in aria, cercando di evocare le parole giuste- «sesso ora.»

Gli occhi di Asher si illuminarono di nuovo interesse. «Ora? Hai anche smesso di fare sesso per cinque anni?»

«No!» Cercai di dargli una spinta ma non riuscii. Riuscii solo a buttarmi all'indietro. «Ascolta, Asher. Abbiamo bisogno di alcune regole di base.»

Fui sorpresa quando annuì. «Okay. Tipo cosa?»

«Uno:» –alzai il dito– «Mai più a scuola. *Non può succedere.*» Alzai un altro dito. «Due: nessun altro può saperlo.» All'improvviso un allarme risuonò dentro di me. «L'hai detto a qualcuno?»

«Che ti ho scopata?» Lui si accigliò, quel petto scolpito si irrigidì. «Certo che no.»

«Bene. Continua così. E tre:» -aggiunsi un dito- «Solo qui, solo dopo il tramonto, e nessuno ti deve vedere andare o venire.»

Asher afferrò il polso della mano che stavo tenendo sollevata e si portò le mie nocche alla bocca. Le morse, un morso forte, ma non doloroso. «Accetto le tue richieste. Ecco le mie.» Succhiò un mio dito in bocca e il mio corpo andò a fuoco di nuovo all'istante. Sentivo ancora le fitte tra le gambe dei nostri due round precedenti di oggi. Il mio corpo non poteva desiderare di più.

Ma lo faceva.

Rilasciò il mio dito con uno schiocco di labbra. «Il tuo corpo appartiene a me. Chiunque altro lo tocchi, muore.»

I muscoli intimi tra le mie gambe si sollevarono e si contrassero. Il mio cuore iniziò inspiegabilmente a battere.

Succhiò un altro dito e lo rilasciò. «Posso fare quello che cazzo voglio con te. Se voglio baciarti...» Mi mise una mano dietro la testa e mi sollevò il viso verso il suo. Le sue labbra scesero e si librarono, a millimetri dalle mie, il suo respiro caldo mi sfiorava il viso «... tu apri queste labbra per me.» Mi attaccò la bocca, la sua lingua mi passò tra le labbra, possedendomi.

Mi dibattei, o meglio, una parte di me lottò mentre un'altra si sottometteva. E la terza parte di me si accendeva in fiamme bianche e roventi.

Interruppe il bacio trascinandomi il labbro inferiore tra i denti.

«Se voglio scoparti, tu apri quelle gambe.»

Quelle stesse gambe tremarono, reggendomi a malapena. La parte peggiore era che ero sicura che lui conoscesse l'effetto che faceva su di me. Riusciva a sentire l'odore della mia eccitazione. Sentiva come mi scioglievo in lui nonostante il mio profondo desiderio di resistere.

«E se mai mi schiaffeggerai di nuovo la mano quando voglio accarezzarti, ti sculaccerò finché non piangi. Hai capito?» Mi si tesero i capezzoli. Un brivido potente mi percorse il corpo. Ero in egual misura furiosa ed eccitata. Avrei voluto dargli una ginocchiata nelle palle. E in qualche modo volevo anche quella sculacciata.

Perché mi eccitava così tanto? Desideravo la sua punizione per quello che avevo fatto?

Con la faccia accaldata, i palmi bagnati, la migliore risposta che riuscii a dare fu vomitare due parole: «Ti odio.»

Un sorriso lento e compiaciuto si diffuse sul volto di Asher. «Credimi, è reciproco, tesoro.»

Per la seconda volta in ventiquattro ore, Asher uscì da casa mia lasciandomi eccitata e insoddisfatta.

Si girò sulla porta e mi inchiodò con uno sguardo arrogante. «Oh, e voglio le chiavi di casa tua.»

CAPITOLO TREDICI

Asher

MI GIRAI e rigirai nel letto tutta la notte. Non riuscivo a smettere di pensare al frigorifero vuoto di Lotta. Non si adattava all'immagine che avevo di lei, della principessa viziata del branco che otteneva tutto ciò che voleva o di cui aveva bisogno su un piatto d'argento.

Perché la sua dispensa avrebbe dovuto essere vuota? Perché avrebbe dovuto dire di non potersi permettere la carne? Aveva un lavoro. Aveva genitori ricchi. Si era appena laureata in un costoso college privato.

Ma rinnegava la sua lupa da anni. Era stato uno shock totale. Quel livello di abnegazione... diceva qualcosa su di lei. Su chi era. La quantità di autocontrollo che doveva avere. Ma anche, del suo conflitto interiore. C'era una vera e propria guerra in corso dentro di lei. La sua lupa si era rifiutata di rimanere sublimata quando si era avvicinata al suo compagno. Ma lei non voleva un compagno. Soprattutto non voleva me.

Non che io volessi lei, comunque.

Questa nuova informazione si aggiunse al mio dubbio sulle lacrime che aveva lasciato andare mentre la scopavo. Forse non erano solo per il fatto di aver scoperto che il suo compagno era uno dei suoi studenti. O per essersi fatta scopare da un tizio che la odiava. Forse erano una liberazione per aver lasciato uscire la sua lupa.

O, un brivido mi attraversò la pelle, forse erano generate dal dolore per aver perso la battaglia con la sua lupa.

«È una cosa da sballo» borbottai, buttando le gambe fuori dal letto, di nuovo molto prima dell'alba.

Scivolai fuori dalla casa a schiera e salii sulla mia Ducati. Quando avevo compiuto sedici anni, non potevo permettermi di comprare un'auto, ma Greg Lane, il proprietario dell'officina di Wolf Ridge, mi aveva fatto un'offerta da sballo per questa meraviglia. L'avevo comprata con i soldi che avevo guadagnato lavorando nei fine settimana per la signora Angelson da Sweet Treats.

Andai al Circle K dove lavorava il padre di Cole e Casey Muchmore. Era una stazione di servizio con minimarket aperta 24 ore su 24 alla periferia della città. L'unico posto aperto nel cuore della notte. Comprai pane, latte, uova, bacon e carne per panini con i soldi che avevo dall'ultima busta che mi aveva spedito mio padre. La mia compagna aveva bisogno di proteine. Aveva bisogno di sostentamento. Quell'impulso primitivo di proteggerla e provvedere a lei non sarebbe stato ignorato finché non sarei stato sicuro che si fosse nutrita. Tornai a casa e corsi fino a casa sua, rispettando le sue regole sul fatto che nessuno dovesse vedermi entrare o uscire.

Cavolo, anche io non volevo che nessuno ci vedesse. L'ultima cosa di cui avevo bisogno era che i suoi genitori arroganti scoprissero che il paria del branco aveva toccato la loro preziosa figlia. Il destino sapeva che sua madre avrebbe falsificato le prove di qualche nuovo, atroce crimine per farmi cacciare definitivamente da Wolf Ridge.

Non sapevo perché, ma provai ad aprire la maniglia della porta.

Fui turbato nel trovarla aperta. Ancora più turbato quando la mia bella compagna non si mosse. Sentivo solo il respiro intenso e uniforme del suo sonno profondo. O il suo istinto da lupo di fronte al pericolo era andato, o non aveva ancora recuperato le sue energie e la sua resistenza alla mutazione.

Un motivo in più per essere qui. Camminai piano verso il frigorifero e aprii lo sportello. Nemmeno la luce la fece muovere. Ci misi dentro la spesa e la chiusi.

Sarei dovuto tornare a casa e vedere se riuscivo a dormire un'altra ora prima di andare a scuola. O andare in pasticceria ad aiutare mia madre e la signora Angelson. Invece, mi ritrovavo in piedi davanti al letto di Lotta, a guardare la bella curva della sua guancia. La curva delle sue ciglia scure contro la sua guancia.

Ero innervosito dal desiderio di infilarmi nel letto con lei. Tenerla stretta.

Fanculo. Scoparla duramente da dietro era una cosa. Coccolarla era qualcosa che non avrei mai lasciato accadere. Non se lo meritava da me. Non era una persona di cui mi potevo fidare.

Eppure, le mie dita si allungarono per accarezzarle la guancia come avevo fatto ieri nel bagno della scuola quando mi aveva schiaffeggiato la mano. Mi fermai prima di toccarla davvero.

Perché non si svegliava? Avrebbe dovuto sapere che qualcuno era entrato in casa sua e le stava davanti in piedi.

Ma poi realizzai: la sua lupa sapeva di essere al sicuro.

Lotta l'insegnante poteva anche odiarmi a morte. Lotta l'artista. Lotta la mia vicina. Ma la sua lupa non mi avrebbe fermato mai. La sua lupa sapeva che appartenevo a questo posto.

Che apparteneva a me. I nostri futuri erano così strettamente intrecciati che nessuno di noi due sarebbe mai stato libero.

* * *

LOTTA

DORMII quasi come se fossi morta. Come durante la notte di luna piena.

Immaginavo che fosse l'effetto che mi faceva il sesso con il mio compagno. Dovevo dormire per smaltirne l'intensità. Il piacere estremo.

Fortunatamente, non dormii tanto da non sentire la sveglia, ma mi svegliai con la bava sul cuscino e le rughe sul viso causate dalla federa. Barcollai verso in bagno e accesi la luce.

La tenda bianca della doccia cadeva dritta, arruffata dalla notte scorsa. Mi abbassai per raccogliere una briciola di toast al formaggio e ricordai come mi ero sentita quando qualcuno si era preso cura di me. Asher poteva anche comportarsi come uno stronzo, ma era il mio compagno. Prendersi cura di me era ciò per cui era programmato.

È solo biologia, mi dissi con ferocia quando un caldo rossore mi attraversò il petto. *Ti odia. Non ci saranno rivendicazioni.*

Sarei stata una stupida a credere che avesse fatto qualcosa la scorsa notte per prendersi cura di me.

Nessuno si prendeva cura di me, non veramente. Nemmeno i miei genitori. L'avevo imparato a mie spese quando non avevo fatto quello che volevano che facessi. Me l'ero cavata da sola al college. Avevo la mia arte. L'arte non mi aveva mai tradita. Era l'amica che avrei avuto sempre.

Inoltre, anche se Asher non fosse stato mio studente e la relazione non fosse stata completamente proibita, non volevo essere reclamata. Non volevo una relazione con Asher. Dovevo guadagnare abbastanza soldi per tornare a Chicago, o, se potevo permettermelo, a New York o Los Angeles. Avevo bisogno di stare con altri artisti. Far conoscere il mio lavoro e cercare di farcela.

Non ci sarebbe stato niente di più triste che essere reclamata da qualche lupo del mio liceo e restare qui per il resto della mia vita. Rinunciare a tutti i miei sogni. Soddisfare l'idea di un futuro che i miei genitori avevano per me.

«Ugh, no» borbottai mentre aprivo l'acqua ed entravo nella doccia. Tenni la testa sotto il getto e cercai di dimenticare quanto Asher fosse magnifico nudo. Quel petto e quelle spalle gloriose e larghe. La leggera spolverata di riccioli fulvi sulla sua pelle abbronzata. Era incredibile.

Il sesso con lui era così diverso da quello con Andy, il mio coinquilino al college, o anche da quello con i ragazzi che mi ero rimorchiata durante le corse sotto la luna piena al liceo. Era follemente dominante, il che mi eccitava. Un po' cattivo. Anche questo era eccitante. Forse avrei dovuto capire il perché. Ma anche con tutta la cattiveria, i ringhi e le sculacciate, sotto sotto, Asher era un amante premuroso. Era completamente in sintonia con me. Regolato in base al mio piacere. Sapeva di cosa avevo bisogno e come darmelo. Se mi negava il piacere, anche quello era intenzionale.

Era completamente diverso dall'egocentrismo di Andy o dagli sforzi intensi ma goffi e maldestri dei miei amanti dell'adolescenza.

Asher poteva anche essere più giovane di me, ma scopava come un uomo. Un vero uomo.

Oh destino. Mi stavo innamorando di lui.

Non volevo innamorarmi di questo tizio.

Mi lavai i capelli con lo shampoo e il balsamo, mi rasai le gambe, le ascelle e tra le gambe, ed uscii dalla doccia. Mi brontolò lo stomaco mentre mi asciugavo. Nonostante i tre panini e mezzo che avevo mangiato ieri sera, avevo di nuovo fame.

Merda. Asher probabilmente aveva finito l'ultimo pane e il formaggio per fare i toast ieri sera, il che significava che non c'era niente per la mia colazione o da preparare per il pranzo.

Forse se ero fortunata, qualcuno aveva portato delle ciambelle nella sala del personale. Non che le ciambelle fossero ciò che il dottor Oakley aveva raccomandato per nutrire il mio lupo.

Uscii dal bagno e mi vestii, poi aprii lo sportello del frigorifero per vedere cosa riuscivo a scovare.

«Oh!» Guardai scioccata il cibo. Latte. Uova. Pane. Bacon. Carne per panini.

Le lacrime mi bruciarono gli occhi. Non mi ero mai sentita così curata da quando mi ero diplomata al liceo.

È solo biologia, insistette la parte logica del mio cervello. *A lui non importa.*

Ma questo mi fece scattare. Asher era tornato nel cuore della notte o mentre ero sotto la doccia stamattina. Si era alzato presto, era andato al supermercato a comprare del cibo e lo aveva portato qui. Gli importava.

Anche se era arrabbiato. Anche se mi odiava per quello che avevo fatto, gli importava ancora del mio benessere.

Lo stomaco mi brontolò di nuovo. Aprii il latte con dita tremanti e iniziai a tranguigiarlo, disperatamente a caccia di calorie e proteine. Iniziai a cercare le forbici o un coltello per aprire la confezione di bacon, e poi il mio lupo prese il sopravvento. Strappai la plastica rigida con le dita. Facilmente! La mia forza da mutaforma stava tornando.

Non c'era tempo per friggere il bacon, quindi premetti quattro pezzi tra diversi tovaglioli di carta piegati e li misi nel microonde mentre friggevo quattro uova in una padella e preparavo un veloce panino con carne e formaggio per pranzo. Per tutto il tempo sentii un calore nel petto che non se ne voleva andare.

Un po' di quella pesantezza che mi accompagnava da anni era sparita. E non era solo una questione di forza da lupo. Era una questione di emotività.

Mi commossi di nuovo. Non provavo quel senso di connessione da tanto tempo.

Gli umani non erano come un branco. Avevo degli amici al college, un sacco. Ma dovevo stare in guardia, non potevo rivelare il mio segreto a nessuno, e questo mi faceva evitare di avere delle relazioni strette. Stavo in gruppo. Ma non mi legavo a nessuno.

Ecco perché avevo scelto un ragazzo così egocentrico come Andy come mio trombamico in primo luogo. Avevo bisogno di qualcuno che non mi guardasse mai troppo da vicino.

La me artista tirò su un muro sulle emozioni.

Non potevo rimanere bloccata a Wolf Ridge. La vita da lupo non era il mio futuro, appartenevo alla città *per via della mia arte*.

La me lupo ignorava tutto questo. Presi la pancetta dal microonde, la schiacciai sulle uova e la mangiai direttamente dalla padella.

Scodinzolando per tutto il tempo.

E poiché mi era venuto in mente Andy, decisi di dare seguito a quell'incontro in galleria. Gli mandai un messaggio.

Quando vieni? Hai avuto fortuna con il contatto per me?

Mi rispose **La prossima settimana. Ho una suite da pappone in un resort. Non vedo l'ora di vederti in bikini.**

Oh. Eh. Ugh.

Non succederà, risposi. *Sto frequentando qualcuno qui.*

Dovevo dirgli che non ero disponibile. Asher e io avevamo un accordo. Non era il mio ragazzo, ma avevamo un legame biologico innegabile. Anche se fossi stata interessata a scoparmi Andy, cosa che non era assolutamente vera, non potevo interferire con la natura. Il lupo di Asher credeva che io gli appartenessi, il che significava che avrebbe combattuto fino alla morte con qualsiasi altro maschio per me.

Andy: *Vabbè. Siamo sempre stati liberi e spensierati.*

Io: *Ho detto che non succederà. Puoi presentarmi o no?*
Andy: *Non lo so, stavo pensando a uno scambio di favori.*

Io: *Di nuovo, non è un'opzione.*

Andy: *Sto scherzando, tesoro. Vedrò cosa posso fare.*

Poi, *vedi cosa puoi fare anche tu*, seguito dall'emoji del bikini.

Non era bello. Ugh. Non aveva letto la parte in cui dicevo che mi vedevo con qualcuno? Che stronzo. Be', ero stata una stupida a riporre speranze in un aiuto da parte sua. Avrei dovuto immaginare che fosse solo alla ricerca di sesso.

Quindi scrissi a Olive. *Ehi, ti ricordi quando ti sei offerta di visitare le gallerie con me?*

Lei rispose immediatamente. *Assolutamente!*

Il branco si sosteneva. Mi bruciarono un po' gli occhi per il sollievo di avere qualcuno dalla mia parte. Il contrasto della sua amicizia rispetto al rapporto che avevo con Andy era evidente.

Io: *Davvero? Quando sarebbe un buon momento per te?*

Olive: *Il mercoledì sera le gallerie restano aperte fino a tardi per l'Art Walk. Potremmo cenare e fare qualche visita.*

Io: *Perfetto! Questo mercoledì va bene per te?*

Olive: *Sì. Me lo segno.*

Fantastico.

Mandai emoji di baci a Olive e uscii di casa puntuale. Salii sulla mia Mini, quella che i miei genitori mi avevano comprato per il mio sedicesimo compleanno e che si erano rifiutati di farmi vendere per pagare le tasse universitarie.

Una moto mi tagliò la strada mentre cercavo di svoltare nel parcheggio del personale e poi si fermò nel posto vicino all'aula d'arte. Il mio posto.

Sapevo chi era alla guida prima ancora che si togliesse il casco.

Trovai un altro posto dove parcheggiare, presi il mio panino e camminai verso di lui. Mentre camminavo, feci scivolare via la chiave della mia casita dal portachiavi.

Lo stesso familiare terrore nel vederlo era ancora lì, ma in egual misura o in misura maggiore c'era l'eccitazione.

Il calore.

Il desiderio.

«Dovrebbe stare attenta a dove va, signorina James. Mi ha quasi urtato.» Il suo sorrisetto malizioso gli fece emergere due fossette profonde. Si appoggiò alla Ducati, con le braccia incrociate sul petto massiccio.

Alzai la voce nel caso ci fosse un altro insegnante o uno studente nei paraggi. «Quello è un parcheggio per il personale, Asher. Sposta la moto.»

«Sì, signora» disse senza muoversi.

«*Adesso.*» Ora ero proprio nel suo spazio personale, aspirando il suo profumo di cedro e di uomo sexy.

Dilatò le narici e gli occhi gli brillarono di verde mentre lui aspirava lentamente il mio.

Lasciai cadere il mio mazzo di chiavi e abbassai lo sguardo senza muovermi.

Per un momento, pensai che il mio stratagemma non avrebbe funzionato. Asher era troppo impegnato a fare lo stronzo per starmi dietro. Mi lanciò un lungo sguardo leggermente sprezzante, ma alla fine si chinò per raccoglierle.

Quando me le porse, scambiai il mazzo con la chiave della mia casita.

Mi arrivò un'esplosione del suo potere, ma questa volta, invece di rabbia o furia, si trattava di lussuria.

«Sposta la moto» ripetei, scuotendo i capelli. «Grazie per il cibo» mormorai mentre gli passavo davanti.

Sentii il suo sguardo sulla mia schiena, o più probabilmente sul mio sedere, per tutto il tragitto che feci verso l'edificio scolastico. Mi girai per guardarmi indietro quando arrivai alla porta. Solo allora mi lanciò un saluto beffardo e gettò una gamba sulla moto per spostarla nel parcheggio degli studenti.

Mi ritrovai a sorridere mentre entravo a scuola.

CAPITOLO QUATTORDICI

Asher

DOPO IL FOOTBALL, la cena e i compiti, mi intrufolai a casa di Lotta. La chiave del suo appartamento mi aveva praticamente bruciato le tasche per tutto il giorno e sedermi nella sua classe era stata una vera tortura. Non mi aveva mai guardato, nemmeno una volta, ma arrossiva ogni volta che mi eccitavo guardandola pavoneggiarsi in classe con la sua gonna attillata e i sandali col tacco. Indossava un top nero attillato con una margherita sulle tette che mi faceva venir voglia di strappare la maglia a brandelli e seppellirci la faccia.

Sapere che sapeva di essere mia, che lo aveva ammesso, non importava quanto fosse riluttante, aveva cambiato le cose per me. Non provavo più quella sensazione di rabbia nei suoi confronti.

La vecchia rabbia e il senso di tradimento erano ancora come un sasso allo stomaco, ma ora mi davano solo un senso di apprensione, non era rabbia vera e propria.

Mi fermai fuori dalla porta. Eh. Sapevo che non c'era. Il

suo profumo di gelsomino non c'era. Ma più di questo, lo sapevo e basta. Il mio lupo era già in sintonia con lei. Provai comunque la chiave, solo per essere sicuro che funzionasse.

Funzionava, ma la casa era vuota. La sua macchina non era parcheggiata sotto il posto auto coperto accanto al garage dei suoi genitori.

Il mio lupo ringhiò perché si stava negando. Lo faceva di proposito? Cercava di riprendere il controllo dei nostri incontri sessuali?

Non tornava, però. Lotta era diversa oggi. Meno chiusa. Aveva mormorato in modo sexy un grazie per il cibo, ed era stata proattiva nel procurarmi la chiave di casa sua.

Era con i suoi genitori? No, la macchina non c'era, mi ricordai.

Ah.

L'immagine della sua macchina ancora ferma nel parcheggio quando ero uscito dopo l'allenamento di football mi tornò in mente. La notte di luna piena, era mutata a scuola. Doveva essere lì a dipingere.

Aveva senso: le tele che usava erano enormi. Avrebbero occupato metà del suo monolocale qui. Inoltre, dormire con quell'odore di diluente avrebbe fatto impazzire la sua lupa.

E la sua lupa era già un po' fuori di testa.

Tornai di corsa indietro e salii sulla Ducati. Andai a scuola in auto, ma nascosi la moto tra un cassonetto e il muro posteriore della scuola. Non potevo rischiare che qualcuno la vedesse mentre passavo.

L'auto di Lotta era nel parcheggio e c'era una luce accesa nello studio d'arte. Sapendo che le porte della scuola sarebbero state chiuse, mi fermai sotto le finestre. Raccolsi un sassolino da lanciare contro il vetro per attirare la sua attenzione, ma poi restai immobile, a fissarla.

Lotta era in piedi con la schiena rivolta verso di me, di

fronte a una grande tela. Sulla tela c'era il muso di un lupo gigante.

Il muso del *mio* lupo. Pelliccia nera con del bianco attorno al muso e al petto. Occhi verde brillante.

I miei denti erano scoperti in un ringhio feroce, i peli ritti, le spalle curve come se stessi per balzare. La saliva, o forse era il siero che avrei usato per marchiarla, mi colava dai denti.

Il mio corpo reagì al dipinto come se fossi stato colpito da un altro difensore. Una palla di cannone infuocata esplose al centro, facendo muovere e rotolare la pietra nel mio stomaco. Il mio lupo era emozionato perché ero in prima linea nella sua mente. Perché era lui la sua musa.

«Whoa» mormorai ad alta voce.

Lotta sussultò al suono della mia voce. Le finestre erano socchiuse per la ventilazione e lei si girò.

«Asher.»

Avrei potuto vivere tutta la mia vita senza dimenticare la dolcezza di sentirla pronunciare il mio nome. Le sillabe senza fiato sembravano trasmettere sia eccitazione che nervosismo nel trovarmi sotto la finestra.

Appoggiò il pennello. «Ti faccio entrare.»

Memorizzai anche quelle parole, sentendo che c'era una metafora in loro. La domanda era *perché* volevo che mi lasciasse entrare emotivamente, quando il mio cuore era così saldamente chiuso a lei.

Era la mia compagna. Questa era una spiegazione sufficiente. Restai nell'ombra dell'edificio mentre mi avvicinavo alle porte.

Lotta era senza fiato quando le aprì. Aveva i piedi nudi e una macchia di tempera sul polso. Il suo profumo dolce come il miele mi assalì, facendomi quasi cadere in ginocchio per sollevare quella gonna e premere la lingua dove ne aveva più bisogno.

Invece, la presi in braccio, infilando l'avambraccio sotto il suo sedere per sollevare i suoi fianchi sopra i miei, così che si trovasse a cavalcioni sulla mia vita. La portai lungo il corridoio fino all'aula d'arte. «Stasera infrangeremo la tua regola del non farlo mai a scuola» ringhiai.

«Oh.»

Nessuna protesta. Lo voleva anche lei.

«Se mi permetti di braccarti, mangerò quello che caccio.»

«Mm.» Strinse le gambe intorno alla mia vita, il profumo della sua eccitazione mi faceva impazzire. «Ho perso la cognizione del tempo» disse, dimenandosi tra le mie braccia.

Adoravo il fatto che pensava di dovermi una spiegazione. Che capiva che il suo corpicino stretto mi apparteneva.

Avevo intenzione di possederlo in ogni modo possibile.

Le infilai una mano sotto la maglietta mentre camminavo, il mio pollice scivolò sotto il suo reggiseno per stuzzicarle il capezzolo.

Lei strinse di nuovo le gambe e i muscoli dei suoi glutei si irrigidirono per l'eccitazione.

La portai nello studio d'arte, direttamente al banco dove mi sedevo. Dal modo in cui aveva suddiviso la stanza con i suoi dipinti, nessuno che guardasse dentro dall'esterno sarebbe stato in grado di vederci, anche con le luci accese.

«Asher.» Lo pronunciò di nuovo senza fiato.

Mi stava facendo impazzire. Le feci posare il culo sul bordo del tavolo e le tirai su le ginocchia. Lei si lasciò cadere sugli avambracci, con gli occhi che brillavano di un blu elettrico.

«Indossare queste gonnelline a scuola ti farà scopare» la avvertii. «Forte.» Le tirai le mutandine troppo forte e il delicato capo di raso e pizzo si strappò a metà.

«Ehi» protestò, ma non accettavo rimproveri da lei.

Mi leccai le tre dita centrali e le schiaffeggiai la figa.

Spalancò gli occhi.

«Esatto.» Le spinsi le ginocchia verso le spalle. Lei si sdraiò, abbandonando la posizione sugli avambracci. «Questa figa verrà sculacciata stasera.»

«Co-co...» si sforzò di comporre delle parole, ma a quanto pareva non riusciva a completarle. Non sapevo se stesse cercando di chiedere come o cosa, ma non importava. Risposi con un'altra sculacciata. Le misi una mano sotto una delle ginocchia per tenerle la gamba allargata e iniziai a sculacciarle la bella figa con le mie tre dita.

Ovviamente, non c'era forza in quelle sculacciate. Non le facevano male. Ma lei era spaventata dalla sensazione e si eccitò subito. Le schiaffeggiai il clitoride, facendolo gonfiare e sporgere. La sua eccitazione gocciolava sul tavolo.

Ci avrei pensato ad ogni lezione fino al diploma, garantito.

«Ecco cosa succede quando mi fai venire le palle blu.» Le diedi dei colpetti rapidi e leggeri sulle pieghe. Lei ansimava e miagolava, l'interno delle sue cosce iniziò a tremare.

Le tenni entrambe le ginocchia aperte e abbassai il viso tra le sue gambe, sospeso appena sopra il suo sesso. Avevo la bocca aperta, la lingua pronta a leccarla, ma ritardai deliberatamente, lasciandole sentire il calore del mio respiro.

Si spinse sui gomiti per guardare.

Estesi lentamente la lingua. Lei iniziò a tremare e rabbrividire preventivamente. Il suo corpo conosceva il piacere che stavo per darle. Era sull'orlo del baratro, forse anche pronta all'orgasmo al primo sfioramento della mia lingua.

Incontrai il suo sguardo, facendola ancora aspettare.

Trattenne il respiro.

«Vieni per me, Carlotta» mormorai e le schioccai il clitoride con la punta della lingua.

Ecco fatto. Uno schiocco. Volevo vedere se era possibile. Se riuscivo a caricare così forte la mia compagna tanto da farla scatenare al mio comando.

«Aaah!» gridò, chinandosi per infilare le dita dentro di sé mentre veniva.

Le diedi solo pochi secondi per abbandonarsi, poi le sollevai i fianchi e la feci girare, facendola cadere in ginocchio sul tavolo. «Pensavi che la tua punizione fosse finita, piccola lupa?»

Gemette. Si appoggiò su un avambraccio, le dita ancora tra le gambe, elaborando gli ultimi brividi del suo orgasmo. La lasciai provare piacere mentre le sculacciavo il sedere.

Non mi trattenni. Era una lupa, qualsiasi dolore provasse sarebbe stato momentaneo, mescolato a sesso ed eccitazione. Le feci diventare rosso il culo, schiaffeggiando un lato, poi l'altro, poi proprio nel mezzo, sulla dolce figa.

A quel punto fu troppo per me. Avevo bisogno di essere dentro di lei. Questa volta ero preparato, avevo portato un preservativo. Lo tirai fuori dalla tasca e lo strappai. «Girati» ordinai.

Gli occhi di Lotta erano vitrei e sfocati mentre si girava di nuovo sulla schiena tremante. «Va tutto bene» disse, vedendo il preservativo. «Ho visto il dottor Oakley ieri. Dovrei essere al sicuro ormai.»

Il mio lupo era infuriato perché non sarebbe riuscito a metterla incinta. Io ero solo emozionato di poter venire dentro di lei.

Le afferrai i fianchi e li tirai fino al bordo del tavolo dove mi trovavo. Mi tirai giù gli shorts e spinsi dentro.

Stavolta fu ancora meglio. Ogni volta era meglio con Lotta.

E la desideravo così tanto che quasi mi veniva da piangere per il fatto di essere dentro. Era qui che dovevo essere. Annidato tra le cosce della mia compagna. Feci scivolare la mano sotto la sua maglietta per accarezzarle il seno mentre le urtavo contro il culo. Aveva le gambe appoggiate al mio tronco, le caviglie mi danzavano sulle spalle.

«Oh.»

«È così che ti piace? Mi vuoi in profondità?» Il linguaggio volgare mi veniva naturale.

«Sì» gemette. «Più in profondità.»

Oh, cazzo.

Le afferrai la parte anteriore delle cosce per tenerla ferma e penetrarla, facendole prendere tutto di me, il più in profondità possibile. La stanza girava. Avrei voluto che durasse per sempre, ma ero già troppo avanti per resistere ancora a lungo.

Non importava. Lotta era chiaramente in preda alle convulsioni. Gli occhi si stavano rovesciando all'indietro nella testa, il mento era inarcato verso il soffitto in estasi.

«Verrai quando te lo dico?» chiesi.

I suoi occhi cercarono invano di concentrarsi sui miei.

«Hmm? Farai la brava ragazza e verrai quando te lo dico?»

«Io... io...» Ora era chiaramente incapace di parlare.

Sapevo già che lo avrebbe fatto. Questo corpo era stato costruito per sottomettersi al mio. Proprio come il mio era stato costruito per servire il suo.

Farla urlare di piacere non era solo un mio diritto. Era il mio destino.

Trovai il suo capezzolo e lo pizzicai, stringendo lentamente la mia presa finché non si dimenò.

Le mie palle si sollevarono. Ero febbricitante e caldo. «Ora, Lotta», ringhiai e mi spinsi dentro in profondità. Le mie palle si strinsero e pomparono, mandando flussi di sperma caldo dentro di lei.

Allentai la presa sul capezzolo di Lotta e le diedi un leggero schiaffo sul lato del seno.

Lei venne, i suoi fianchi snelli si contrassero contro i miei, i suoi succhi viscidi si mescolarono alla mia essenza.

Le feci scivolare la mano sul seno in una specie di

135

carezza. La strinsi leggermente, poi le accarezzai il fianco fino alla vita.

Aveva un aspetto magnifico. I suoi capelli corvini si allargavano in un alone intorno alla testa. Aveva gli occhi chiusi, le labbra color bacca si aprirono a formare una "O" mentre mi strizzava e mungeva il cazzo per averne ancora.

«Esatto», la incoraggiai, sbattendo i lombi contro il suo culo a brevi intervalli. «Prendi tutto. Fino all'ultima goccia.»

Gemette e agganciò le caviglie dietro la mia schiena, tirandomi forte contro di lei per macinare l'ultimo atto del suo orgasmo.

* * *

Lotta

NON C'ERA NIENTE al mondo come il sesso con Asher.

Non avevo idea che potesse essere così bello. E avevo la sensazione che fossimo solo all'inizio.

Sembrava che io non potessi in nessun modo rifiutarlo. Avevo giurato di non fare mai più sesso con Asher a scuola, eppure eccomi qui, sdraiata su uno dei tavoli della mia classe con le mutandine strappate a brandelli sul pavimento.

Mentre ritornavo in me, tornarono anche i miei dubbi su quello che stavamo facendo. Sulla mia incapacità di fermarmi. Sui miei sentimenti per Asher.

Perché il fatto era che avevo dei sentimenti.

Tenevo a lui quando aveva tredici anni. Forse la mia lupa lo riconosceva a un certo livello, anche senza la presenza del suo lupo. Ciò che sentivo ora era quell'affetto intrecciato a un uragano di desiderio pericoloso. E più mi preoccupavo per lui, più mi sentivo spinta a fuggire. A lasciare Wolf Ridge prima che fosse troppo tardi. Prima di essere intrappolata in qualcosa con lui da cui non avrei mai potuto liberarmi. Distolsi lo sguardo mentre gli toglievo le caviglie da dietro la schiena e usavo i piedi sulle sue cosce per allontanarlo. Con la coda dell'occhio vidi il suo labbro superiore arricciarsi in un ringhio, ma accettò il mio brusco cambio di idea. Andò al lavandino e si lavò mentre scivolavo giù dal tavolo. Ripulii con qualche fazzoletto che misi nella borsa per buttarli nel water più tardi. Lasciare qualsiasi prova del nostro incontro in classe sarebbe stato disastroso.

Asher prese le mie mutandine e le infilò in tasca. Si avvicinò lentamente al mio studio e si fermò con le braccia conserte, osservando il dipinto a cui stavo lavorando.

«Quando hai iniziato questo?»

«Ad agosto.»

Mi guardò, le sopracciglia aggrottate per la sorpresa.

«Che c'è? Ci vuole molto tempo per completare un dipinto di queste dimensioni.»

«Non avevi visto il mio lupo ad agosto.»

Sbattei le palpebre, non capivo. Poi fissai il lupo sulla tela e sussultai, tappandomi la bocca con la mano.

Era Asher.

Perché non l'avevo capito? Oltre a dipingere il mio lupo, avevo dipinto delle varianti di questo lupo nero gigante sin dal mio secondo anno di college.

Da quando Asher doveva essere passato alla sua forma di lupo.

Barcollai sui miei piedi.

Asher mi mise un braccio intorno alla vita e mi tirò su contro il suo corpo sodo. «Siamo sempre noi» mormorò con soggezione nella voce. Scorsi tutti i dipinti, grandi e piccoli, accatastati contro le pareti o sui cavalletti per vedere cosa vedeva lui.

Per il destino, come avevo potuto non notarlo? Ogni dipinto raffigurava un gigantesco lupo maschio nero o una snella lupa bianca, entrambi con gli occhi verdi. Li avevo pensati come yin e yang. Per me, rappresentavano gli aspetti del lupo maschio e femmina. A volte li avevo dipinti insieme. Per lo più separatamente. A volte avevo dipinto il mio viso sovrapposto a quello del mio lupo o con il viso del lupo sopra la zona del mio petto.

Non avevo mai, mai sognato di dipingere un maschio specifico.

Non avevo mai associato un volto umano al lupo di Asher. Non avevo mai immaginato che aspetto avesse quel particolare maschio in forma umana.

Quanto era bizzarro che non avessi notato le loro somiglianze la prima volta che avevo visto Asher durante la corsa della luna piena. Anche quando avevo sentito il suo odore di cedro e sapone e avevo sospettato che fosse il mio compagno, non avevo collegato. Ero così fuori dal contatto con la mia natura di lupa, che mi ero persa tutti gli indizi che il Destino mi stava facendo avere.

«Quindi hai soppresso la tua lupa alla scuola d'arte, ed è così che è emersa.» La voce di Asher era come un confortante crollo sopra la mia testa.

Non volevo appoggiarmi al suo robusto sostegno perché era troppo bello. Non volevo abituarmi a qualcosa che non potevo tenere. Il mio corpo non obbedì ai miei desideri. Mi stavo sciogliendo in lui, assaporando quanto fosse meraviglioso avere i muscoli tesi del suo avambraccio che mi sostenevano.

«Sì. È diventata la mia musa artistica.»

Asher mi lasciò andare e si avvicinò per esaminare un dipinto di un metro e venti per un metro e venti della mia lupa in piedi in un prato di montagna circondata da delicati papaveri messicani dorati. Avevo questo dipinto nella mia camera da letto nell'appartamento in stile dormitorio che condividevo con Andy e altri due compagni l'anno scorso. Averla vicina mi aveva impedito di sentirmi come se stessi per impazzire.

«Sembra...» Inclinò la testa, come se stesse cercando di leggere la mente della mia lupa sulla tela. «Penso che sia arrabbiata con te.»

Una specie di risata strozzata mi uscì dalla bocca. «Arrabbiata?» Camminai al suo fianco.

«Non lo vedi?»

«Beh... avrei detto che sembra saggia. O forte.» Anch'io inclinai la testa e cercai di vederla attraverso gli occhi di Asher.

«Forse è arrabbiata.»

«Sembra amareggiata.»

«Potrei definirla repressa.»

«La repressione l'ha amareggiata.»

Quel senso di colpa che mi rodeva dentro per aver represso la mia lupa venne a galla. Gli diedi una gomitata. «Non giudicare.»

Asher mi sollevò e mi fece sedere in cima alla scaletta che usavo per dipingere la parte superiore della tela. Non vedevo niente di quel risentimento o rabbia che di solito provava per me. Né vedevo la condanna dei miei genitori. Il suo viso era rilassato, la sua espressione era dolce. Quando mi posò le mani delicatamente sui lati delle cosce, un tremito iniziò al centro del mio essere.

«Sembra solo una... violenza che hai messo in atto su te stessa.»

Avrei voluto reagire con l'abituale atteggiamento difensivo che riservavo a ogni conversazione che avevo con i miei genitori quando ero a scuola, ma i pollici di Asher mi accarezzarono leggermente la parte superiore delle cosce e non riuscivo a concentrarmi.

«Cosa ti ha spinto a farlo?»

Mossi il braccio per indicare i dipinti. «L'arte, Asher.»

Aggrottò le sopracciglia. «Hai soppresso la tua lupa, così da poterla dipingere?»

Risi amaramente. «No. Ma non potevo avere entrambe le cose. Ho scelto l'arte.»

Asher mi fissò così a lungo con un'espressione confusa che iniziai a mettere in discussione la mia stessa premessa.

«I miei genitori dicono che ai mutaforma non importa dell'arte. Volevano che restassi e lavorassi al birrificio, come tutti gli altri.»

Un'espressione di disprezzo aleggiò sul volto di Asher e avrei voluto abbracciarlo. «È…. davvero stupido.»

«Tutte le migliori scuole d'arte e le migliori scene artistiche si trovano nelle grandi città. Luoghi dove un lupo non può trasformarsi e correre. Ho fatto domanda all'Art Institute of Chicago, comunque, e sono stata abbastanza fortunata da essere accettata.»

«Ooook» Asher allungò la parola, sottintendendo che ancora non aveva capito.

«I miei genitori mi hanno proibito di andarci. Hanno detto che avrebbe ucciso la mia lupa, ma ero un'adulta. In pratica ho fatto loro il dito medio e ci sono andata comunque.»

La comprensione si fece strada sul volto di Asher. «Non hanno voluto pagare. Ecco perché non puoi permetterti di avere la carne in casa.»

Le lacrime mi riempirono gli occhi e cercai di trattenerle. Dopo aver nascosto così tanto di chi ero al college ed essermi sentita così in gabbia, era incredibile essere vista. Capita.

«Ho dei prestiti studenteschi da pagare e non sono riuscita a trovare un lavoro che mi pagasse abbastanza per coprire l'affitto a Chicago. In pratica, i miei genitori mi hanno fatta morire di fame come punizione per avergli disobbedito. Mia madre mi ha convinta a tornare con questo lavoro temporaneo di artista, ma quando ha capito che avevo intenzione di usarlo per rimettermi in piedi e tornare in città, mi ha informato che dovevo pagare l'affitto per stare nella loro casita.»

«Cosa? È fuori di testa.»

«Quindi non ho speranza di pagare i prestiti. Sto solo risparmiando tutto quello che guadagno per cercare di iniziare da qualche altra parte.»

Asher lanciò un'occhiata verso le finestre, come se si rendesse conto per la prima volta che avrebbero potuto vederci insieme, e mi tirò giù dalla scala a pioli. «Beh, sono contento che tu abbia la tua arte.» Prese un piccolo dipinto di quindici centimetri per quindici dei nostri due lupi e lo studiò, poi se ne andò tenendolo in mano.

«Cosa stai facendo? Non puoi prenderlo!»

Asher si girò e mi fece un lento sorrisetto. Odiavo quello che le sue fossette mi provocavano dentro.

«Oh, lo prendo, tesoro. O mi costringerai a restituirlo?» Lo agitò in aria come per tentarmi.

Non avevo idea del perché la sua provocazione mi facesse bagnare. Forse era solo il suo modo di ricordare la nostra differenza di dimensioni e potere. Il fatto che poteva fare quello che voleva con me, quando voleva, e io non lo avrei fermato perché lo desideravo. Avrei dovuto essere arrabbiata per la sua mancanza di rispetto, ma invece, mi attraversò un filo di calore.

Asher voleva la mia arte. Aveva del valore per essere un mutaforma.

Più di questo, significava qualcosa per lui.

«Sblocchi il telefono, signorina James.» A quanto pareva, aveva frugato nella mia borsa, perché aveva il mio telefono. Me lo mise davanti alla faccia e il telefono si sbloccò.

«Sto registrando il mio numero qui.» Mosse i pollici sullo schermo. «Se vuoi che mi prenda cura delle tue esigenze, faresti meglio a dirmi dove sarai.»

«Mi dispiace. Lo farò.» Mi feci coraggio mentre mi avvicinavo a lui dall'altra parte delle tele. «Asher.» Gli dovevo delle scuse più grandi. Avrei evitato la spiegazione, ma delle scuse erano un inizio. «Voglio solo dire che mi dispiace per quello che è successo con tuo pa-»

«Non farlo.» Il gelo di Asher era palpabile. Il suo labbro superiore si arricciò in un ringhio.

Anche sapendo che era il mio compagno e che non avrebbe dovuto essere in grado di farmi del male, feci un passo indietro. Il suo potere era intimidatorio.

«Metto da parte quella merda per prendermi cura dei bisogni della tua lupa. Se apri quella scatola...» - scosse la testa - «Sono certo che non vuoi vedermi quando divento cattivo.»

CAPITOLO QUINDICI

Asher

Me ne stavo sdraiato sul mio letto con in mano il dipinto di Lotta dei nostri lupi in piedi in un prato. Nell'altra, toccavo il piccolo ciondolo a forma di luna d'oro che le avevo rubato quando avevo tredici anni.

Ero appena tornato da casa sua, dove avevamo fatto una scopata frenetica e silenziosa sul tavolo della cucina, seguita da un secondo round senza parlare in cui lei era a faccia in giù sul letto, dove l'avevo tenuta ferma per la nuca mentre la prendevo lentamente per tutto il tempo necessario.

Ero stato uno stronzo con Lotta da quando la settimana scorsa aveva cercato di scusarsi per mio padre. Avevo mantenuto la mia parte dell'accordo, scivolando lì dopo il tramonto e soddisfacendola. Glielo avevo dato in modo rude. Avevo evitato la conversazione.

Non riuscivo a trattenermi. Quando veniva evocato il suo ricordo, diventavo una versione aggiornata di lui. Mi trasformavo in quel violento attaccabrighe che tutti in questo dannato branco si aspettavano di vedere quando mi guardavano.

Ero stato considerato irrecuperabile dagli insegnanti e dagli anziani del branco in terza elementare. Come mio padre, avevo lottato con il mio temperamento. La violenza a casa si era trasformata in violenza a scuola. Mi mettevo già nei guai per le risse alle elementari. Avevo tirato il mio libro a un'insegnante perché aveva rimproverato Seb per qualcosa che non aveva fatto. Avevo tenuto un ragazzino a testa in giù per le caviglie finché non si era scusato per aver tirato i capelli a Casey Muchmore.

Tutti davano per scontato che sarei diventato un piccolo teppista, quindi avevo soddisfatto le loro aspettative. I miei insegnanti mi odiavano, quindi io odiavo loro. O chi poteva dire quale fase era arrivata prima? In ogni caso, era per questo che andavo così male a scuola quando Lotta aveva fatto di me il suo progetto di tutoraggio. La scuola aveva inserito il mio nome in una lista di riferimento per tutor volontari e lei aveva scelto me.

Mi incontrava tre volte a settimana. Ci avevo messo un po' a credere che volesse davvero aiutarmi, ma aveva insistito.

Non potevo dire che era stata la prima persona a cui era importato di me perché mia madre ci teneva. Mio padre ci teneva a modo suo. La signora Angelson ci teneva.

Lotta aveva visto il mio potenziale dove altri vedevano ribellione. Era coinvolta nel mio successo. Ovviamente, il fatto che fosse bella non guastava. A volte era difficile concentrarsi sulle sue lezioni perché ero ipnotizzato dalla forma delle sue labbra a cuore mentre parlava. Dal bagliore di giada dei suoi occhi. Ma alla fine, avevo ripagato la sua attenzione impegnandomi davvero nel mio lavoro, e mi aveva portato dal fallimento dell'insufficienza a voti ottimi entro la fine del semestre. Stasera, quando le avevo dato uno schiaffo sul sedere ed ero uscito dalla porta, aveva detto: «Mi aspetto che tu consegni quell'autoritratto, Asher. Non costringermi a bocciarti.»

Una parte di me voleva girarsi e dirle di darmi un dieci, altrimenti avrei detto a tutta la scuola che stavamo scopando, ma non ci ero riuscito. E la ragione non era tutta basata sull'onore.

Sembrava anche avere a che fare con questo piccolo dipinto di noi.

La tela mi provocava qualcosa. Mi produceva un senso di pienezza nel petto. Un desiderio. Forse era l'effetto dell'arte.

Non riuscivo a credere che i genitori di Lotta le avessero detto che non c'era posto per l'arte in un branco. Cosa eravamo, pagani? Non eravamo in grado di apprezzare la bellezza o l'arte? Ci limitavamo a correre in giro e mangiare, scopare, riprodurci e stare nel nostro branco unito pieno di stronzi? Non capivo.

Ma non avevo mai capito la vita che conducevamo qui. Mi ero sempre irritato contro l'autorità, contro ciò che volevano che io facessi, contro tutto ciò che Wolf Ridge rappresentava.

Studiai tutti i dettagli che aveva elaborato in una tela così piccola. Lo sfondo era familiare. Non l'aveva inventato lei. Doveva aver dipinto a memoria.

Mi resi conto di conoscere il prato nel dipinto. Era un'incredibile conca in montagna. Circondato in tutte le direzioni da pendii alberati, era uno splendido campo aperto che si riempiva di fiori selvatici in primavera. Era il posto perfetto per piantare una tenda e accamparsi. O per dipingere. Se ricordavo bene, era lontano: un'ora e mezza di corsa a quattro zampe. E l'unica strada che ci arrivava era un vecchio sentiero dissestato per Jeep, non adatto a un'auto. Avrei potuto arrivarci con la mia moto, però.

Qualcosa in questo omaggio a me, o ai nostri lupi, mi fece

davvero desiderare di fare il compito. Nonostante avessi chiuso ogni comunicazione, avevo ancora questo desiderio di esprimermi con lei. Di mostrare chi ero.

E non ero la persona che fingevo di essere. Non ero solo il provocatore che probabilmente si sarebbe rivelato un criminale come suo padre. L'uomo che aveva rubato al branco. Ma avevo rubato questa collana alla bella ragazza in fondo alla strada.

Ero anche il ragazzo che l'aveva tenuta per tutti questi anni, amareggiato per il suo tradimento ma ancora ossessionato. Speravo ancora che ci fosse una spiegazione del perché mi avesse ferito in quel modo. Perché avesse usato contro me e la mia famiglia ciò che le avevo detto in confidenza, quando aveva promesso che non l'avrebbe fatto.

Mia madre bussò alla porta ed entrò. «Ehi, tesoro.» Aveva un'espressione accigliata. «Ho sentito qualcosa oggi.»

Gemetti e mi sedetti. Questo era lo svantaggio delle piccole città e dei branchi di lupi. Le mamme sentivano le cose. Niente era mai privato.

Mi preparai, sapendo istintivamente che avrebbe riguardato Lotta.

Incrociò le braccia al petto. «Ho sentito che la rissa in cui sei stato coinvolto è avvenuta nell'aula di Lotta James. Che ora insegna arte a scuola.»

Cazzo. Mi strofinai la faccia. Il senso di colpa mi si contorse nelle viscere. Mia madre non sapeva che ero stato io a dire a Lotta che papà aveva rubato i soldi dal branco, ma sapeva che la mamma di Lotta era nel consiglio ed era stata responsabile della sua espulsione.

Sapevo che mia madre si vergognava di papà ed evitava i membri del consiglio o abbassava la testa in segno di sottomissione quando li vedeva. Lo odiavo fottutamente.

«Sì» ammisi.

«Non mi avevi nemmeno detto che l'avevi come insegnante, e ora scopro che è la ragione per cui sei stato sospeso?»

Cazzo.

«Lei è...» mi si svuotò il cervello. Non riuscivo a fidarmi di me stesso per dire qualcosa su Lotta che non rivelasse troppo. Mi accontentai di «Mi sono fatto sospendere. È solo capitato nella sua classe, mamma.»

Continuò a guardarmi con preoccupazione. «Dovresti stare attento con lei, Asher. Sai che sua madre è nel consiglio. Se pensa anche solo per un secondo che tu sia un pericolo per sua figlia, te ne andrai da qui.»

«Non sono un pericolo per sua figlia» brontolai. Il senso di colpa mi trasudava dai pori.

«Beh, lo so, ma sei appena stato sospeso per aver rotto il polso a un ragazzo della sua classe. Non suona bene, vero?»

«Lo so. Io-» Sospirai e mi alzai. «Starò più attento, mamma.» Mi chinai per baciarle la fronte. «Mi dispiace, mamma.»

Mi abbracciò e se ne andò, e io abbassai la testa verso la porta. Dannazione. Questo era uno dei motivi principali per cui non avrei mai potuto reclamare Lotta James.

Avrebbe spezzato il cuore della mia povera madre.

* * *

Lotta

Tra una lezione e l'altra mi arrivò un messaggio da Andy. Ieri mi aveva mandato dei fiori a casa. Li avevo portati subito a casa di mia madre e avevo aperto le finestre di casa mia per far uscire l'odore. L'ultima cosa di cui avevo bisogno era che il lupo di Asher si scagliasse pensando che un altro maschio stesse annusando il suo territorio.

Ieri sera avevo anche mandato un messaggio ad Andy per dirgli: *ti ho detto che sto frequentando qualcuno. Se l'introduzione della galleria è incentrata sul fatto che ci incontriamo, allora non voglio che mi presenti.*

Rispose subito.

Andy: *tesoro, va tutto bene, sai che sei ancora la mia ragazza.*

Io: *? No, ti ho appena detto che sto frequentando qualcuno.*

Andy: *Non fare così. Ci sarò questa settimana. Ci incontreremo e parleremo.*

Io: *Lascia perdere. Non mi interessa.*

Stava diventando stupido. Non mi prestava così tanta attenzione quando vivevamo insieme. Perché ora si comportava da stalker?

Asher e i suoi amici giocatori entrarono in classe mentre suonava la campanella, e io rimisi il telefono in borsa e iniziai a prendere le presenze.

Quando ebbi finito, dissi: «Dovrei avere un paragrafo da ognuno di voi a questo punto che descrive in che forma sarà il vostro autoritratto» annunciai durante la sesta ora.

Mi feci aria con una cartellina che presi dalla mia scrivania. Avevo una vampata di calore. Era iniziata nel momento in cui Asher era entrato in classe e non si era più fermata.

Peggio del calore era la pulsazione costante tra le gambe.

Ero in una stanza piena di mutaforma. Letteralmente tutti loro sarebbero stati in grado di sentire l'odore della mia eccitazione se avessero prestato attenzione. Dovevo prendere in mano la situazione.

«Asher, manca il tuo. Se vuoi giocare nella prossima partita, devi venire a parlarmi subito. Il resto di voi può lavorare ai propri progetti.»

Mi si strinse lo stomaco mentre Asher si dispiegava dalla sua sedia e si dirigeva verso la parte anteriore della classe.

Tenni la testa alta nonostante l'ondata di vertigini che mi

assalì quando si avvicinò. Riuscivo a malapena a respirare, l'aria era troppo densa e carica.

Come concordato, si era preso cura dei miei bisogni. Si era presentato dopo il tramonto ed era entrato nella mia casita con la chiave che gli avevo dato. Ma era stato freddo. Arrabbiato. Ogni incontro mi lasciava contemporaneamente soddisfatta e vuota.

Oggi sentivo una pressione che non avevo mai sentito prima. Era una pressione biologica, credevo, almeno, proveniente dalla mia lupa. Ma non riguardava il sesso.

Forse aveva a che fare con il calmare il mio compagno? Con l'entrare in sintonia con lui?

Non lo sapevo. Tutto quello che sapevo era che tutto sembrava terribilmente sbagliato e riuscivo a malapena a pensare.

Restai ferma, anche quando Asher si avvicinò troppo, appropriandosi del mio spazio e incombendo su di me, tanto che dovetti inclinare la testa all'indietro per guardarlo negli occhi.

Speravo che non smascherasse il mio bluff sul fatto di metterlo in panchina. Semplicemente non volevo affrontarlo faccia a faccia. Era arrabbiato con me. Stava serbando rancore.

Un rancore che mi meritavo.

Si stava comportando male, come il cattivo ragazzo ribelle che era sempre stato.

Non era questo il lato di lui che volevo far emergere e tracciare una linea sulla sabbia non avrebbe fatto altro che continuare questo dilemma.

«Rinuncerò alla richiesta del paragrafo scritto se puoi dirmi a voce ora cosa pensi di fare con l'autoritratto.»

Asher sollevò le sopracciglia. Lui infilò le mani nelle tasche dei jeans consumati e guardò fuori dalla finestra.

«Se non hai idee, vorrei aiutarti a trovare una soluzione.»

Riportò lo sguardo al mio. «No, ho un'idea.» Vidi un lampo pensieroso nei suoi occhi verde mare.

Era il mio turno di sorprendermi. «Okay. Di cosa si tratta?»

«Progetto multimediale. Un collage, credo. Con altre cose, anche.»

All'inizio, pensavo che mi stesse solo prendendo in giro e che non ne avesse davvero idea o un piano, ma poi disse, «Ho bisogno di una di quelle piccole tele.» Tenne le mani ferme indicando un quadrato delle dimensioni del piccolo dipinto di noi due che mi aveva rubato.

Oh. Accidenti. Significa qualcosa?

No, probabilmente no. Ci stavo leggendo troppo dentro. Ma stava diventando difficile stare in piedi con lui così vicino. Barcollai.

Odiavo questa perdita di controllo. Odiavo cercare di gestire una relazione con il mio studente più difficile quando tutto ciò a cui riuscivo a pensare era strappargli i vestiti di dosso. Tutto ciò che volevo era sentire le sue mani su di me.

Ora stavo tremando.

«Okay. Ottimo» sperai di sembrare allegra come cercavo di essere.

Girai dietro le mie grandi tele per trovare una cornice allungata per lui. Ovviamente, mi seguì.

Quando mi girai per porgergliela, era proprio lì.

Trattenni le lacrime di frustrazione. Non per lui. Non per la situazione. Potevo gestire tutto questo. Ciò che non potevo gestire era questa completa perdita di controllo sul mio corpo. Il modo in cui la mia lupa si faceva avanti e mi faceva sentire come se stessi per spaccarmi in due.

Asher mi prese per la nuca. La sua grande mano mi tenne ferma, ma invece di portare sollievo, il suo sostegno mi fece solo venire voglia di piangere ancora di più. Sbattei le palpebre per resistere all'ondata di lacrime.

Questa non era una persona su cui potevo contare.

Potevo anche volermi fidare di lui, e avrebbe potuto essere fisicamente una sicurezza per me, ma non ero emotivamente al sicuro con questo tizio. Nemmeno lontanamente.

Ero ancora sola, ancora un pesce fuor d'acqua, proprio come al college, solo che ora era al contrario.

Asher abbassò le sopracciglia. Non mi prese la tela, ma mi cullò il viso con entrambe le mani.

Una lacrima mi rigò la guancia.

La allontanò con il pollice e scosse lentamente la testa in un silenzioso gesto rassicurante.

Avrei voluto allontanarmi, ma non ci riuscivo. Era troppo bello essere toccata da lui. Ogni volta che la toccava, la mia pelle si elettrizzava. Mi abbeveravo della sua essenza.

Mi trascinò più vicina e premette silenziosamente le sue labbra sulla sommità della mia testa. «Va tutto bene.» Sussurrò a malapena le parole contro i miei capelli. Nessuno le avrebbe sentite.

Il suo sguardo si spostò verso la finestra.

Mi girai di scatto, ma non c'era nessuno là fuori. Lui stava solo tenendo d'occhio la situazione. Per me.

Ero io quella che avrebbe sofferto se ci avessero beccati.

«Grazie» disse con voce normale, prendendo la tela dalle mie dita tremanti.

Mi tremò la testa mentre cercavo di dire "di niente". Mi schiarii la gola. «Fammi sapere se hai bisogno di altro.»

«Oh, *avrò bisogno* di altro.» Sembrava una minaccia.

Mi si contrasse la figa. Ero di nuovo stordita. Mi allontanai velocemente, sbandando un po' come un marinaio ubriaco, poi mi raddrizzai.

Non sapevo come avrei fatto a superare il resto del semestre. Se fossi stata intelligente, avrei fatto le valigie e me ne sarei andata subito dalla città.

Al diavolo il lavoro.

Se non fosse stato per il fatto che vedevo già il muro di mattoni verso cui stavo correndo. Un enorme, orribile schianto era inevitabile per me. E non sapevo nemmeno quale dei muri incombenti da ogni parte speravo di colpire. Tutto ciò che potevo desiderare era che non mi distruggesse completamente.

CAPITOLO SEDICI

Asher

ANCORA UNA VOLTA, fui scosso dalle lacrime di Lotta, e i miei compagni di squadra ne subirono il peso.

Coach Jamison mi fischiò quando feci cadere Seb a tre metri di distanza.

Perché aveva pianto? L'ultima volta ero sicuro che non fosse stato per qualcosa che avevo fatto io. Le avevo dato ciò di cui aveva bisogno, semplicemente non voleva averne bisogno.

Questa volta, però, una terribile sensazione fastidiosa mi diceva che era perché ero stato un bastardo con lei. Era possibile che le importasse cosa provavo per lei?

Che le facesse male quando ero crudele?

In qualche modo pensavo che a quella piccola mezza sega di autorità non importasse un cazzo di me o del fatto che la odiassi. Pensavo che non le importasse un cazzo di quello che aveva fatto perché aveva lasciato la città senza una spiegazione. Era rimasta lontana per più di quattro anni.

Ecco, l'avevo punita senza sosta convinto che non avrebbe avuto alcun effetto.

Seb di solito era rilassato, ma non gli piaceva atterrare sulla schiena da un'altezza simile. Saltò in piedi con un ringhio e cercò di placcarmi. Io mi lanciai contro di lui nello stesso momento e i nostri corpi si scontrarono con un forte schiocco.

«Amico, che problema hai?»

Feci roteare le spalle sotto le imbottiture e scattai la testa per far scricchiolare il collo. «Niente. Mi dispiace, amico.»

Dopo l'allenamento, feci la doccia. Sapere che Lotta era nell'edificio rendeva insopportabile la doccia con i ragazzi. Dovevo costringermi a non pensare a lei. A non ricordare che era vicina. Che avrei potuto facilmente prendere quel suo corpicino stretto, inchiodarla a un muro e mostrarle quanta agonia mi faceva provare.

Oggi, il pensiero di quelle lacrime mi impedì di avere un'erezione mentre facevo la doccia.

Ricordarne l'odore salato mi agitava. Il bisogno di sistemare qualsiasi cosa la stesse infastidendo mi divorava.

Mi presi il mio tempo per asciugarmi e preparare la borsa per andarmene. Poi mi sedetti e tirai fuori il telefono, fissando lo schermo, cercando di formulare un piano.

«Hai bisogno di parlare, Asher?» Coach Jamison mi fece sussultare tirandomi fuori dalla mia fantasticheria. Era appoggiato agli armadietti e mi guardava.

«Oh, uh, no Coach.»

«Problemi con una lupa?»

«Ah, non proprio. Be', sì. Un po'.»

Il coach sorrise. «Di che tipo?»

«Non lo so. Confondono, vero?»

Lui rise. «Sono sicuramente più complicate di noi. Sembra che tu abbia bisogno di un appuntamento serale. Per entrare in contatto con la tua ragazza lontano da scuola e dal branco, così potrete conoscervi come persone. L'hai già fatto?»

Cercai di scacciare l'immagine di me che mi scopavo Lotta a quattro zampe in mezzo a quel suo letto king size ieri sera.

«Uh no. È una buona idea, coach.»

Mi alzai, mi misi la borsa in spalla e guardai di nuovo lo schermo del mio telefono. Forse il coach aveva ragione. Un appuntamento convenzionale non era possibile, ma cambiare le cose non avrebbe dovuto essere una cattiva cosa. Un'idea iniziò a formarsi nella mia mente mentre uscivo dall'edificio e mandavo un messaggio a Lotta.

Ci vediamo al vecchio semaforo lampeggiante alle sei. Porterò la cena.

* * *

LOTTA

IL "VECCHIO SEMAFORO LAMPEGGIANTE" ora era in realtà un normale semaforo, ma una volta era una luce rossa lampeggiante all'incrocio tra la città e i passi di montagna. Un segnale di stop a quattro vie tra le autostrade.

C'era un edificio abbandonato che un tempo ospitava una tavola calda che qualcuno avrebbe dovuto demolire. Ma c'erano molte cose a Wolf Ridge che non erano cambiate nei centoventi anni da quando i mutaforma lupo si erano stabiliti qui, molte cose che avevano bisogno di un aggiornamento.

Arrivai e parcheggiai dietro l'edificio abbandonato, così che la mia auto fosse nascosta dalla strada.

Era uno strano posto dove incontrarsi e non sapevo cosa avesse in mente Asher, ma in realtà ero grata che chiedesse di infrangere le regole che avevo stabilito per noi. Probabilmente avrei avuto bisogno del suo tocco ogni sera, ma non sapevo se sarei stata in grado di sopportare un altro "trattamento" di ghiaccio dopo il tramonto a casa mia.

Continuavo a rivivere quel bacio sulla sommità della mia testa in classe oggi. Di tutte le cose che Asher mi aveva fatto, sembrava una di quelle a cui era improbabile aggrapparsi, ma aveva colpito un punto debole.

Un punto bisognoso.

Non era stato sexy. O violento. O dominante.

Non era stato arrabbiato o freddo.

C'erano una premura e una compassione in quello che il mio corpo registrava come lo sfregamento di un fiammifero contro la pietra focaia. Aveva acceso qualcosa di diverso dalla passione.

Accidenti.

Intimità?

Mi accelerò il battito cardiaco e mi sudarono i palmi. Spalancai la portiera della macchina e scesi per alleviare l'irrequietezza della mia lupa. Era lei quella che voleva intimità o aveva solo bisogno di sesso? Tendevo a pensare al mio lato lupo come puramente fisico. Come il lato che non pensava. Il lato dell'impulso biologico.

Quindi forse ero io, l'artista solitaria, che desiderava ardentemente una connessione.

Quel pensiero si contorse e si impigliò come un filo annodato. La confusione mi avvolgeva come una nebbia profonda. Pensavo che tutto fosse sistemato…. negando alla mia lupa di dedicarsi all'arte.

Quando stare vicino al mio compagno predestinato aveva reso impossibile tutto questo, avevo sperato di negare un legame emotivo, così non sarei rimasta bloccata qui a Wolf Ridge, incinta a ventidue anni, rinunciando ai miei sogni.

Ma non sapevo cosa fare con tutto quello che mi ispirava Asher che non era di natura sessuale.

Non sapevo cosa fare con tutti i miei piani attentamente elaborati che lui stava facendo a pezzi.

Percepii il rumore di una motocicletta che si avvicinava e zittii l'ondata di piacere che mi esplose in corpo. La scarica di dopamina di sapere che stavo per vederlo.

Sapendo che stasera mi sarei fatta una bella scopata. Asher si prendeva sempre cura delle mie esigenze.

Cercai di calmare il mio cuore quando si fermò per indossare un paio di occhiali da sole avvolgenti, i muscoli che si gonfiavano sotto una maglietta attillata. Non indossava il casco, l'obbligo era previsto da una legge statale solo se avevi meno di diciotto anni in Arizona. Non era necessario per un mutaforma, anche se un incidente abbastanza grave che coinvolgeva una frattura del cranio avrebbe potuto sicuramente ucciderci.

Scacciai via dalla mia mente la preoccupazione per Asher. Era forte e sano. Alfa fino in fondo. Non gli sarebbe successo nulla. Perché pensare al suo incidente mi faceva mancare il fiato? Perché ero già sicura che il mio cuore sarebbe andato in mille pezzi se non fosse stato bene?

Si fermò ma non spense la moto. Invece, scosse la testa, facendomi cenno di avvicinarmi.

Mi guardai intorno, per vedere se c'erano macchine in arrivo.

«Non lascerò che nessuno ti veda con me.» Per il destino! Quando mi ero innamorata della sua voce profonda e roca? «Promesso.» Cercai di reprimere quel fremito di eccitazione che aveva spiccato il volo nel mio ventre. Questa non era una storia d'amore. Non eravamo ad un appuntamento.

Era il mio studente.

Uno studente.

Era illegale.

Per qualche ragione, questo pensiero non fece che renderlo più eccitante. Ero stata un'artista silenziosa per tutta la vita. Con una lupa di piccola statura, mi ero inchinata alla natura alfa di tutti i miei compagni di classe, ma mi ero differenziata seguendo la mia passione. L'alto status di mia madre nel branco aveva fatto sì che non venissi mai presa di mira e fossi ancora inclusa nella cricca reale.

A quanto pareva, ora, sarei diventata la cattiva ragazza.

Salii sulla moto di Asher e mi sedetti dietro di lui. Indossavo una gonna e infradito, non il miglior abbigliamento da motociclista.

Asher mise subito in moto e partì, facendo volare le mie mani al suo centro per tenermi dritta.

E, oh wow. Le creste dei suoi muscoli si stagliavano sotto le mie dita. Non riuscii a trattenermi dal far scivolare le mani sotto la sua maglietta per sentirle pelle a pelle. Gli tremò la pancia quando lo feci, mostrandomi che era colpito dal contatto intimo tanto quanto me. Gli accarezzai i contorni della tartaruga.

Mi si bagnarono le mutandine. Mentre Asher guidava la motocicletta in direzione della National Forest, lasciai cadere le mani sui suoi fianchi, poi afferrai la parte superiore delle sue cosce. Feci scivolare i palmi su e giù per le sue cosce, trascinandoli verso l'interno finché non trovai il rigonfiamento del suo cazzo. La sua moto deviò quando accarezzai la lunghezza che si trovava contro la sua coscia sinistra, facendola crescere e allungare. La pancia gli tremò di nuovo.

Aumentò la velocità, svoltando su una strada sterrata che era chiaramente inutilizzata. Solo una Jeep a quattro ruote motrici o una motocicletta avrebbero potuto circolare su questa strada. Dovetti aggrapparmi di nuovo al ventre di

Asher mentre il percorso diventava accidentato. I miei muscoli erano tesi, i muscoli del collo e dell'addome si prepararono alle asperità e alle sterzate. Guardai oltre la spalla di Asher per vedere cosa sarebbe successo dopo.

E poi arrivò un momento in cui mi arresi. Smisi di prepararmi a ogni salita e discesa della moto sui solchi profondi della strada. Smisi di cercare di controllare o gestire il mio percorso. Invece, attaccai il mio busto a quello di Asher, appoggiai la guancia alla sua schiena e allentai la presa.

Il piacere mi assalì. Il brivido del percorso mi avvolse. Chiusi gli occhi e assaporai il delizioso profumo di pino ponderosa e di massi arsi dal sole. Gustai il profumo del mio compagno: il caldo cedro e il sapone. Un leggero sentore di pane appena sfornato. Quel profumo maschile che distingueva solo lui.

Percorremmo la strada accidentata per mezz'ora. Non avevo idea di dove mi stesse portando. Cosa stesse progettando.

All'improvviso, la strada forestale si aprì in uno splendido prato, una valle nascosta tra le montagne. Asher tolse il piede dall'acceleratore, rallentando gradualmente fino a fermarsi. Appoggiò la moto sul cavalletto, ruotando per prendermi in vita e facilitare la discesa. Scesi e mi godetti la bellezza dei dintorni, girandomi di 360 gradi.

Solo allora girai lo sguardo su Asher per cercare di capire cosa stessimo facendo qui.

«Corri, Lotta» disse dolcemente.

Sbattei le palpebre, non capivo. Le sue parole non si adattavano al suo tono, quindi ci volle un momento per assimilare il significato. «Cosa?»

Contrasse le labbra. «Mi hai sentito, tesoro. *Corri.*»

* * *

Asher

Lotta si tolse le infradito nello stesso momento in cui si toglieva quel suo top corto, carino da morire.

Slacciai lentamente la cintura, con lo sguardo incollato al suo corpicino sodo.

La sua euforia si vedeva dalla scintilla negli occhi azzurri, dalla velocità con cui si spogliava. Aveva sentito la provocazione nella mia voce, ma sapeva che era un gioco.

Si tolse la gonna e le mutandine, poi si slacciò il reggiseno. I capezzoli erano tesi, estesi in punti fermi. Ma non riuscii a guardarli perché in un lampo si mise a quattro zampe, una macchia di pelo bianco comparve mentre si allontanava da me.

Le diedi un vantaggio. Il mio lupo era più grande.

Molto più veloce.

Inoltre, mi godevo la caccia. Desideravo ardentemente l'inseguimento.

Se fosse stato troppo facile catturarla, la ricompensa non sarebbe stata così deliziosa. Mi presi il mio tempo per spogliarmi, ora non deliberatamente seguendo i suoi movimenti. Raccolsi i suoi vestiti e i miei e li stesi sul sedile della mia moto, poi tirai fuori il morbido piumone che avevo infilato in una borsa da sella e lo stesi in un punto prescelto del prato. Dall'altra borsa da sella, recuperai la busta che avevo riempito con il cibo da picnic: carne, formaggio, frutta, noci e vino. Non era così difficile convincere il commesso del supermercato a venderti del vino essendo entrambi mutaforma. Sapeva che metabolizzavo troppo in fretta per essere indebolito da una bottiglia di vino.

Il sole stava tramontando, bagnando i fianchi delle montagne di aranciони e oro. Mutai, trotterellando nella direzione in cui era scomparsa, con il naso a terra per seguire il suo delizioso odore. Lo individuai facilmente e presi velocità, la gioia di correre come lupo si mescolava all'insaziabile bisogno di cacciare, catturare e divorare Carlotta James.

Corsi più forte, l'istinto prese il sopravvento, ma poi persi il suo odore.

La mia astuta compagna.

Era tornata indietro da qualche parte. Mi fermai di colpo, mi girai e seguii il sentiero. Ci misi qualche minuto per capire che aveva fatto un balzo da uno dei massi alla terra sottostante, ma ritrovai di nuovo l'odore e mi lanciai in avanti.

Corsi in avanti, battendo con le zampe la terra morbida mentre salivo in quota. Intravidi un lampo di pelliccia bianca tra gli alberi e virai in diagonale per tagliarle la strada. Non avevo intenzione di prenderla, ma saltai e finii per inchiodarla sotto due zampe.

Si rotolò, scoprendomi la pancia e la gola. Si sottometteva a me, il suo compagno. Mi fece venire voglia di mutare di nuovo e scoparla di brutto.

Ma volevo che si godesse la coperta che avevo preparato, quindi la rilasciai, dandole un leggero morso per riportarla giù dalla montagna. La inseguii, la morsi e la guidai fino al prato, godendomi il modo in cui rallentava per ammirare la nostra postazione da picnic e poi correre verso di essa.

Il mio lupo impazziva dal bisogno di averla.

Raggiungemmo la coperta in pochi secondi, entrambi ci trasformammo in forma umana prima di lasciarci cadere.

Mia, ruggì il mio lupo.

Ignorai il fatto che non era vero, la trascinai per le gambe più vicina a me, la capovolsi sulla schiena e la spalancai. La leccai dentro mentre le pizzicavo entrambi i capezzoli.

Gridò scioccata, poi gemette il suo assenso. Affondai la lingua tra le sue morbide pieghe, esplorandola aggressivamente, scopandola con la lingua, succhiandole le labbra nella mia bocca.

Non c'era niente di delicato nel mangiarla. Stavo consumando la mia compagna come se fosse il mio ultimo pasto. Come se, se non l'avessi fatta venire nell'istante successivo, le nostre vite sarebbero finite.

Contorse i fianchi e li dimenò, strinse le gambe intorno alle mie spalle. Continuai a pizzicarle e tirarle i capezzoli, facendoli roteare tra le dita, poi stringendole bruscamente i seni.

«Asher, ti prego.»

Adoravo quando mi supplicava. «Per favore, non ce la faccio.» Smisi di succhiarle il clitoride e sollevai la testa. «Puoi farcela e lo farai.» Feci scorrere la lingua sul nodulo gonfio.

Lei gemette. «*Per favore*, Asher. Ho bisogno di averti dentro di me.»

«Prima verrai con la mia lingua. Poi verrai su tutto il mio cazzo. Poi verrò nel tuo culo.»

Questo fu tutto ciò che servì: la mia bellissima compagna venne a quelle parole. Strinse forte il culo e sollevò i fianchi dalla coperta, spingendo la fica gocciolante contro la mia faccia. Le presi il culo tra le mani e le misi tutta la bocca addosso, succhiando mentre i suoi muscoli si contraevano e pulsavano contro la mia lingua.

«Ecco fatto, tesoro» mormorai tra una leccata e l'altra. «Hai un sapore così dolce quando vieni su tutta la mia lingua.»

Lotta divenne selvaggia, si sedette e mi inchiodò sulla schiena. Si mise a cavalcioni sulla mia vita e catturò la mia considerevole erezione. Gemetti al contatto, le mie palle si stavano già preparando per venire.

Ma mi costrinsi a rilassarmi. Volevo più di una scopata frenetica stasera.

Volevo Lotta.

Tutto di lei.

Sollevò i fianchi e si abbassò sul mio cazzo, gli occhi le rotearono nella testa con un gemito.

Le presi i fianchi ma non la guidai ancora. Volevo sentire i suoi movimenti. Imparare la danza che faceva quando le lasciavo seguire il suo piacere.

Si sistemò, prendendomi ancora più in profondità, ansimando. Gli occhi le brillavano di verde. Era così squisita, con i capelli scuri e folti che le scendevano sulle spalle, la curva degli zigomi messa in risalto dal rossore del suo viso.

Un movimento dei fianchi e il mio cazzo si agitò ancora di più.

Le strinsi la presa sui fianchi ma non presi comunque il sopravvento. Le lasciai assaporare il controllo, cercare il suo piacere. Le sue mani scesero sulle mie spalle, i lunghi capelli mi solleticavano il petto. Scivolava avanti e indietro sulla mia radice. Era viscida come un animale, i suoi succhi mi sgocciolavano lungo le palle.

«Fammi vedere quanto cavalchi bene il mio cazzo» ringhiai.

Le sue unghie mi segnarono la pelle mentre aumentava la velocità. Trovò una cresta interna contro cui le piaceva che si strofinasse la cappella, e ci si strusciò sopra. I colpi brevi e rapidi si avvolsero in una spirale di tensione sessuale sempre più stretta, ma mi costrinsi a trattenermi.

Avevo dei piani per il suo culo stasera. Inspiravo aria dalle narici ed espiravo dai denti.

«Vieni sul mio cazzo, tesoro. Mostrami quanto ti piace cavalcarlo.»

Il gemito di Lotta aveva un timbro selvaggio. Mi distrassi dal bisogno che cresceva nelle mie palle guardando il piacere di Lotta crescere e sbocciare.

Si perse, lanciando la testa e le tette al cielo e spostando la presa sulle mie cosce dietro di lei. Era una dea, i seni rimbalzavano, inarcò la schiena, mentre si dondolava avanti e indietro sul mio cazzo.

Il suo respiro divenne frenetico. Riportò la presa sul mio petto, prendendomi in profondità mentre roteava sul mio cazzo.

Mi leccai il polpastrello del pollice. «Vai avanti. Mostrami come stringi il mio cazzo quando vieni.» Portai il pollice sul clitoride e premetti.

Lei si contorse dal piacere, strinse le sue cosce intorno ai miei fianchi, i suoi muscoli interni si contrassero e pulsarono.

Non sapevo come avevo fatto a non venire. Le stelle mi danzavano davanti agli occhi. Digrignai i denti. L'impulso di marcare Lotta era così forte che fu un miracolo che non la rigirai sulla schiena per affondarle i denti nella spalla. L'avrei marchiata per sempre con il mio odore. Avrei preso la sua libertà come se mi spettasse.

Ma mi costrinsi a non muovermi finché non ripresi il controllo. Solo allora feci rotolare i nostri corpi per capovolgerli. Stavo per tirarmi fuori e dirle di rotolare quando colsi una traccia di paura e vulnerabilità nella sua espressione.

Nella mia mente, lei era al comando. Era ancora la mia tutor e io lo studente infatuato. Era la mia insegnante. La ragazza che mi aveva distrutto una volta. Dimenticavo di avere il potere di farle del male, non solo fisicamente ma anche emotivamente.

Oggi stava piangendo nella sua classe per noi. L'avevo portata qui per rimediare.

«Brava ragazza» lodai la sua obbedienza. Le presi la mascella e la baciai, accoppiando la mia bocca alla sua, la mia lingua scivolò nella sua bocca. Fu un bacio esigente, ma non violento come il nostro primo. Il nostro unico altro bacio.

Ondeggiai i fianchi, la lunghezza d'acciaio del mio cazzo dolorante scivolava attraverso i suoi succhi.

Mi resi conto che era un bacio necessario, uno di cui non sapevo di aver così disperatamente bisogno. Rallentai ed esplorai le sue labbra con le mie. Erano morbide, infinitamente morbide, e dopo un momento, iniziò a ricambiare il mio bacio.

«Sei bellissima.» Le scostai i capelli dal viso. I suoi occhi erano di nuovo azzurri, mi fissarono con quel pizzico di vulnerabilità. Come se non avesse voluto preoccuparsi di me o di quello che pensavo di lei, ma lo faceva.

«Bellissima. E mia.» La baciai di nuovo prima che potesse ribellarsi a questa affermazione. Questa volta, feci l'amore con la sua bocca. Le accarezzai le labbra con le mie, cambiando angolazione, assaggiandola. Le baciai e le mordicchiai il collo, mi allontanai per strisciare più in basso e feci roteare la lingua intorno al suo capezzolo sinistro.

Gemette dolcemente. Era un verso a cui avrei potuto abituarmi per il resto della mia vita. E per la prima volta, pensai a come avrebbe potuto essere quella vita.

Avevo detto ad Abe che non avrei mai rivendicato Lotta. Non era vero.

La verità era che l'avrei rivendicata in un batter d'occhio se avessi pensato che mi volesse. L'avrei rivendicata e avrei fatto tutto il necessario per renderla felice.

La girai delicatamente sulla pancia e presi la busta che avevo preparato con le nostre leccornie da picnic. C'era una bottiglia di lubrificante lì dentro che avevo intenzione di usare. Feci scivolare le dita tra le sue gambe e le accarezzai la fessura bagnata con una mano, mentre stappavo il lubrificante con l'altra.

Le tenni aperte le natiche e le misi un po' di lubrificante sul buco posteriore, poi lo massaggiai attorno a quel bocciolo di rosa stretto.

Latta si contorse sul piumone.

«Lo prenderai nel culo come una brava ragazza?» Le penetrai il buco posteriore con un dito, allargandolo delicatamente e preparandolo per fare spazio al mio cazzo.

Lotta mi guardò da sopra la spalla. Il leggero allarme nella sua espressione mi disse che era una vergine anale.

Mi sporsi in avanti e le baciai la spalla, rassicurandola. «Ti farò stare bene» le promisi. «Ci credi?»

Abbassò le palpebre e annuì.

«So di cosa ha bisogno il tuo corpo, vero, tesoro?» Le penetrai il sesso succoso mentre il mio pollice le allargava il buco posteriore.

Gemette.

«Ne vuoi di più?» Non ero uno che si imponeva a una donna, compagna o meno. Potevo essere dominante, ma non ero uno stronzo.

Esitò, chiaramente ancora un po' nervosa, ma le feci contorcere i fianchi. «Sì.»

«Dillo. Di', *per favore fottimi il culo, Asher.*»

La fica si strinse intorno alle mie dita.

Le mordicchiai l'orecchio, le baciai il lato del collo. «Dillo» la convinsi, mormorando contro il padiglione auricolare.

«Per favore fottimi il culo, Asher.»

Non avrei dovuto prenderla come una tale vittoria, ma il mio lupo stava esultando. Stava facendo un salto mortale all'indietro. Come se pensasse che avevo appena conquistato il cuore di Lotta, non solo il suo consenso per più piacere.

Mi inginocchiai dietro di lei, allargandole le gambe con una spinta delle mie ginocchia. Le allontanai le natiche e allineai la cappella con il suo buco posteriore. Applicai una pressione lenta ma costante, aspettando che si aprisse per me prima di sfondare il suo ingresso. Afferrai i capelli di Lotta e tirai su. «A chi appartiene questo bel culo?» chiesi con un ringhio.

«A te» ansimò.

Le infilai la cappella dentro, poi le allungai la mano sulla parte anteriore dei fianchi per accarezzarle il clitoride mentre spingevo dentro, un centimetro alla volta. Sentii il momento in cui si rilassava dal tenersi forte contro l'intrusione nel piacere. Tutti i muscoli della sua schiena, del suo culo e del pavimento pelvico cedettero per lasciarmi entrare. La sua figa sgorgava eccitazione. Le affondai due dita dentro mentre le infilavo e le tiravo fuori lentamente il cazzo dal culo.

«Oh Destino... Destino, Destino, Destino» si lagnò.

«Esatto, bellissima. Stai prendendo il mio grosso cazzo da lupo nel culo in questo momento, vero? Ti piace?»

«Sì.» Lo disse come un sussulto. Strinse il piumone con le dita.

Cercai di non sbattere troppo forte mentre la mia eccitazione cresceva. Dovevo moderare il mio bisogno di dominare con l'equivalente urgenza di prendermi cura della mia compagna.

Questa non era una punizione. L'avevo già scopata con odio in passato, ma ora mi rendevo conto che le stavo facendo male. Forse volevo il suo dolore, o pensavo di volerlo, ma ora che avevo ottenuto le sue lacrime, avrei voluto darmi un pugno in faccia.

«Brava ragazza» la elogiai. «Mi stai prendendo come una brava ragazza, vero, tesoro?»

Si aprì ancora di più per me. Aggiunsi un terzo dito nella sua figa, mentre il battito cardiaco mi saliva alle stelle.

«Verrò nel tuo culo, e poi ti siederai sulle mie ginocchia mentre ti nutro. Capito?» Lo dissi come se fosse una punizione. Era solo puro dominio, farle sapere che era mia da scopare. Mia da reclamare. Mia, e dovevo prendermene cura.

Lasciò uscire un grido e non riuscii più ad aspettare. Mi infilai nel suo culo stretto, le mie palle si sollevarono strette prima di affondare in profondità e rilasciarle.

«Oh... oh!» gridò.

Gemetti, rabbrividendo mentre l'azione di pompaggio delle mie palle continuava e le versai ancora più sperma dentro.

Una volta che fui sicuro di non perdere accidentalmente il controllo e di non marcarla, abbassai il viso per baciarle la spalla, il collo e il lato del viso. Lei storse il viso e io le catturai le labbra in un bacio appassionato.

«Brava ragazza.»

* * *

LOTTA

Brava ragazza.

Stasera era la prima volta che Asher usava quelle parole con me.

Avrebbero dovuto suonarmi male se pronunciate dal mio studente - dal mio studente! - ma invece mi inondarono di calore.

Ora che si era ammorbidito, vedevo quanto la sua rabbia mi avesse influenzata. Era snervante quanto io desiderassi ardentemente la sua approvazione. Prima di stasera avrei giurato di non averne bisogno da lui o da chiunque altro in questa città, ma sarebbe stata una bugia.

Ciò che volevo da Asher era di più del perdono o persino del sesso.

Stavo cercando qualcosa di più profondo. Stavo cercando quella connessione spirituale. Quella sensazione che qualcun altro mi vedesse e mi accettasse per quella che ero, non solo per quella che volevano che io fossi.

Ne avevo avuto fin troppo poco nella mia vita.

E questo uomo grosso e brutale stava iniziando a farmi credere che mi vedesse. Non mi accettava ancora, ma c'era conoscenza. Mi prestava attenzione. Rispondeva ai miei stati d'animo. Ai miei bisogni.

E non avrei dovuto desiderare la sua accettazione, ma accidenti, la desideravo.

Volevo il suo amore. La sua approvazione. Volevo chiudere la frattura del nostro passato. Volevo guarigione e completezza con lui.

Cazzo.

Volevo tutto.

Ed era così sbagliato.

Non potevo avere tutto. L'avevo imparato a mie spese quando avevo deciso di rinunciare al branco e diventare un'artista.

Mi accasciai mentre Asher usciva da me. Mi aveva strappato così tanto piacere che non sapevo se sarei stata in grado di ricordarmi anche solo l'alfabeto in questo momento. Mi accarezzò la spina dorsale con il suo grande palmo, atterrando con una presa brusca sul mio culo e poi con un leggero schiaffo.

Ero troppo felice per muovermi. Il buco del culo era dolorante, ma i miei arti erano sciolti e pesanti e mi sentivo come se stessi fluttuando su una nuvola.

Era pazzesco quanto io affidassi il mio corpo a un ragazzo che mi odiava.

Ma lui non mi odiava completamente, no?

«Su, tesoro.» Asher mi sollevò il corpo inerte facendomi girare, così che mi trovassi a faccia in su tra le sue braccia. Mi sistemò su una coscia, le mie gambe adagiate sul suo grembo, così da potermi appoggiare al supporto del suo braccio.

Era il paradiso.

Amavo essere cullata e protetta dalla sua forza. Amavo stare pelle a pelle con lui in un languore post-sesso. Amavo avere il suo profumo che ricopriva il mio corpo, così da non riuscire a capire dove finiva il suo e iniziava il mio.

Piegai la faccia contro il suo collo e sospirai. Il suo cazzo si contrasse contro il mio culo, ricordandomi dove si trovava prima. Quanto poteva essere sporco e dominante questo gigante ora gentile.

Tirò una busta della spesa e tirò fuori una pagnotta che doveva essere stata appena sfornata dal Wolf Ridge Sweet Treats.

Mi brontolò lo stomaco.

Me la porse. «Ecco, apri questo e prendine un po'. Ci sono carne e formaggio ad accompagnare.» Tirò fuori un assortimento di salumi, e poi lamponi biologici freschi, olive, carciofi e formaggi gourmet. Poi ci versò un bicchiere di vino a testa.

Non volevo, doveva essere una reazione post-sesso, ma mi accorsi che le lacrime iniziavano a scendere agli angoli di entrambi gli occhi e il mento mi tremava.

Perché avrei dovuto piangere?

Nascosi di nuovo il viso nel collo di Asher, trattenendo il respiro per reprimere l'impulso.

Asher mi accarezzò i capelli, poi mi cullò la nuca. Doveva aver notato che non respiravo perché mi tirò su il viso per guardarmi.

Prima che riuscissi a fermarmi, mi scesero alcune lacrime sulle guance.

«Oh, tesoro.» C'era tenerezza nella sua voce. Mi fece appoggiare la testa sulla sua spalla e mi massaggiò la nuca.

Ero così grata che non mi chiedesse cosa c'era che non andava.

Ero troppo orgogliosa per dirgli che era per lui. Che era l'avermi mostrato questo livello di gentilezza e attenzione che mi aveva fatta piangere.

Appoggiò la testa alla mia. «Ricominciamo» mormorò.

«Possiamo farlo? Dimenticare tutto quello che è stato il nostro passato?»

«Sì.» Tirai su col naso. «Mi piacerebbe.» Mi rannicchiai ancora di più contro di lui, desiderando ardentemente il conforto che mi offriva.

Rispose stringendomi con il braccio.

«Dimentica tutto tranne questo momento. Chi siamo qui, insieme, nel nostro prato.»

Annuii contro la sua spalla, poi mi concentrai sulle sue parole. «Il nostro prato?»

«Sì. È questo, giusto? Quello del tuo dipinto?»

Sollevai la testa, smisi di piangere per la distrazione. «Cosa?»

Asher passò un palmo aperto davanti, come se stesse presentando il maestoso paesaggio. «Questa valle?»

Fissai le formazioni rocciose e il prato di fronte a me, e lampi di viola, blu e grigi che turbinavano sul mio pennello presero forma nella mia mente. I massi e le montagne si schiudevano in una forma familiare. Immaginai l'erba del prato punteggiata di papaveri messicani dorati e tirai un sospiro di sollievo.

Aveva ragione! Questo era il paesaggio nel piccolo dipinto di noi che mi aveva rubato. Girai il collo per guardarmi intorno. Oh wow. Questo paesaggio esatto era in almeno metà dei miei dipinti. Tutti quelli che raffiguravano i due lupi, bianco e nero. Yin e yang.

Mi accelerò il battito. La pelle d'oca mi attraversò le braccia e la nuca.

«Asher» - sembravo senza fiato - «Non sono mai stata qui prima.»

Incrociò il mio sguardo, alzando le sopracciglia. «Mai?»

Scossi la testa.

«Non sei mai stata qui prima di stasera?» ripeté, come se non ci potesse credere. Un singhiozzo mi si bloccò nello stomaco. Il successivo mi salì in gola, ma non sapevo perché. Aveva a che fare con la grandezza del fatto che io dipingessi noi due in un posto dove avremmo avuto il nostro primo vero appuntamento molto prima che io sapessi qualcosa. Prima di sapere che Asher era il mio compagno. O anche che stavo dipingendo me stessa e il mio compagno predestinato e non due lupi simbolici della mia immaginazione che non esistevano.

Asher mi strinse ancora di più. «Hai dipinto il tuo futuro» mormorò contro i miei capelli. «Il *nostro* futuro.»

Il singhiozzo trovò la sua via d'uscita in un sospiro silenzioso e straziante. «È... folle. Voglio dire, non vedo come sia possibile.»

Sentii una leggera risatina da Asher o, meglio, la sentii nel leggero solletico del suo respiro nei miei capelli. «Non pensi che la tua lupa conoscesse il nostro futuro?»

Mi coprii la bocca con una mano, trattenendo il singhiozzo delle dimensioni di un'onda di marea che esplodeva.

«Whoa.» Asher mi accarezzava la schiena con una mano, cullandomi dolcemente come se fossi una bambina.

Non sapevo nemmeno come spiegare l'enormità delle mie emozioni, ma ci pensò Asher. «Il problema è che pensi che l'arte e i lupi non vadano d'accordo.» Mi stava ancora cullando. Trovavo difficile credere che questo fosse lo stesso bullo della classe che era governato dalla belligeranza e dalla ribellione. In questo momento sembrava saggio oltre ogni età. «Questo perché i tuoi genitori sono degli idioti.»

Mi scappò una risata acquosa.

«Hai rinchiuso la tua lupa, pensando che non fosse compatibile con l'arte. È diventata la tua musa. Forse pensavi di tenerla lì, per sempre. Ci sono vicino?»

«Sì.» Le lacrime continuavano a rigarmi il viso e facevo fatica a respirare profondamente. Non capivo ancora perché stavo piangendo. Sapevo solo che Asher, verbalizzando ciò con cui avevo convissuto da sola per anni, mi stava guarendo.

«E se... e se non fosse separata da te, Lotta? Penso che potresti aver capito tutto al contrario.»

Mi passai la punta delle dita sotto gli occhi.

«E se non fosse separata dalla tua arte? Potrebbe essere parte del tuo genio creativo, non il suo contrasto.»

Non riuscivo a credere che Asher conoscesse anche solo la parola *contrasto*. Questo muscoloso atleta che si rifiutava di completare qualsiasi compito in classe era molto più intelligente e istruito di quanto lasciasse intendere. Ogni parola che pronunciava era come una bomba di verità che esplodeva intorno a me.

«Penso che noi mutaforma creiamo spesso una separazione tra le nostre due parti. Diciamo cose come, *il mio lupo è diventato violento. Il mio lupo non mi deluderà. Oppure il mio lupo vuole questo, ma io voglio quello.*» Lui incrociò il mio sguardo e vidi distanza lì...la sua ferita. «Tu e io, cerchiamo di separare l'attrazione dei nostri lupi dall'odio che proviamo l'uno per l'altra...»

«Io non ti odio, Asher» sbottai, sentendo il bisogno di interromperlo. «Tu pensi questo?»

Il dolore gli lampeggiò nello sguardo.

Non capiva perché l'avevo ferito così profondamente prima di andarmene. Non volevo che sapesse il vero motivo per cui mia madre aveva fatto cacciare suo padre. Aveva fatto secretare quelle procedure del consiglio per proteggere me e la mia identità, ma io volevo che fossero chiuse per proteggere Asher. La verità lo avrebbe schiacciato, ancora di più ora che sapeva che ero la sua compagna.

Si sforzò di deglutire. «*Stiamo ricominciando da capo.*» Un po' di durezza era tornata nella sua voce e mi colpì come una folata di freddo.

La mia reazione dovette essere evidente perché il

rimpianto gli lampeggiò negli occhi nocciola. Appoggiò la fronte sulla mia e sussurrò di nuovo. «Stiamo ricominciando, Lotta. Questo è il nostro inizio, proprio qui, proprio ora.» Annuii, roteando la mia fronte contro la sua. «Questo è il nostro inizio.» Asher mi prese la testa contro la sua spalla e me la baciò. «Comunque, penso che la convinzione che siamo due entità separate in un corpo invece che un'entità in due ci fotta un po'.»

«Ma siamo governati da impulsi separati.»

«Sì. Ma pensa a cosa potremmo fare quando quegli impulsi si allineano. Se riuscissimo a metterli sulla stessa pagina.» La resistenza mi salì nel petto. Quella resistenza che ero solita spingere contro il desiderio dei miei genitori per me. Era una forza su cui avevo fatto affidamento per sopravvivere senza famiglia e branco. Se ora mi fossi confusa, temevo che avrei perso quel potere.

Mi sarei sistemata a Wolf Ridge nella vita che i miei genitori volevano per me. Sarei diventata un'insegnante d'arte al liceo e avrei cresciuto dei cuccioli nella stessa piccola città in cui ero cresciuta io. Non era quello che volevo.

«Non sono contro di te, Lotta,» disse semplicemente Asher, come se avesse percepito la mia difensiva aumentare. «Sono dalla tua parte. Team Carlotta, fino in fondo.»

Piegai le labbra in un sorriso riluttante.

«Qualunque cosa significhi» disse. Mi appoggiò la scatola di lamponi sulle gambe e la aprì, poi me ne mise uno in bocca.

IL SAPORE mi esplose sulla lingua, apparentemente amplificato di un migliaio di volte. Qualcosa in questo momento pieno di sensazioni amplificava i miei sensi. Lo assorbii: essere tenuta in grembo da Asher, le parole *Team Carlotta* che mi echeggiavano nelle orecchie, gli ultimi splendidi viola del tramonto persistente, le endorfine dei miei orgasmi che mi facevano ancora galleggiare.

Non funzionerà, insistette una voce nella mia testa.

Sapevo che aveva ragione, ma non mi interessa. Mi meritavo questo momento. Questa ripresa con Asher.

Questo momento, adesso.

Un'altra voce sussurrò qualcosa di completamente audace. Qualcosa di cui non mi interessava nemmeno. Sussurrò,

Mi merito l'amore.

CAPITOLO DICIASSETTE

Lotta

MERCOLEDÌ DOPO LA SCUOLA, incontrai Olive al 603, un bar di lusso a Cave Hills. Wolf Ridge non aveva niente di lussuoso. Non potevo permettermi i drink da quindici dollari di qui, ma era meglio che andare in un bar locale ed essere circondata da membri del branco che si facevano gli affari miei.

Avevo anche bisogno di coraggio liquido, non che l'euforia durasse come per gli umani.

«Sei pronta?» chiese Olive, scivolando sul sedile accanto al mio.

«Nemmeno lontanamente.» Le rivolsi un debole sorriso. «Grazie mille per avermi accompagnata.»

«Figurati! La tua arte è incredibile. Meriti di essere nelle migliori gallerie del Paese.»

Risi. «Non hai nemmeno visto cosa sto dipingendo in questi ultimi tempi.»

«Beh, me lo ricordo dal liceo! Sei sempre stata un'artista incredibile.»

Non ero sicura di potermi fidare della sua opinione dato che la basava sul mio talento grezzo molto poco sviluppato prima che andassi al college, ma era bello avere qualcuno dalla mia parte. Questo era il tipo di sostegno cieco che avevo sempre desiderato dai miei genitori.

Il tipo di supporto che aveva il mio viziato coinquilino Andy, il cretino che sembrava volermi rimorchiare quando veniva in Arizona ma che mi ignorava quando si trattava di presentarmi alla galleria che stava visitando.

Questo era uno dei motivi per cui avevo contattato Olive per chiederle di aiutarmi. Dovevo uscire e promuovermi. Non *potevo* restare bloccata a Wolf Ridge a insegnare arte per il resto della mia vita.

Un inaspettato cambiamento nel mio petto accompagnò quel pensiero, però.

Potevo anche voler scappare da Wolf Ridge, ma che dire di Asher?

Fino a questa settimana, fino al nostro picnic, mi ero rifiutata anche solo di considerare di continuare qualsiasi cosa con Asher oltre a questo periodo di insegnamento.

Ma onestamente, sapevo che era un'illusione. Riuscivo a malapena a resistere ventiquattr'ore senza fare sesso con lui. Pensavo davvero che me ne sarei andata dalla città alla fine dell'anno scolastico?

Oltre alla biologia, stavo cogliendo dei sentimenti. Non che non avessi sempre avuto dei sentimenti per Asher. Mi importava molto di lui quando gli facevo da tutor, prima ancora di sapere che era il mio compagno. Ma ora... ero dipendente dalla sua presenza. Volevo passare più tempo con lui di quanto lui mi desse. Volevo conversazioni, risate e condivisione. Volevo tutto di Asher. Non solo la parte fisica che era disposto a darmi.

Soprattutto, volevo il suo perdono. Ma come potevo ottenerlo se non volevo che sapesse cosa era successo veramente, e lui non voleva comunque sentire la mia spiegazione?

Olive ordinò uno shot di tequila e lo mandò giù velocemente. «Facciamolo.» Mi sorrise.

«Cin cin.» Bevvi il resto del mio martini espresso e pagai entrambi i drink, poi scivolai giù dallo sgabello del bar e mi diressi verso la mia macchina.

Avevo portato con me tre tele di medie dimensioni perché non credevo che le foto rappresentassero accuratamente ciò che facevo. Avevo portato un dipinto astratto di un lupo che avevo creato al college, un dipinto super realistico della mia lupa bianca in piedi nel prato in cui mi aveva portato Asher, e un lupo stravagante in stile pop art dipinto in arancione brillante, rosa e blu.

Olive ne prese una, ed entrammo nella prima galleria e chiedemmo di parlare con un responsabile.

«Niente arte non richiesta», scattò una donna bionda in un tailleur squadrato da dove si librava in mezzo alla galleria.

Mi bloccai.

Olive sollevò il mento. «Come preferisce contattare gli artisti?»

«Niente di non richiesto» ripeté fermamente la donna.

Alcuni clienti si girarono e ci guardarono dall'alto in basso.

Ugh. Era orribile. Stavo già uscendo dalla porta, con la faccia che mi bruciava.

Olive borbottò: «Non lasciare che quella stronza ti abbatta.»

«Forse non era il modo giusto di farlo» dissi, già sconfitta. «Il mio coinquilino del college ha un contatto in una delle gallerie locali. Gli chiederò di nuovo se può presentarmi.»

«Beh, vediamo se qualcuno sarà così gentile da spiegarci

come funziona.» Olive marciò verso la galleria successiva, qualche porta più in là.

Questo tizio ci impedì praticamente di entrare. Mi saltò davanti mentre entravo dalla porta. «Non puoi portarle qui.» Sembrava allarmato, come se i miei dipinti trasmettessero una malattia infettiva che si sarebbe diffusa alle opere nella sua galleria.

«Può aiutarci? Stiamo solo cercando di capire il protocollo corretto per contattare il proprietario.» Dovevo fare i complimenti a Olive per non aver fatto una piega al suo tono.

Il labbro superiore del tizio si arricciò in un sogghigno. «Sono io il proprietario. Qui tutto è *curato nei minimi dettagli*. Siamo prenotati con diciotto mesi di anticipo con opere d'arte provenienti da tutto il mondo. Al momento non accettiamo candidature.»

«Capito» borbottai, indietreggiando verso l'ingresso e spingendo Olive mentre lo facevo.

«Ecco il punto.» Olive strappò i due dipinti dalle mie braccia cadenti, impilandoli uno sopra l'altro. «Non puoi vendere opere d'arte a prezzi esorbitanti a meno che tu non sia snob, quindi saranno tutti stronzi.»

Sospirai e tornai verso la macchina. Questo non era chiaramente il modo giusto per farsi dei contatti.

«Dobbiamo solo trovare un modo per fargli credere che sei la prossima grande novità. Chiedi a qualcuno che li impressiona di chiamarli o qualcosa del genere. Uno dei tuoi professori lo farebbe?»

Mi sgonfiai ancora di più. «Non lo so. Il mio programma era pieno di artisti straordinari. Non c'è niente che mi renda speciale rispetto a loro. Non ho mai avuto un sostenitore o qualcosa del genere.»

«Ci deve essere un modo.»

«Olive, grazie.» Le avvolsi le braccia intorno al collo in un abbraccio che non poteva ricambiare perché teneva in mano tutti e tre i dipinti. «Ti sono grata per la fiducia che hai in me, ma credo di dover tornare a casa e riorganizzarmi. Proverò con il mio coinquilino del college per vedere se può fare le presentazioni di cui ho bisogno per entrare in uno di questi posti.»

Olive scrollò le spalle. «Okay. Va bene.»

Raggiungemmo la macchina e aprii il bagagliaio a Olive per mettere via i dipinti.

«Dai» disse Olive. «Questo giro lo offro io, ragazza.»

* * *

ASHER

ODIAVO I COMPITI. Non avrei dovuto aspettare l'ultimo minuto per scrivere questo saggio, ma il tempo stringeva sempre tra la scuola, gli allenamenti di football e il lavoro nei weekend in pasticceria. Ora che uscivo per almeno un'ora a sera per vedere Lotta, mi sembrava di non riuscire mai a recuperare i compiti.

Erano le 20:30 e me ne stavo seduto davanti al portatile della scuola al tavolo della cucina, con lo sguardo fisso su un cursore lampeggiante. Avevo questa tesina sull'Odissea da consegnare domani ed ero andato appena oltre il secondo paragrafo. Avevo passato la settimana a lavorare all'autoritratto che Lotta mi aveva assegnato. Immaginavo che fosse colpa mia: avrei potuto usare il tempo a lezione, come tutti gli altri, ma invece continuavo a fingere di odiarla, a cazzeggiare con i miei amici per tutto il tempo e a rifiutarmi categoricamente di fare qualsiasi lavoro sotto la sua sorveglianza.

Ma la verità era che, a un certo punto, dopo aver rubato quel piccolo dipinto di noi due, avevo iniziato a interessarmi all'idea di fare arte.

Arte che ci rappresentasse.

Arte che raccontasse una storia o trasmettesse un significato. Arte che avrebbe mostrato a Lotta quanto mi aveva distrutto. Forse le avrebbe dato anche un'idea di cosa avesse significato per me, cosa significasse per me.

Avevo ritagliato piccole immagini da riviste e collezionato piccoli ricordi, come il logo strappato da una busta di Wolf Ridge Sweet Treats e l'angolo del primo compito di matematica in cui avevo preso un ottimo dopo che aveva iniziato a darmi lezioni private.

Ora che sapevo che era la mia compagna, non mi sentivo più così demente per aver conservato questa merda. Per aver tenuto quel suo ciondolo nella mia cassettiera per tutti questi anni.

Il telefono vibrò indicando un messaggio e abbassai lo sguardo, aspettandomi che fosse Abe o Seb o Markley.

Era Lotta. *Per favore, dimmi che verrai presto.*

Arricciai le labbra e il cazzo si inspessì. Era la prima volta che Lotta mi mandava un messaggio. Per qualche ragione, sembrava una piccola vittoria. Avevamo raggiunto un certo livello di conforto dopo il picnic. *Ti senti bisognosa?* risposi.

Sì. Devo annegare i miei dispiaceri in qualcosa di meglio di un cocktail.

Questo cazzo è decisamente meglio.

Mi fermai, digerendo quello che aveva detto. *Quali dispiaceri?*

Beh. Olive e io abbiamo visitato un paio di gallerie a Scottsdale, ma non hanno nemmeno voluto guardare la mia arte. Ma va bene.

Non andava bene. Ora avrei voluto uccidere draghi per lei, ma non ero certo che l'idea di correre alle gallerie d'arte di Scottsdale potesse fare molto bene.

Stavo cercando di finire un saggio, ma fanculo. Arrivo subito.

Chiusi il portatile. Mia madre mi guardò dal bancone dove stava preparando i pasti per i prossimi giorni. «Hai finito, tesoro?»

«Ehm, non ancora. Ma mi prendo una pausa.»

«Hai una ragazza, Asher?» chiese mia madre.

Merda. A quanto pareva non ero stato molto furbo nel nascondere dove ero andato.

Non ero uno che mentiva alla madre. I mutaforma fiutavano le bugie, quindi lei lo avrebbe saputo, e sarebbe stato solo doloroso.

«Sì. Più o meno.»

«*Più o meno* significa che te ne vai di nascosto a trovarla ogni sera?»

Mi lasciai sfuggire un sospiro di disappunto. «Sì.»

Mia madre incrociò le braccia al petto. «Lo immaginavo.» Sembrava compiaciuta. C'era un luccichio nei suoi occhi. Di sicuro non ci sarebbe stato se avesse saputo per andare a vedere chi, stavo uscendo di nascosto.

«Beh, sono sicura che non ho bisogno di parlare con te di protezione, vero?»

«Assolutamente no» dissi velocemente. «È tutto ok.»

«Allora, quando potrò conoscere questa ragazza?»

Mai.

L'unica cosa peggiore di mia madre che scopriva che stavo uscendo con Carlotta James sarebbe stato che lo scoprisse *sua* madre. Entrambe sarebbero rimaste inorridite, ne ero sicuro. Non avevo mai detto a mia madre che ero io il responsabile dell'esilio di mio padre, che avevo raccontato a Carlotta di come aveva rubato dal birrificio. Lo avevo fatto in un momento di rabbia. Mio padre mi aveva preso a calci prima che lei arrivasse a casa nostra, e poi mi aveva messo in imbarazzo davanti a lei, prendendomi in giro perché avevo bisogno di un tutor. Mi aveva chiamato lento, se non erro.

Carlotta mi aveva difeso, correggendolo. Gli aveva detto

che ero perfettamente sveglio e che i miei voti erano migliorati molto negli ultimi mesi.

Rendendomi conto che mio padre avrebbe fatto lo stronzo con lei per averlo corretto, l'avevo trascinata fuori dalla porta, fingendo che ci servisse un libro dalla biblioteca per i compiti di quella sera.

Mi aveva ordinato un hamburger al New Moon diner. Ero scontroso, volevo fare il pagliaccio. Così avevo sputtanato mio padre e le avevo raccontato di come aveva rubato dal branco intascando i soldi del parcheggio del birrificio.

«Asher?» mi chiese mia madre quando esitai. Mia madre e io non ne avevamo mai parlato, ma lei sapeva che la madre di Carlotta era nel consiglio. Probabilmente aveva capito chi aveva fatto la spia su mio padre.

«Non lo so, mamma. Non sono sicuro che funzionerà con questa ragazza.»

La fronte di mia madre si corrugò. «Passi ogni notte con questa ragazza» sottolineò la mamma. «A me sembra una cosa seria. I suoi genitori lo sanno?»

I suoi genitori sapevano che stava scopando con uno dei suoi studenti? Ehm, avrei puntato su un grande no.

«No. Non ancora. Come ho detto, mamma, non so se funzionerà. È tutto un po' nuovo.»

Mia madre mi lanciò uno sguardo scettico ma non disse altro.

Il telefono vibrò, annunciando un altro messaggio di Lotta. *Porta i compiti e ti aiuterò a farli.*

Accidenti. Quell'offerta non avrebbe dovuto piacermi così tanto, ma riaccese quell'ossessione prepubescente che avevo per lei quando era la mia tutor. Qualcosa nel mio corpo rispose come se avessi avuto ancora tredici anni. Scollegai il portatile e me lo infilai sotto il braccio prima di uscire dalla porta sul retro. Fuori, mi fermai, realizzando che mia madre avrebbe potuto fare mente locale su tutte le case raggiungibili a piedi da casa nostra con delle lupe della mia età.

OH BENE. Considerando che aveva appena chiarito di aver monitorato il mio comportamento, probabilmente aveva già notato che ogni sera uscivo a piedi dalla porta sul retro.

Mi nascosi nell'ombra e seguii il percorso fino alla casita di Lotta. Trovai la porta aperta. Dentro, Lotta aveva acceso delle candele e aveva due bicchieri di acqua e limone appoggiati sul bancone della colazione che fungeva da tavolo.

Qualcosa di strano mi accadde nel cuore: un doppio tonfo, o un rimbalzo. Qualcosa di snervante.

«Wow. Ehi.» Mi schiarii la gola perché improvvisamente si era stretta. Mi avvicinai a dove era seduta e le accarezzai il viso, chinandomi per baciarla dolcemente.

Le sue labbra si mossero contro le mie.

Non sapevo cosa le succedeva, ma all'improvviso mi sentii sveglio. Vivo. Di nuovo su questo pianeta. Non sapevo dove ero stato fino ad ora, ma di certo non qui. Non ero mai stato così presente. Non ero mai stato lì a guardare la lupa più bella del pianeta, a bere il suo profumo, a godermi il fatto che mi stesse aspettando, con le candele accese e i drink preparati, pronta ad aiutarmi con il lavoro più banale ma necessario.

E questo... sembrava *amore*.

La cosa mi fece quasi cadere a terra.

Pensare che Lotta potesse prendersi cura di me mi faceva battere forte il cuore come se fossi nel mezzo di una partita di football.

Quando interruppi il bacio, il suo sguardo era dolce. Tirò fuori lo sgabello da bar accanto a lei e lo accarezzò. «Facciamo quel compito. Che devi fare?»

Mi sedetti sulla postazione accanto a lei. Sembrava naturale come respirare e allo stesso tempo un'esperienza extra-corporea. Come se fossi sempre appartenuto a questa bellissima femmina. Come se le cose fossero sempre state così facili tra noi. Come se il nostro destino fosse assicurato.

La presi dal suo posto e me la sollevai sulle gambe. La sua risata era bassa e roca mentre le tiravo i capelli di lato per baciarle il lato del collo.

«Prima i compiti.» Cercò di usare il suo tono da insegnante con me.

Il cazzo mi si allungò contro il suo culo morbido. Trovavo la sua autorità così fottutamente eccitante in questo momento. Infatti, ora che avevo smesso di odiarla, potevo ammettere che insegnante brillante fosse. Il suo entusiasmo per la materia traspariva in ogni lezione. Ogni compito. Amava l'arte e voleva che i suoi studenti l'amassero tanto profondamente e follemente quanto lei.

La cosa strana era che stava funzionando. L'arte non aveva mai significato niente per me prima, ma ora ne vedevo la bellezza. Evocava qualcosa in me. Soprattutto ora che avevo assistito alla magia della musa di Lotta.

A come aveva predetto il nostro futuro attraverso la sua arte.

Feci scivolare la mano lungo l'interno della sua coscia.

Aprì il mio portatile. «Mi hai sentito, giocatore.» Scivolò giù dal mio grembo per stare tra le mie gambe e si girò per guardarmi. Le sue braccia scivolarono dietro il mio collo. «Ma se sarai un bravo studente, ci sarà una ricompensa.» La sua voce era sensuale, da gattina sexy, e mi schioccò la lingua contro il lobo dell'orecchio.

Le afferrai il culo e lasciai uscire un ringhio basso. Non ero sicuro di riuscire a fare i compiti senza scoparla, ma per qualche motivo volevo provare. Ero stato l'esatto opposto di un bravo studente dal giorno in cui si era presentata alla

Wolf Ridge High. L'avevo punita per essersi fatta vedere nella mia scuola.

Ora mi sembrava sbagliato.

Con riluttanza, lasciai andare la presa sulle sue curve morbide e la girai per metterla di fronte al portatile.

«È un saggio sull'Odissea. Dovrei scrivere la storia dal punto di vista di un altro personaggio.»

«Okay, chi hai scelto?»

«Il ciclope.»

La risata dolce di Lotta mi avvolse come una coperta, spegnendo ogni ultimo barlume di rabbia che avevo nei suoi confronti.

Fissai il suo bel profilo mentre leggeva i due paragrafi che avevo scritto, e realizzai tutto insieme.

Ero irrimediabilmente perso per questa donna.

Ciò che era successo con mio padre avrebbe dovuto in qualche modo coesistere con il fatto che Lotta era la mia compagna.

La amavo. L'avevo sempre amata, e sempre l'avrei amata.

CAPITOLO DICIOTTO

Lotta

Mɪ svegliai in uno stato di profondo piacere. Il profumo di Asher mi avvolgeva. Ero rannicchiata tra le coperte del mio letto gigante, ancora caldo dopo aver fatto l'amore la notte scorsa.

Asher aveva scritto un saggio brillante e ponderato, sorprendendomi non solo con la sua comprensione e conoscenza dell'*Odissea*, ma anche con la sua creatività e capacità di narrazione. L'avevo ricompensato con un pompino che gli aveva fatto diventare gli occhi di un verde brillante e gli aveva fatto strappare a metà uno dei miei cuscini, riempiendo la casita di piume.

Presi il telefono per vedere quanto tempo avevo prima che suonasse la sveglia e scoprii che non riuscivo a muovermi. Braccia forti e calde mi avvolgevano.

Asher. Il mio compagno.

Si mosse dietro di me, stringendo le braccia al mio movimento. «Oh accidenti, ho passato qui la notte» mormorò

RENEE ROSE & EMA FERRARI

contro la mia pelle. «Scusa, sgattaiolo fuori tra un minuto.» Mi spinse sulla pancia. «Subito dopo essere entrato nella tua figa perfetta.» Allargai le gambe per lui, sospirando soddisfatta tra le lenzuola.

Ovviamente, era rischioso. La possibilità che uno dei miei genitori o un vicino lo vedesse uscire da casa mia era molto più alta quando c'era luce, ma non riuscivo a preoccuparmene.

Era troppo bello avere il cazzo di Asher che si induriva rapidamente scivolando tra le mie gambe, premendo contro il mio ingresso. Sollevai il culo e lui entrò in me, accarezzandomi dentro con movimenti lenti e languidi.

Mormorai un basso verso di godimento.

Asher ci fece rotolare sui fianchi e continuò i lunghi e lenti movimenti. Poi portò la punta del dito sul mio clitoride. Ero troppo rilassata dal sonno per venire, ma fu una sensazione gloriosa quando tracciò un cerchio leggero lì. Nemmeno Asher sembrava avere fretta di venire. Mi teneva il fianco per spingere dentro di me mentre mi mordeva il collo.

«Che buono» mormorai.

«Mmm.» Sentii un ringhio da lupo nella sua voce. Aumentò l'intensità delle sue spinte, strinse le dita sul mio fianco.

«Sali qui.» Si girò sulla schiena, così mi trovai a cavalcioni sui suoi fianchi. «Impegnati per me, tesoro.» Mi afferrò il culo e mi spinse sul suo cazzo. Le mie mani caddero sulle sue spalle. Ero fradicia, premevo il mio clitoride su di lui mentre scivolavo avanti e indietro.

«Ancora» ordinò.

La rilassatezza dei miei muscoli svanì. Nel mio basso ventre si accumulò della tensione e mi accelerò il respiro.

Gli occhi di Asher brillarono di verde.

«Vedo il tuo lupo» ansimai.

«Io vedo la tua.» Mi tenne fermi i fianchi e mi spinse dentro una dozzina di volte, poi mi tirò avanti e indietro di nuovo sopra di lui. Mi stavo avvicinando.

«Dammelo.» Si alzò e mi pizzicò uno dei capezzoli, ruotandolo e tirandolo, facendomi stringere intorno al suo cazzo. «Dammi tutto.»

Non sapevo se intendesse il mio orgasmo o la mia vita.

In questo momento, ero incline a dargli entrambe le cose, il che avrebbe dovuto terrorizzarmi ma invece mi faceva sentire come se stessi navigando sulla discesa di una montagna russa.

Rimbalzai sul suo cazzo, con la testa gettata all'indietro, poi appoggiai una mano contro la testiera e mi lasciai andare, muovendomi il più velocemente possibile.

«Ecco.» Quando interruppi il ritmo, ci fece rotolare sul letto grande, così mi ritrovai sulla schiena, e lui era sopra di me e mi spingeva dentro. «Ora mi sentirai.»

Risi ansimando. «Come se non ti avessi mai sentito prima…»

Inarcò le sopracciglia e spinse forte, tenendomi il lato del collo per evitare che la mia testa andasse a sbattere contro la testiera.

«Sì!» sussultai.

Asher me lo diede con forza ma, in qualche modo, anche in modo amorevole. Attento. Era così diverso dal sesso duro e freddo con cui avevamo iniziato questa relazione. Ora mi stava uccidendo con la sua gentilezza, ed era più di quanto io potessi sopportare.

Mi aggrappai alle sue spalle, gli agganciai le caviglie dietro la schiena per spingerlo dentro con le gambe. Ci muovemmo freneticamente insieme, come se questo orgasmo determinasse se avremmo vinto o perso. Se saremmo sopravvissuto o morti.

E ora stavo vivendo per Asher.

Ma anche morendo per lui.

E non sapevo ancora cosa avessi vinto e cosa avessi perso. Tutto ciò che sapevo era che ero qui per questo. Per tutto. Qualunque cosa questo viaggio con Asher potesse portare.

«Vieni per me. Verrai per me come una brava ragazza?» Le parole di Asher erano ruvide e gutturali. Stava per perdere il controllo.

«Sì!» Alla richiesta, sollevai, il culo e i miei muscoli interni iniziarono a contrarsi, spremendo impulsi di piacere.

Asher gemette e spinse in profondità. Mi convinsi di sentire i nastri caldi della sua essenza riempirmi mentre avevo un orgasmo. Per la prima volta, avevo quella sensazione proprietaria di voler conservare la prova della sua presenza dentro di me. Volevo che gli altri sapessero che questo magnifico lupo maschio ora mi apparteneva.

Ma ovviamente, non potevo reclamarlo. Non se volevo mantenere il mio lavoro.

Sentii lo sfregamento del suo dente contro il mio collo e lo spinsi via prima che sprofondasse nella mia carne. «Asher!» ansimai. «Non puoi.» Incontrai il suo sguardo verde e cercai di mostrargli con il mio che capivo. Che lo sentivo anch'io. Lo volevo anch'io. «Il mio lavoro» dissi. Lui annuì a scatti e si tirò fuori, facendomi rotolare sulla pancia e schiaffeggiandomi il sedere. «Lo so, prof» disse con leggerezza. «Ma questo non cambia il fatto che sei mia.»

* * *

ASHER

DOPO L'ALLENAMENTO di quel pomeriggio, accompagnai Abe alla sua Range Rover, lanciando un'occhiata alle mie spalle verso lo studio d'arte mentre camminavamo. Lotta era ancora lì, a dipingere. Restava fino a tardi ogni sera, molto dopo l'allenamento di football.

Da quando avevamo fatto il picnic nel prato, Lotta era diventata più dolce. Il sesso era meno frenetico. Restavo un po' nei paraggi dopo o portavo del cibo prima. Non erano appuntamenti lunghi e intensi, ma c'era più tranquillità tra noi. La fragilità era scomparsa dalle nostre interazioni.

Quando ero lontano da lei, mi ritrovavo a desiderare di più del suo corpo. Desideravo una conversazione. La vicinanza. Volevo consumare tutta Lotta James, non solo il suo corpo, ma anche la sua mente, la sua anima.

Ma questo avrebbe richiesto fiducia. E la fiducia era una cosa che non avevamo. Avevo detto a Lotta che potevamo ricominciare. Ciò significava che dovevo bloccare il passato dalla mia mente. Dimenticare quella ferita profonda un paio di chilometri che mi aveva inflitto nella vita.

E avevo pensato a cosa l'avrebbe portata a fidarsi di me. Stavo pensando a come ieri sera era giù di morale per aver visitato le gallerie senza fortuna.

Lo sapevo che ero stato un idiota con lei. Ma mi era anche venuto in mente che Lotta non si fidava di nessuno, e sospettavo che dipendesse molto dal modo in cui i suoi genitori l'avevano fottuta con la sua arte.

Non avrebbero mai dovuto farle scegliere tra branco e carriera. E non avrei dovuto neanche definirla *carriera*, perché l'arte era più di una carriera per Lotta. Era la sua anima. La sua identità.

Ed era per questo che dovevo sporgermi in quel senso.

«Che succede?» disse Abe quando ci trovammo fuori dalla portata d'orecchio di chiunque altro.

«Mi chiedevo se potessi parlare con la tua compagna di una cosa.»

In un lampo, Abe mi aveva inchiodato contro il suo veicolo, i suoi occhi brillavano in sintonia con il suo lupo.

Risi, alzando le mani. «Rilassati. Si tratta di Lotta. Puoi essere presente per proteggerla se vuoi.»

Abe sbatté le palpebre, il suo lupo si allontanò. Lui mi lasciò andare e scosse la testa per scrocchiarsi il collo. «Mi dispiace, amico. È solo istinto.»

«Sì. Nessun problema. L'ho capito.»

«Allora... sì. Vuoi andarci adesso?»

Annuii. «Le hai raccontato di me e Lotta?»

Abe aggrottò la fronte. «No, amico. Mi hai fatto giurare di mantenere il segreto.»

«Giusto, sì. Grazie. Voglio dire, potremmo dirglielo se pensi che sappia mantenere un segreto. Oppure posso semplicemente non dare dettagli.»

«Sa mantenere un segreto.» Sembrò offeso. «Il suo gemello non sa nemmeno che sono orsi.»

«Okay, fantastico. Ti seguo verso casa sua?»

«Sì. Ci vediamo lì.»

Salii sulla mia bici e seguii Abe fino alla villa su Moongaze Hill dove vivevano Lauren e Lincoln Sterling. I gemelli si erano trasferiti qui quest'anno scolastico da Manhattan e il loro status di esseri umani e ricchi aveva ispirato immediatamente l'odio in tutta Wolf Ridge. Ora che Abe aveva marchiato Lauren come sua compagna, però, erano sotto la sua protezione e le cose erano cambiate per loro socialmente.

Seguii Abe fino alla porta intagliata a mano. Dentro, un pianoforte smise di suonare e Lauren si avvicinò all'ingresso. Il suo sguardo dolce si posò su Abe, poi passò su di me e alzò un sopracciglio con fare interrogativo.

«Ehi, Lauren. Mi chiedevo se potessi farti qualche domanda su New York. E sull'arte.»

Sollevò le sopracciglia, ma tenne la porta spalancata. «Certo. Entra.»

«Grazie.» Non sapevo se questa fosse un'idea folle o meno, ma pensavo che valesse la pena provarci.

Mentre entravamo in casa, sentii il suono irresistibile di una chitarra elettrica micidiale provenire dal corridoio. Mossi il pollice in quella direzione. «È tuo fratello che suona?»

Lauren si sedette sul divano e Abe scivolò proprio accanto a lei, con un braccio dietro la schiena. «Sì. È piuttosto bravo.»

«E tu suonavi il pianoforte?» Mi sedetti sulla sedia di fronte a loro. «Sei venuto qui per flirtare con la mia ragazza o per fare domande sull'arte?» mi interruppe Abe, e io sorrisi per la sua possessività. Tesi i palmi delle mani. «Domande sull'arte. Rilassati, fratello.» Lauren alzò gli occhi al cielo, ma capii che le piaceva.

«Allora... questa è probabilmente una caccia a una chimera, ma tu sei sofisticata e vieni da New York. Mi chiedevo se sai qualcosa della scena artistica della Grande Mela. Tipo come si accede alle gallerie?» Mentre dicevo queste parole, mi resi conto di quanto sembrassi ridicolo. «Non importa, è stata un'idea stupida.» Mi alzai.

«Non è stupida.»

Sprofondai nella sedia.

«Conosciamo alcuni artisti piuttosto importanti. Tipo quelli che vendono quadri a cinquantamila dollari.»

«Wow. Okay. Quindi hai qualche consiglio?»

«Cioè... stai pensando alla scuola d'arte?»

Mi scappò una risata aspra. «Non è per me. Lei si è già laureata alla scuola d'arte più prestigiosa del Paese.»

«Ohhhh–*leiiii*.» Lauren mi guardò con aria speculativa. «La signorina James.» Lanciò un'occhiata ad Abe per avere conferma.

«Va bene se teniamo questa cosa tra noi?» chiesi. «Lo sa solo Abe.»

Curvò le labbra. «Scandaloso.»

RENEE ROSE & EMA FERRARI

«Per favore, Lauren. Non è la mia vita che verrebbe rovinata se si venisse a sapere.»

Lauren mimò il gesto di chiudersi le labbra con una chiave. «Le mie labbra sono sigillate.» Si gettò la chiave immaginaria dietro la spalla. «Quindi, sì. Ci sono dei proprietari di gallerie a cui puoi rivolgerti. Posso chiedere a mio padre se può mettermi in contatto con uno dei nostri amici di famiglia per ottenere dei contatti specifici, se vuoi.»

«Davvero?» Questa cosa era andata molto meglio del previsto. «Sì. Voglio dire, sì, per favore. Lo apprezzerei molto, Lauren.»

«Nessun problema. Parlerò con mio padre stasera a cena e ti farò sapere. Vuoi che ti mandi un messaggio?»

«Non esiste al mondo che tu prenda il numero di telefono della mia ragazza» la interruppe Abe.

Lauren alzò di nuovo gli occhi al cielo. «Allora faremo una chat di gruppo.»

* * *

LOTTA

LA SERA dopo Asher mi raggiunse a scuola mentre stavo pulendo prima di tornare a casa. «Sono di nuovo in ritardo?» chiesi senza fiato quando gli aprii la porta chiusa a chiave.

Mi sollevò per mettermi a cavalcioni sulla sua vita, come aveva fatto l'ultima volta.

Mi dimenai. «Il bidello è ancora qui» sussurrai, e lui mi lasciò immediatamente, mandandomi un sorriso infantile e con fossette che mi fece sciogliere le viscere.

«Non sei in ritardo, volevo solo prendere delle misure.» Tirò fuori un metro a nastro dalla tasca dei jeans mentre percorreva a grandi passi il corridoio verso il mio studio.

196

«Misure?»

«Sì. Incornicerò i tuoi quadri.»

Smisi di camminare. «Cosa?»

Si girò e sorrise. «Mi ha sentito, signorina James.» Inclinò la testa verso lo studio. «Ho guardato un video su Youtube su come realizzare cornici fai da te e risparmiare centinaia di dollari.»

Mi stavo ancora sciogliendo. Avrebbero dovuto raschiarmi via dal pavimento dove stavo diventando una pozzanghera. Corsi per raggiungerlo, guardandomi rapidamente intorno in cerca del custode prima di infilargli il braccio sotto il suo. «Grazie. Sarebbe fantastico. I miei quadri hanno bisogno di cornici. Voglio dire, non credo che questo avrebbe aiutato nelle gallerie, era più una questione di controllo, ma...»

Ci trovavamo dentro lo studio ora, e Asher mi interruppe con un bacio.

Mi sciolsi contro di lui, gli avvolsi le braccia intorno al suo collo, il mio corpo si ammorbidì contro il suo. «Sei stato davvero premuroso, Asher. Grazie.»

Mi baciò di nuovo, ma aveva una missione. Tornò a grandi passi alla pila di quadri e iniziò a misurarli e inventariarli. «Questi hanno dei nomi?» chiese, strappando un pezzo di carta dal mio album da disegno e spingendolo verso di me. «Puoi scrivere il nome di ognuno e una descrizione, così so qual è quale e poi metterò le dimensioni sotto.»

Ci volle più di un'ora, ma ad Asher non sembrò importare. Alla fine, avevo un elenco di tutti i dipinti che avevo realizzato negli ultimi cinque anni. I dipinti per i quali avevo dovuto indebitarmi con la mia carta di credito per rispedirli qui.

«Wow. Ho prodotto un sacco di opere d'arte.» Guardai l'elenco. Mi sentivo soddisfatta. Non ero il tipo di artista che preferiva la quantità alla qualità, ma era bello vedere che lunga lista di opere d'arte avevo a disposizione per la vendita, se mai fossi riuscita a entrare in una galleria.

«Hai pensato a un negozio su Etsy?» chiese Asher.

Sollevai le sopracciglia. Notai la stessa resistenza che avevo avuto quando Olive aveva suggerito di visitare le gallerie. Era paura di mettermi in gioco? O era il mio istinto da lupa che mi diceva che era una mossa sbagliata?

Di certo le visite alle gallerie non mi erano andate bene.

«Beh, no...»

Asher scrollò le spalle. «Sto solo pensando che potrebbe essere un altro modo per far uscire le tue cose. Insomma, oltre alle gallerie e tutto il resto.»

«Ehm, sì. Insomma, non ho la minima idea di come fare, ma dovrei capirci qualcosa.»

«Sì. O ci penserò io e tu continuerai a dipingere.» Asher piegò l'elenco di due pagine dei dipinti e se lo infilò nella tasca posteriore. «Inoltre, ho una sorpresa per te.»

«Davvero?»

«Sì. È da Sweet Treats.»

«Non sono chiusi?»

«Ho le chiavi. Ci vediamo nel vicolo tra quindici minuti.» Asher mi accompagnò fuori dalla porta dello studio nel corridoio.

«Arriverò prima di te» lo stuzzicai.

«Non contarci, dolce signorina James.» Mi fece l'occhiolino, guardandosi alle spalle per vedere se c'era ancora qualcuno in giro. «Ci vediamo presto» sussurrò prima di fare qualche passo avanti e scivolare fuori dalla porta davanti a me.

Finsi di non guardarlo accendere la moto mentre camminavo verso la mia macchina, ma per tutto il tempo sentii un basso ronzio felice nel petto.

Adoravo questo nuovo livello di comfort con Asher.

Sembrava che mi avesse finalmente perdonato per aver fatto esiliare suo padre. Non sapevo ancora come sarebbero andate le cose per noi, soprattutto perché sarebbe stato mio studente per il resto dell'anno scolastico e volevo lasciare l'Arizona una volta finito, ma stavo iniziando a pensare che quei problemi insormontabili valessero la pena di essere risolti.

Forse sarei stata disposta a restare. Non ne ero sicura.

Mi vibrò il telefono e abbassai lo sguardo, pensando che avrebbe potuto essere Asher.

Era Andy, però.

Andy: *Sono a Phoenix. Vieni a nuotare al resort, hanno un fiume lento.*

Mi si rivoltò lo stomaco. Anche mandare messaggi sembrava un'infedeltà nei confronti di Asher.

Io: *Non mi interessa.*

Andy: *L'incontro alla galleria è domani sera. Puoi venire al mio appuntamento.*

Trattenni il respiro. La mia lupa diceva che era una cattiva idea. L'artista che era in me sosteneva che era necessario fare dei sacrifici. Non con Andy, fanculo, mai, ma dovevo usare le conoscenze che avevo. Non avevo paura di dire di no ad Andy, anche se sembrava attaccato a me in modo illogico. Ero un mutaforma. Nessun uomo umano avrebbe mai potuto imporre la sua volontà su di me. Asher avrebbe odiato l'idea che lo incontrassi, soprattutto se avesse saputo quanto Andy mi aveva incastrata, ma sarei stata veloce e professionale. Fine della storia.

Io: *Mandami il nome e l'indirizzo.*

Andy: *Ti vengo a prendere.*

Io: *fuori discussione.*

Andy: *O vieni con me o niente, tesoro.*

Ugh. Davvero? Che rottura di scatole. Mi stava spingendo di proposito.

Io: **Bene. Vieni a prendermi a scuola così posso mettere un po' dei miei dipinti in macchina.**

Andy: **Manda l'indirizzo.**

Gli mandai l'indirizzo e accesi la macchina, cercando di ignorare la nausea che avevo nello stomaco. Avrei dovuto dirlo ad Asher.

Glielo avrei detto. Ma non prima che arrivasse Andy. Non volevo che il suo lupo diventasse possessivo e che si comportasse in modo irrazionale.

Respinsi i miei dubbi mentre giravo l'accensione e guidavo verso il vicolo dietro Sweet Treats. Una volta lì, dimenticai tutto perché Asher era appoggiato al vecchio edificio in mattoni che un tempo era un mulino. Apparteneva alla signora Angelson, che possedeva la pasticceria, ma non credevo che lo usasse per qualcosa.

Scesi dalla macchina. Asher guardò su e giù per il vicolo, poi mi fece cenno di andare alla porta. Girò la maniglia quando arrivai e mi fece entrare.

Avevo guardato nelle finestre in passato. Sembravano vecchie attrezzature e contenitori di stoccaggio. Trattenni il respiro, ora, mentre osservavo la scena.

Lo spazio era stato completamente ripulito. I contenitori erano impilati ordinatamente da una parte, ma dall'altra erano stati stesi dei teli di protezione e c'era un cavalletto sistemato davanti alla finestra.

«Ho pensato che potresti usarlo come studio. Sai, se non vuoi dipingere a scuola.» Asher mi fece un sorriso.

Le sue fossette mi spezzavano il cuore. Lo dividevano letteralmente in due. Ero ridotta a una pozzanghera, calda e luminosa e completamente distrutta. Asher aveva vinto ogni mia resistenza.

Quando non dissi niente, aggiunse, «o non importa se preferisci lavorare a scuola.»

«No» dissi velocemente, correndo a gettargli le braccia

intorno alla vita. «Mi piace un sacco. Grazie mille. Sei sicuro che vada bene? Voglio dire, con la signora Angelson?»

«Certo. È felice che qualcuno lo usi.» Le sue mani scivolarono lungo la mia schiena e mi afferrarono il sedere. «E ci dà un altro posto sicuro dove incontrarci fino alla fine dell'anno scolastico.»

«Oh sì?» dissi languida, infilando le mani sotto la sua maglietta per arrivare alla pelle nuda. «Metterai un materasso qui dentro?»

«Troverò una soluzione.» La sua voce era un ringhio basso mentre mi prendeva per la vita e mi porta verso il ripostiglio. «Ho bisogno di assaggiare quella tua figa adesso.»

«Uh uh» non ero d'accordo. «Stasera assaggio io te per prima. Mettimi giù, ragazzone. Ti mostrerò la mia gratitudine.»

CAPITOLO DICIANNOVE

Asher

PER LA SECONDA notte di fila, dormii da Lotta. Questa volta non era stato un incidente.

Ieri non aveva fatto storie, quindi immaginavo che ora fosse consentito. Era molto difficile lasciare il suo letto quando era nuda, calda e ricoperta dei miei fluidi. Impostai la sveglia, così da svegliarmi prima dell'alba.

«Asher...» Lotta si girò verso di me. Le scostai i capelli neri dalla pelle liscia. Era così fottutamente bella. «Cosa vuoi fare dopo il liceo?»

«Questo» risposi immediatamente. Perché era già tutto per me. Ero arrivato. Dormire nel letto di Lotta James era un futuro più grande di quanto avessi mai immaginato per me stesso.

Però avvertii un pizzico di preoccupazione in lei, quindi mi feci serio. Voleva andarsene da questa città, lo sapevo.

«L'allenatore pensa che potrei ottenere una borsa di studio per il football da qualche parte.» Scrollai le spalle.

«Non è che il college sia un sogno per me o qualcosa del genere, ma non sono nemmeno legato a Wolf Ridge, se è questo che vuoi sapere.»

«Dovresti prendere una borsa di studio se riesci a ottenerne una. Andartene da questa città.»

«Sì. Okay.» Speravo proprio che intendesse con lei.

Rotolai giù dal letto. «Ho qualcosa per te.» Presi lo zaino e tirai fuori la tela che avevo usato per fare il mio "autoritratto". Dovevamo consegnarli oggi a lezione, ma volevo dargliela personalmente.

Le porsi la piccola tela e lei la prese con dita tremanti. Era un collage multimediale. Avevo ricoperto la tela con immagini ritagliate di cose che mi ricordavano noi. Studiai il suo viso mentre osservava il pezzo.

Inspirò bruscamente quando vide il ciondolo a forma di luna d'oro incollato al centro. Mi colpì come uno schiaffo in faccia.

Sbiancò. «C-come hai fatto ad averlo?» Le tremava la voce. «Te l'ha dato tuo padre?» ansimò, come se non riuscisse a riprendere fiato. «O... *tua madre?*»

«Di cosa stai parlando?»

Il suo sguardo era perso, come se stesse cercando di recuperare un ricordo. Poi lasciò cadere la tela sul pavimento e si rialzò in piedi come se stessimo per litigare. «Lo sapevi... *tu lo sapevi?*»

C'era qualcosa di terribilmente sbagliato. Lotta era sconvolta e il mio lupo avrebbe fatto qualsiasi cosa per sistemare le cose.

Allargai le mani per farle vedere che non ero una minaccia. «Sapevo cosa?»

I suoi occhi erano selvaggi. C'erano paura e trauma nel suo odore. *Che cazzo stava succedendo?*

«Lo sapevi da tutto questo tempo?» Mi guardò inorridita.

Feci un passo avanti, ma lei indietreggiò. «Lotta, di cosa stai parlando?»

Mi scrutò il viso. Sbatté le palpebre. Poi espirò. «Oh.» Scosse la testa, guardando il pavimento. Si chinò per raccogliere la tela, ma ebbi la sensazione che fosse solo per nascondermi il suo viso. Seppi di avere ragione quando si ricompose completamente.

«Mi sono solo confusa per un minuto. Ho... Dove hai, ehm, trovato la mia collana?»

Fissai la collana cercando di decifrare cosa era appena successo. Si era spaventata quando l'aveva vista.

Mi aveva chiesto se me l'aveva data mio padre.

Perché mio padre...

Le strappai la tela dalla mano e strappai la collana, tirando via gran parte del collage. La sollevai. «Cosa è successo? *Cosa è successo a mio padre?*»

Cercai di ricordare l'ultima volta che l'avevo vista prima che mio padre venisse bandito. Era la notte in cui le avevo raccontato del suo furto. Non si era presentata il pomeriggio dopo per la nostra sessione. E la sera dopo, lui era stato cacciato.

«Niente. Mi ha solo ricordato di... di averti fatto da tutor. Prima che se ne andasse, tutto qui.»

La fissai, poi abbassai lo sguardo sulla collana che giaceva sul mio palmo. C'era qualcosa qui che non capivo.

I bellissimi occhi azzurri fiordaliso di Lotta si riempirono di lacrime. Cosa c'era nella sua espressione? Rimorso? Sì, ma anche qualcos'altro. Qualcosa che sembrava una ferita. Come se lei fosse stata ferita.

Improvvisamente mi sentii come se fossi stato buttato in ginocchio. O forse ero caduto in ginocchio, non ne ero sicuro. La stanza girò. Avevo caldo. Mi erano scesi i canini.

«Ha...» Era difficile parlare. La mia laringe sembrava trascinarsi lungo una lama arrugginita. «Ti ha fatto del male?» Riuscii a malapena a pronunciare le parole con voce roca.

Alzò le mani, come per scacciare la mia rabbia. «Tua madre lo ha fermato» disse velocemente. «Non è successo niente. Ci ha provato, tutto qui.»

Ci ha provato.

Mi si annebbiò la vista. La rabbia esplose tutt'intorno a me. Mio padre aveva messo le mani sulla mia compagna. L'aveva aggredita! Avrei ucciso quel bastardo.

E io avevo creduto il contrario per tutto questo tempo. Avevo pensato che fosse stata lei a fargli del male. Oh, destino.

Mi lasciai scappare un ululato di rabbia.

Non mi resi conto di essere mutato, ma le mie quattro zampe fregarono sulle piastrelle lucide di Saltillo della casa di Lotta. Sbattei contro i muri, feci cadere i mobili, cercai di uscire da quella prigionia.

Lotta spalancò la porta e io mi precipitai fuori.

Dovevo dare la caccia al mio progenitore e ucciderlo.

* * *

Lotta

Mi si offuscò la vista e mi premetti una mano sulla bocca per trattenere un singhiozzo. La mia casita sembrava una piccola casa di carte dopo il passaggio di Asher. C'erano segni di artigli sul muro. Uno sgabello da bar rotto giaceva di lato sul pavimento.

Il mio compagno soffriva così tanto.

In questo momento, con il vantaggio del senno di poi, ero sicura di aver fatto la cosa giusta. La mia lupa o la mia musa o qualunque parte di me avesse visto nel mio futuro mi stava guidando quando avevo giurato al consiglio di mantenere il segreto su ciò che era successo.

C'era stato un equivoco su dove avrei dovuto incontrare Asher. Gli avevo detto che non sarei potuta andare a Sweet Treats dopo la scuola, ma sarei andata a casa sua più tardi, ma lui mi stava aspettando in pasticceria. Suo padre mi aveva tirata dentro casa. Era arrabbiato con me per aver difeso Asher il giorno prima, e si era lanciato in una filippica contro di me, dicendo che ero arrogante come mia madre, e che la regalità del branco non avrebbe dovuto esistere.

E poi la sua aggressività era diventata fisica. Non sapevo perché non ero riuscita a mutare per difendermi, probabilmente aveva usato una qualche forma di comando alfa che mi teneva ferma. Tutto quello che ricordavo era che mi aveva inchiodata contro un muro con la maglietta mezza strappata quando la madre di Asher era entrata e l'aveva aggredito. Solo allora ero mutata ed ero corsa dritta a casa.

Ero corsa in casa ricoperta dall'odore di paura e di muta-forma ubriaco. Non c'era modo di nascondere ai miei genitori cosa era successo, e mia madre non avrebbe permesso all'uomo che aveva toccato sua figlia di rimanere nel branco.

Era stata una decisione orribile e crudele.

Non volevo fare del male ad Asher. Mia madre aveva detto che avrei protetto lui e sua madre perché suo padre era un mostro che aveva fatto del male a entrambi. Disse che avevo l'opportunità di tirarlo fuori dalle loro vite e che il branco mi avrebbe ringraziato.

Avevo messo una condizione. Avevo chiesto che le sessioni del consiglio fossero secretate prima di parlare. Ero minorenne, quindi tutti pensavano che si trattasse di proteggere la mia privacy, ma non era così. L'avevo fatto per Asher. Anche allora, non sapendo che era il mio compagno, avevo intuito quanto scoprire questa storia lo avrebbe ferito.

Avevo raccontato del tentativo di aggressione e del fatto

che il padre di Asher aveva rubato i soldi dalla cassa del birrificio. Avevo chiesto, se mai avessero dovuto fornire una ragione pubblica per il suo esilio, che dicessero che la causa era il furto. Mia madre aveva trascorso tutta la notte prima della riunione a riesumare le prove dei suoi crimini in corso, quindi non si era trattato solo della mia parola.

Quando ero tornata e mi ero resa conto di quanto Asher mi odiasse, mi ero messa in discussione. Non perché avessi bisogno della sua comprensione, ero disposta a passare per la cattiva per lui. Era perché sembrava che avesse sofferto terribilmente comunque. Il branco lo aveva trattato come uno schifo senza nemmeno sapere cosa fosse successo. Ma ora, vedendo la sua angoscia nello scoprire la verità, ero sicura di aver fatto la cosa giusta. Sentirsi offeso da me gli aveva permesso di provare un senso di giusta rabbia e ribellione. Aveva mantenuto la sua dignità. Se avesse sopportato la vergogna delle azioni di suo padre durante la sua adolescenza, temevo che si sarebbe chiuso completamente. Forse avrebbe anche lasciato la città.

E poi probabilmente non avrei mai incontrato il mio compagno predestinato.

Suonò la sveglia, facendomi sussultare. Chiusi la porta e mi guardai intorno.

Merda. Cosa avrei dovuto fare?

Asher stava soffrendo. Volevo aiutarlo. Dovevo aiutarlo. Se fossi mutata subito e lo avessi seguito… Ora non c'era modo che io lo raggiungessi.

Guardai l'orologio. Dannazione.

Feci una doccia veloce, presi una mela da mangiare e guidai fino allo Sweet Treats. La mamma di Asher avrebbe dovuto lavorare oggi.

Io e lei ci eravamo evitate a vicenda da quando era accaduto quell'incidente. Non sapevo perché. Probabilmente mi ero vergognata di averla lasciata a combattere da sola con suo marito quella notte. Probabilmente lei si vergognava di quello che era successo. Nessuna di noi due ne aveva parlato, il che ora mi sembrava davvero fottuto e strano.

Parcheggiai davanti ed entrai. La signora Angelson mi salutò dalla porta della cucina. «Ciao, Carlotta! Avevo sentito che eri tornata in città!»

«Salve, signora A!»

Mi costrinsi a incrociare lo sguardo della signora Martin e mi avvicinai al bancone. «Ehm, buongiorno, signora Martin. Ha visto Asher?»

Non c'era sorpresa nella sua espressione, ma corrugò la fronte. «No» disse lentamente. «Non è tornato a casa ieri sera.» Mi studiò. «Credo di aver pensato che potesse essere con te.»

«È così» dissi. «Ma, ehm...» Deglutii. «Stamattina ha scoperto...» Mi rimbombò il cuore contro lo sterno e avevo i palmi delle mani bagnati. Non avevo parlato dell'incidente dalla riunione del consiglio. «È uscito fuori stamattina.» Cercai di deglutire, ma non ci riuscii. «--quello che è successo con suo padre. E Asher è scappato via in forma di lupo.» I miei occhi erano pieni di lacrime.

La mamma di Asher impallidì. Uscì da dietro il bancone. Con mio grande stupore, mi strinse in un abbraccio imbarazzato. «Grazie.» La sua voce era tesa. «Per... cosa?»

«Per prenderti cura di mio figlio.»

Trattenni le lacrime. «Certo, mi importa. Voglio dire, mi importerebbe comunque, ma... è il mio compagno.» Sussurrai le ultime parole.

La signora Martin si allontanò di scatto per fissarmi sorpresa.

Annuii. Mi gettò di nuovo le braccia addosso, questa volta in un abbraccio stretto. «Oh, è incredibile.» Sentii lacrime di gioia nella sua voce, come se le avessi appena detto che ero incinta o qualcosa del genere. Ma gli incontri predestinati erano così rari che valeva la pena piangere. La maggior parte dei lupi non trovava mai il suo vero compagno, si limitavano a costruire una vita con un mutaforma compatibile. «Che benedizione, per entrambi.»

«Sì, ma è per questo che scoprire cosa è successo ha portato Asher alla follia.»

Mi lasciò andare di nuovo, con un'espressione offuscata. «Sì. Sì, capisco. Be', prima o poi doveva uscire. Dagli un po' di tempo e spazio per calmarsi e metabolizzare la cosa, è molto da elaborare. Vai a scuola e io dirò che è assente. Speriamo che si liberi dall'angoscia e torni prima che faccia buio.»

Prima che faccia buio.

Per il destino, questo mi fece male al cuore. Non volevo che Asher se ne stesse lì fuori da solo ad angosciarsi. Non lo volevo affatto angosciato.

«Vai» incalzò la signora Martin. «Mi assicurerò che ti contatti quando sarà tornato.»

«Okay, grazie.» Strinsi forte la spalla della signora Martin.

Mi abbracciò forte. «Sono così felice per entrambi. Non preoccuparti. Il destino ci sorprende. Ci rende pronti.» Il suo sorriso era triste, però, e mi ricordò che il destino le aveva fatto più sorprese di quante non gliene spettassero.

Lo dovevo a lei tanto quanto a me stessa e ad Asher, dovevo assicurarmi che risolvessimo le nostre cose.

Mentre salivo in macchina, ricevetti un messaggio. Il mio cuore sussultò, illogicamente speranzoso che potesse essere di Asher.

Non era lui. Era di Andy.

Andy: *Ci vediamo alle cinque*

No. Impossibile. Asher aveva bisogno di me.

Io: *Mi dispiace, non posso venire. Ho avuto un contrattempo. Buona fortuna, comunque.*

CAPITOLO VENTI

Asher

SENTII l'impatto prima di sentire lo scricchiolio del metallo che si rompeva. Il vetro si frantumò tutto intorno a me. Il mio corpo venne lanciato in aria e scagliato a cinquanta piedi sul ciglio dell'autostrada, dove rotolai.

Il rumore dei freni che stridevano mi ricordò di rimettermi in piedi e scappare dagli occhi umani.

Il sangue mi inzuppò la pelliccia. Alcune delle mie ossa erano rotte, ma ignorai il dolore.

Cazzo, dove mi trovavo?

Divenni vagamente consapevole del fatto che le mie zampe erano graffiate e insanguinate, e mi trovavo molto, molto fuori dal territorio dei lupi. Ero a metà strada verso il Grand Canyon, nel profondo del territorio degli orsi. E non avrei vinto una lotta contro un orso mutaforma se ne avessi incontrato uno.

Alzai lo sguardo al cielo. Dalla posizione del sole, avrei detto che era passato mezzogiorno.

Correvo da ore, cieco al mio percorso. Cieco a tutto tranne che alla vendetta.

Tranne che non avevo assolutamente la capacità di portare al termine quella vendetta. Non sapevo dove fosse mio padre o da dove cominciare a cercarlo.

Chiaramente il mio cervello era andato offline quando avevo dato di matto ed ero scappato.

Di brutto.

Oh, destino. Ero scappato e avevo lasciato la mia compagna. Avrei dovuto prenderla tra le braccia e tenerla stretta. Avrei dovuto inginocchiarmi e supplicarla di perdonarmi per essere stato un tale idiota. Invece, mi ero infuriato ed ero scappato.

Un comportamento da compagno poco onorevole.

Mi voltai di scatto. Dovevo tornare da lei. Avevo abbandonato la mia compagna quando avrei dovuto esserci per lei, due volte.

Cazzo. Dovevo tornare il più velocemente possibile.

Ci volle un'eternità per arrivare a casa. Il mio cervello aveva iniziato a funzionare abbastanza da farmi capire che non avrei dovuto correre dritto a scuola sotto forma di lupo. Soprattutto non sanguinante e zoppicante come ero. Mi fermai a casa e mi lavai via il sangue, la polvere e i rovi nella doccia. Avevo diverse costole e la parte inferiore della gamba rotte e il dolore della loro ricrescita era peggiore dell'impatto di quell'auto che mi aveva investito.

E grazie al cielo perché mi aveva fatto tornare il senno. Se non fosse successo, a quest'ora avrei potuto essere in Colorado. Mi arrabbiai mentre mi vestivo in fretta. La scuola era già finita, ma Lotta sarebbe stata ancora lì.

Salii sulla moto e guidai verso la scuola.

La squadra era in campo. L'allenatore Jamison si mise le mani sui fianchi quando mi vide. Quando mi diressi verso la scuola, fischiò e alzò le mani in aria con un gesto del tipo *"che cazzo fai?"*.

Lo ignorai. Già disperato dal bisogno di vedere Lotta e scusarmi, ora qualcosa mi fece rizzare i peli sulle braccia.

Qualcosa non andava. Qualcosa oltre a quello che era successo stamattina.

Aprii la porta della scuola.

«Asher! Cosa stai facendo?» urlò l'allenatore.

Corsi lungo il corridoio verso lo studio d'arte, i peli sulla nuca mi si rizzarono.

Attraversai la porta finestra, vidi un'altra figura in piedi nello studio d'arte con Lotta. Un uomo.

C'era un uomo con la mia compagna.

La parte logica del mio cervello cercò di fermarmi. Probabilmente era il preside. O il bidello. O un altro insegnante. Avrebbe potuto essere un altro studente. Il mio pensiero illogico pensò che fosse mio padre.

Una foschia rosso-marrone mi offuscò la vista.

Sapevo che non era vero, ma il mio lupo doveva esserne certo. Dovevo eliminare tutte le minacce alla mia compagna.

Afferrai la maniglia della porta abbastanza forte da romperla, ma riuscii a fermarmi prima di strattonarla. Cercai di forzare un respiro calmante. Non avrei dovuto aprire questa porta. Lotta aveva bisogno che la nostra relazione restasse segreta. Quanto sarebbe stato grave se io fossi piombato dentro, e lei fosse stata con un altro insegnante? Al mio lupo non gliene fregava un cazzo. Era in preda alla frenesia. Doveva intromettersi tra il corpo di Carlotta e quello di quell'altro tizio a tutti i costi.

Chiusi gli occhi, scacciando l'intensa possessività che provavo. Non potevo mostrarla qui. Non potevo mostrare niente. Non potevo mandare all'aria questo lavoro a Lotta.

Afferrai la maniglia della porta e la girai lentamente, in silenzio. Lotta e il suo visitatore ora erano nascosti dal mio punto di osservazione, in piedi dietro le tele nel suo studio improvvisato.

«No, ma la domanda è: cosa farai tu per me?» Nella voce di quell'uomo c'era una cadenza sessualmente allusiva che mi fece quasi muovere. Avrei voluto farlo a pezzi con i denti e guardare il suo sangue colare sul pavimento di piastrelle di linoleum.

Mentre attraversavo la classe come una furia, sentii il suono di uno schiaffo leggero. «Togliti di dosso, Andy.» Non c'era ambiguità nel suo tono.

Era tutto il via libera di cui avevo bisogno per uccidere questo tizio. In qualche modo riuscii a non gettare via ogni tela che mi impediva di vederli. Riuscii a girare l'angolo rovesciando solo un cavalletto. Lì, trovai uno stronzo umano che invadeva lo spazio di Lotta, le mani appoggiate su entrambi i suoi fianchi, il viso sorridente che si avvicinava a quello di lei corrucciato.

«*Ti ha detto di toglierti.*» C'era un ringhio disumano nella mia voce.

«Asher!»

L'allarme sul viso di Lotta non si registrò abbastanza presto perché io potessi frenare la mia aggressività. Non sapevo cosa stesse per dire, ma era troppo tardi. Niente poteva fermarmi ora.

Presi il visitatore di Lotta per la gola, tirai indietro il braccio e lo scagliai in avanti nell'aria. Le mie costole in via di guarigione scricchiolarono, rompendosi di nuovo per lo sforzo.

Mi ero dimenticato che era umano. Mi ero dimenticato di trattenere le mie forze.

Sfondò la finestra di vetro, il suo corpo continuò a

214

librarsi in aria per altri sei metri, dove atterrò rotolando sull'erba.

«Asher, no!» strillò Lotta, con gli occhi spalancati per l'orrore.

Il suo turbamento avrebbe dovuto rallentarmi, ma invece il mio lupo pensava solo al fatto che potesse essere ancora in pericolo. Calpestai il vetro rotto e tirai via i pezzi rimasti lungo la cornice, così da poter saltare fuori e finirlo.

«Asher!» Lotta mi saltò sulla schiena, l'avambraccio contro la trachea come se potesse strangolarmi. Non sentii quasi il suo peso. Ignoravo cosa volesse da me.

Mi concentrai sull'umano che si alzava in piedi, apparentemente ancora in grado di camminare. Non ci sarebbe riuscito presto.

«Asher, no!» Mi morse l'orecchio.

Stavo per strattonargli la testa, ma lei strinse i denti più forte, forando la pelle. Il sangue mi gocciolò lungo il collo.

Mi venne in mente una domanda su cosa stavo succedendo, ma non riuscivo a concentrarmi.

Mi mise le mani sugli occhi, così che non riuscissi a vedere.

Mi fermai, realizzando finalmente che stava cercando di fermarmi.

«Asher, devi fermarti subito.» La realtà iniziò a insinuarsi attraverso la nebbia della rabbia. Realtà e un velo di terrore.

Oh, cazzo. *Cosa avevo fatto?*

Il mio respiro si fece affannoso. Feci un passo indietro e poi un altro.

Lotta mi scoprì gli occhi e io fissai il pasticcio che avevo combinato.

«Cazzo.»

«Va tutto bene.» Sembrava che anche Lotta stesse cercando di convincersi. «È ancora vivo. Non sembra nemmeno ferito. Ora vattene da qui. Me ne occuperò io.»

Restai immobile dove ero. L'enormità di ciò che avevo fatto mi colpì come una palla da bowling allo stomaco. Avevo appena aggredito un umano. Avevo infranto la regola del branco più grande, subito dopo quella di non rivelare mai la nostra natura agli umani. Cazzo, avevo infranto anche quella. Perché quel tizio aveva appena avuto un assaggio della mia forza sovrumana.

«Cazzo, Lotta. Mi dispiace. Io... io non volevo.» Stavo ancora fissando il tizio che barcollava sull'erba. «Cioè, l'ho fatto, ma ho perso il controllo.»

«*Lo so.* Mi stava aggredendo. Non potevi evitarlo. Ma Asher, non puoi dire loro che sono la tua compagna. Lascia che me ne occupi io. Ti prego.»

Oh.

Oh, cazzo.

Questo era il momento che avevo sempre saputo sarebbe arrivato. Sarei stato bandito come mio padre. Ero diventato l'uomo che ora volevo uccidere.

Se avessi detto loro che Lotta era la mia compagna, forse mi avrebbero scagionato. Avrebbero capito che non c'era niente di più potente del bisogno di un lupo maschio di proteggere la sua compagna predestinata. Tutti lo sapevano, che avessero o meno una compagna predestinata.

Ma non avrei fatto questo a Lotta. Per quanto mi stesse uccidendo, aveva bisogno che restassimo un segreto. Aveva bisogno di questo lavoro e dovevo rispettare i suoi desideri. Soprattutto quando mi aveva chiesto espressamente di non dirlo.

Andava tutto bene. Non sarei mai stato in grado di mettermi sulla retta via, comunque. Ci avrei provato per Lotta, ma ormai era troppo tardi. Dopo la merda che le avevo fatto passare, la cosa migliore che potevo fare per lei era andarmene.

Non voleva essere ammanettata a me, comunque. Lo

aveva detto chiaramente fin dall'inizio. Non voleva essere una lupa o avere un compagno.

Feci un altro passo indietro.

Lotta passava lo sguardo dall'uomo fuori sull'erba e me.

C'era del sangue che gocciolava dalle mie mani. Dovevo aver afferrato il telaio della finestra frastagliato quando avevo cercato di uscire.

«Asher, *vai*» sibilò Lotta. «Vai via di qui. Non farai che peggiorare le cose. Sistemerò io questa cosa.»

Non avevo alcuna fiducia nella sua capacità di sistemare questa cosa. Ma sì. Mi ero rassegnato a questo destino.

Non avrei mai avuto un lieto fine. Non avrei mai avuto una compagna che volesse che la rivendicassi. I suoi genitori non avrebbero mai accettato il nostro accoppiamento. Questa città non mi avrebbe mai sostenuto dopo quello che aveva fatto mio padre, e ora non li biasimavo.

«Sì. Okay. Me ne vado.» Sentii le gambe pesanti come due bombole mentre mi giravo e mi allontanavo a scatti.

CAPITOLO VENTUNO

Lotta

«OH MIO DIO! Devi essere fatto di gomma!» Mantenni un tono allegro, come se mi stessi congratulando con Andy per essere stato defenestrato.

Non era il più sveglio del circondario. E non sembrava che fosse davvero ferito. Quindi forse sarei potuta riuscire a sistemare la cosa.

Dovevo farlo, per Asher.

«Che cazzo?» Andy barcollò mettendosi in piedi.

«Davvero, lo hai visto?» Mi fermai alla finestra rotta e spalancai gli occhi per lo stupore. «Hai appena attraversato una finestra di vetro senza farti un graffio. È incredibile. Se lo registrassi, diventerebbe virale.»

Andy si scrollò il vetro dai capelli.

Con la coda dell'occhio vidi Coach Jamison intercettare Asher e scortarlo verso il parcheggio.

Oh, destino. Probabilmente lo avrebbe portato dritto dallo sceriffo. O da Alpha Green. Avrei voluto corrergli dietro e fermarlo, ma contenere la situazione di Andy era la cosa più importante. Se non fossi riuscita a chiudere bene la situazione, il destino di Asher sarebbe stato segnato e il branco sarebbe stato a rischio.

Ma potevo ancora risolvere la situazione. Se c'era una cosa che avevo imparato negli ultimi quattro anni, era come muovermi nel mondo degli umani. Era qualcosa che la maggior parte delle persone in questa città non capiva.

Andy era viziato. I suoi genitori erano ricchi. Se si fosse offeso per questo, sarebbe stato un inferno. Ma era anche un idiota egoista. Quindi se fossi riuscita a farlo sentire speciale invece che offeso, forse sarei stata in grado di evitare l'incubo criminale e legale che sarebbe potuto seguire a questa situazione.

Poi avremmo potuto affrontare la punizione che il branco avrebbe deciso per Asher.

Avevo molto meno potere lì.

«Non so se direi *senza un graffio*.» Andy si tamponò una macchia di sangue sulla guancia. Era chiaramente ancora stordito e disorientato dall'attacco.

«No, davvero. Sei la persona più fortunata al mondo. Uno stuntman non avrebbe potuto fare un lavoro più bello. Hai fatto un giro completo in aria e poi ti sei piegato e hai rotolato. Aspetta, vengo lì fuori.»

Il preside Olsen e altri tre insegnanti stavano già correndo fuori dalla porta verso di lui.

Dovevo anticiparli. Presi uno straccio per dipingere e lo stesi sul vetro rotto del davanzale, poi saltai fuori come se fossi stata anch'io una stunt.

Considerai che un mutaforma avrebbe potuto guadagnarsi da vivere dignitosamente come stuntman, se avesse voluto.

«Wow, ragazzi, avete visto?» gridai, con il viso illuminato

dall'eccitazione. «Il mio amico Andy è appena passato attraverso quella finestra senza un graffio. È stato epico!»

Il preside e gli insegnanti erano tutti mutaforma. Capivano la necessità di mantenere pacifiche le relazioni tra umani e lupi. Furono veloci a seguire il mio esempio. Vidi le loro espressioni di urgenza e preoccupazione svanire. Rallentarono il loro avvicinamento.

«Cosa è successo?» chiese il preside Olsen, infilandosi le mani in tasca per avere un'aria più disinvolta.

Mi unii ad Andy nello spolverare i vetri dai suoi vestiti. Erano ovunque, minuscoli pezzettini in ogni piega del tessuto. «Beh, uno dei miei studenti è entrato e ha visto Andy che non accettava un rifiuto, lo ha tirato su e in qualche modo, non ho idea di come, ha lanciato Andy attraverso la finestra. Ma va tutto bene. Andy sta bene, grazie a Dio.»

«Grazie a Dio» ripeté la signora Miller, l'insegnante di chimica.

«Non accettavi un rifiuto?» Il preside Olsen applicò la severità del comando Alfa nel suo tono. Anche se Andy non avrebbe avuto la risposta biologica estrema che avevano i mutaforma, avrebbe dovuto sentirsi intimidito.

Il viso di Andy, già rubicondo per la lite, arrossì ancora di più. Non c'era niente come la vergogna quando si trattava di un artista ricco e viziato che si preoccupava troppo di essere ammirato dagli altri. «Beh, io-»

«Va tutto bene» lo interruppi. Portai la conversazione esattamente dove volevo. Ora ero io quella magnanima, al posto di Andy. Ero la parte offesa, ma impedii ad Andy di mettersi sulla difensiva sostenendo il suo ego con il mio calore. «Sono solo sollevata che nessuno si sia fatto male.» Incontrai il suo sguardo e scossi la testa. «Davvero, sei stato fantastico. E proprio fortunato. Dovresti assolutamente comprare un biglietto della lotteria oggi.»

«Wow, è pazzesco» ripeté la signora Miller. Grazie al

destino fu veloce a capire. «Che fortuna. Ti piacciono le arti marziali?»

Andy si pavoneggiò un po'. «No. Solo predisposizione naturale.»

Il preside Olsen mi guardò. «Vuoi sporgere denuncia?»

Andy girò la testa di scatto.

«No, decisamente no. Non è stato un grosso problema. Nessun danno, nessun fallo, giusto, Andy?»

Sbatté le palpebre verso di me e poi verso il preside Olsen.

Trattenni il respiro. Per favore, *fa che funzioni.*

Per favore, per favore, per favore, fa che funzioni.

«Sì. Tutto bene. Mi dispiace.» Scosse la sua maglietta firmata per cercare eventuali pezzi di vetro rimasti.

«No, anche a me.» Gli misi una mano sul gomito e lo accompagnai verso il parcheggio. Prima lo portavo fuori da questa città, meglio era.

Andy scosse la testa mentre camminavamo. «Come... come sono passato attraverso la finestra?»

«È stato solo un incidente bizzarro. Davvero epico. Vorrei che tu avessi potuto vederti.»

«Cosa è successo a quel ragazzo?» Si guardò intorno. «Cioè, dov'è lo studente che mi ha scaraventato fuori?»

«Era davvero imbarazzato. L'ho rimandato in ufficio.» Alzai gli occhi al cielo. «Questi giocatori muscolosi non si rendono conto di quanto sono forti. Non voleva farti del male. Ovviamente sapevo di non essere in pericolo per colpa tua, ma è entrato proprio nel momento sbagliato. E questi atleti hanno tutti questo complesso da salvatore di donzella in pericolo.» Gli tirai via un immaginario pezzo di vetro dalla spalla. «Stai bene, vero?»

Vidi il suo orgoglio in lotta con la parte viziata di lui che avrebbe voluto gridare di essere la vittima. «Sì» disse finalmente.

Mi accelerò il battito. «Sì, anch'io.» Stavo ancora fingendo di essere la vera vittima. Sbattei la mia spalla contro la sua mentre camminavamo. «Non è carino chiedere favori sessuali in cambio di presentazioni alla galleria, però.» Usai un tono leggero come se fossimo migliori amici che avevano avuto un piccolo diverbio su cui eravamo pronti a ridere. «Sei fortunato che non ti abbia buttato fuori da una finestra.» Non prese bene il rimprovero. Avevo esagerato un po'. Lui balbettò, «Beh, non ero-»

«Scherzavo.» Gli urtai di nuovo la spalla scherzosamente. «Va tutto bene. So che non lo intendevi.» Arrivammo al lato di una Mustang nera lucida, quella che avevo individuato come sua auto a noleggio. «Ma che succede con la galleria?»

Scosse la testa. «Non credo che sia adatta a te.»

Stronzo. Non ne ero sorpresa. Non avrei dovuto essere delusa. Sapevo che avrebbe risposto in questo modo in base a quello che era appena successo, eppure mi colpì ancora come una freccia al cuore. Sembrava comunque un affronto alla mia arte. Raddrizzai le spalle rigide. «Giusto. Okay, beh, spero che vada tutto bene per te.»

Lui esaminò lentamente il parcheggio, come se si stesse orientando e all'improvviso non avesse idea del perché si trovasse lì. Arricciò il labbro in un sogghigno familiare. «Beh. Spero che questa cosa dell'insegnamento vada bene per te.» Infuse un mondo di pietà e condanna nella sua voce.

Qualche giorno fa quella pietà e quella condanna avrebbero potuto ferirmi perché le provavo anche io.

Ora, però, non me ne poteva fregare di meno. Ero stata troppo presa da me stessa e dalla mia carriera per vedere cosa era importante. L'amore era ciò che contava.

E io amavo Asher.

Avrei fatto qualsiasi cosa al mondo per evitare che venisse espulso dalla scuola e bandito dal branco.

* * *

«SALI.» Coach Jamison mi beccò fuori e mi ordinò di salire sul suo pick-up.

«Coach-»

«*Sali, Asher.*» La sua voce era dura. Arrabbiata. Ma il suo odore aveva una punta di stress. Aveva paura per me.

Salii nell'abitacolo del pick-up e mi passai una mano sul viso. «Sono fuori, giusto?»

«Non lo so.» Mise la retromarcia e sfrecciò fuori dal parcheggio. L'intera squadra, la prima squadra e la giovanile, era ferma al cancello a guardarci uscire. Lui partì quando mise la marcia. «Ti farò uscire dalla proprietà prima che chiunque possa prendere quella decisione. Voglio che tu abbia un giusto processo con il consiglio prima che venga deciso qualcosa.»

Sentivo lo stomaco pieno di pietre. «Grazie, Coach,» borbottai. «Ma va tutto bene. Non ce l'avrei mai fatta, comunque.»

«Dannazione, Asher. Mi piacerebbe tanto che tirassi fuori la testa dal culo per tre secondi e smettessi di combattere contro questo branco.» Mi misi la testa tra le mani e caddi in caduta libera da un dirupo. Perché, ovviamente, il Coach aveva ragione. Per tutto questo tempo avevo recitato la parte del ribelle, sentendomi come se Lotta e il branco avessero fatto del male a mio padre. Aveva definito tutta la mia personalità.

O forse l'aveva rafforzata. Era stato davvero mio padre a trasformarmi in un ribelle. Mi ero ribellato alla sua tirannia nei modi in cui potevo crescere. Ma quando se n'era andato, in qualche modo l'avevo fatto passare per qualcosa di molto meglio di quello che era. Mi mancava una figura paterna in quel periodo cruciale della pubertà e della mia prima mutazione, e l'avevo glorificato e demonizzando il branco.

Ma ora sapevo che era un pidocchio e che se lo meritava tutto. All'improvviso ricordavo e riconoscevo che stronzo era. Come aveva massacrato me e mia madre. Ci aveva sminuiti. Ci aveva bullizzati.

«Hai mai pensato che i membri del branco ti trattino come un teppista perché sei tu a comportarti come tale? Tutto quello che devi fare è farti avanti e diventare un leader. Invece di remare contro, potresti combattere per qualcosa. Per te stesso.»

Le parole dell'allenatore erano troppo profonde perché io riuscisti anche solo a elaborarle, ma chiusi gli occhi e le lasciai scorrere su di me. Sapevo che ci teneva, e significava più di quanto mi fossi mai permesso di sentire prima.

Infatti, improvvisamente *sentivo tutto*.

Troppo.

Vergogna per il mio comportamento. Per aver lasciato Lotta stamattina. Per essere stato così stronzo con lei quando era lei a proteggermi. Rimpianti per non aver notato che avevo avuto una figura paterna straordinaria negli ultimi quattro anni, un allenatore che si prendeva cura di me come se fossi suo figlio. Amarezza verso mio padre per aver aggredito la mia compagna ed essere stato un padre e un marito di merda per mia madre.

Accelerammo la salita verso il centro della città. «Vuoi raccontarmi cosa è successo?» chiese l'allenatore.

Giusto.

L'incidente. L'umano che avevo appena scaraventato attraverso una finestra di vetro.

«Lui stava...» Presi fiato, cercando di ricordare. Era tutto impantanato in una foschia rossa in quel momento. «La stava toccando. Lei gli ha detto di fermarsi. Io-»

Dovetti fermarmi e fare un profondo respiro attraverso le narici per calmare la foschia davanti ai miei occhi.

«L'hai aiutato a fermarsi» aggiunse l'allenatore.

Annuii debolmente. Mi concentrai sulla strada davanti a me, ma non vidi nulla.

«Okay. Chiama tua madre. Raccontale cosa è successo, così non si sorprenderà a sentirlo da qualcun altro.»

«Sì, signore.» Le mie mani si mossero meccanicamente, tirando fuori il telefono e componendo il numero di mia madre.

Quando le raccontai cosa era successo, la sua paura attraversò il telefono come un proiettile freddo. «No, Asher» sussurrò.

«Va tutto bene, mamma. Starò bene, qualunque cosa accada.»

«No…. non succederà. Tu-»

«Non piangere, mamma. Andrà tutto bene. Ti voglio bene.» Ora mi stavo commuovendo anch'io, ma solo perché avevo deluso mia madre. Non meritava la vergogna che le stavo facendo provare in questo modo. Una replica della vergogna che mio padre aveva causato alla famiglia. Chiusi la chiamata prima che lei potesse rispondere perché non c'era più niente da dire.

Il Coach Jamison si fermò a casa sua e spense il pick-up. «Dai. Entra.»

Saltò fuori dal mezzo. «Mi sto nascondendo?»

Emise un respiro esacerbato mentre si dirigeva verso la porta. «Non esattamente. Sei sotto la mia custodia. Preferisco essere io a trattenerti piuttosto che far sì che lo sceriffo metta le mani su di te. O Alpha Green.»

Alpha Green.

Non mi aspettavo che l'alfa avesse pietà di me. Aveva bandito suo figlio per aver venduto marijuana quando aveva la mia età. E non era che non avessi avuto degli avvertimenti.

Coach Jamison aprì la porta e mi fece entrare. Per quanto io e i miei amici fossimo legati al Coach, non ci aveva mai ospitati a casa sua. Manteneva quella linea di rispetto e autorità cristallina. Mi guardai intorno nella casa piccola e pulita.

Era arredata in modo semplice con linee pulite e pezzi moderni. C'era una TV a grande schermo su una parete. Un tappeto verde mela tra questa e il divano in pelle grigia.

«Vai a darti una pulita.» il Coach indicò in fondo al corridoio.

«Sì, signore.»

Feci come mi era stato detto, lavandomi il sangue dalle mani e dall'orecchio. Scossi via i pezzi di vetro dai capelli e dai vestiti sul pavimento di piastrelle bianche del Coach.

Quando uscii, trovo il Coach in piedi nella sua cucina che stava terminando una telefonata.

«Quindi?» chiesi.

«Consiglio dei mutaforma. Stasera.»

«È aperto al resto del branco?» Conoscevo già la risposta, ma stavo pensando a mia madre. Avrebbe voluto esserci.

«No.»

Ciò significava che nemmeno il Coach Jamison avrebbe potuto partecipare. Non avrei avuto assolutamente nessuno al mio fianco quando mi sarei alzato per parlare in mia difesa. E parlare con l'autorità non era mai stato il mio dono. Ero completamente fottuto.

Questa era decisamente la fine della mia vita a Wolf Ridge.

*　*　*

Lotta

.　.　.

«Mi dispiace, Carlotta, ma non dipende da me. Alpha Green ha convocato una riunione del consiglio.»

Fissai il preside Olsen, il cuore mi batteva contro le costole come un uccello intrappolato in una gabbia.

Avevo appena trascorso due ore a spiegare al preside e allo sceriffo esattamente cosa era successo. Avevo lavorato con Zory, il bidello, per installare del compensato alla mia finestra. Il preside Olsen aveva deciso di non avvisare il distretto scolastico, quindi stava cercando di organizzarsi in modo che alcuni membri del branco che lavoravano come costruttori coprissero il costo della riparazione.

Il che non aiutava minimamente il caso di Asher.

Una riunione del consiglio era una cosa seria.

«Non mi sembra necessario. È stato un incidente scolastico e ci siamo occupati della situazione.» Mi strofinai il naso che iniziava a bruciare.

«So che provi simpatia per Asher, ma ha una storia di instabilità incontrollata. Anche se aveva il cuore nel posto giusto, oggi ha dimostrato un pessimo giudizio. Odio dirlo, ma è un peso per il branco. Ecco perché ho fatto sapere ad Alpha Green quando ha rotto il polso di Eric Damonella, ed è per questo che l'ho chiamato di nuovo oggi. Sai bene quanto sarebbero potute andare male le cose questo pomeriggio. Se non fosse stato per la tua manipolazione dell'umano, saremmo stati accusati di aggressione o ci sarebbe stata una causa legale.»

«Lo so. Ma non è successo. Dov'è Asher adesso?»

Avevo bisogno di vedere il mio compagno. Lo desideravo con una disperazione febbrile. E non per il sesso questa volta. Avevo bisogno di sapere che stava bene.

«Coach Jamison lo ha preso con sé fino alla riunione.» Guardò l'orologio. «Ma la riunione inizia tra dieci minuti, quindi sarà in viaggio verso la sala del branco.»

No. Non avrei lasciato che Asher si prendesse la colpa per questo.

Soprattutto non quando tutto ciò che doveva fare per uscirne era dire che era il mio compagno, e io gli avevo sigillato la bocca su questo. Non credevo che sarebbe andato contro i miei desideri. Era troppo protettivo nei miei confronti.

Beh, accidenti, anch'io ero protettiva.

Mi sarei intrufolata in quella riunione.

«Tu e Coach Jamison sarete presenti alla riunione?»

«No. Solo il Consiglio.»

Cazzo. «Preside Olsen?»

«Sì?»

«Posso vedere il fascicolo disciplinare di Asher?»

Il mio datore di lavoro socchiuse gli occhi e mi studiò. Ero un'insegnante di quella scuola e Asher era il mio studente. Pensavo di avere il diritto di chiedere il fascicolo, ma non ne ero certa.

Lui scrollò le spalle, però, e aprì un cassetto nell'archivio dietro di lui. Mi porse una cartella. Era piena di appunti scritti a mano e a macchina sul comportamento di Asher fin dall'asilo. «Eccotelo. Non vedo a cosa ti possa servire, però.»

«Grazie, signore.» Presi la cartella e corsi verso la mia macchina, sfogliando le pagine mentre camminavo. Avevo un'idea. Non era ancora completamente formata, ma speravo che il fascicolo di Asher potesse aiutare.

* * *

ASHER

L'ALTO CONSIGLIO DI WOLF RIDGE era composto dall'alfa e da dodici membri, sei femmine e sei maschi. Tutti, inclusa la mamma di Lotta, appartenevano alla nobiltà del branco, le famiglie con le migliori linee di sangue.

Il coach si sedette con me fuori dalla sala del branco per aspettare.

La porta si aprì e uno degli anziani del branco mi fece cenno di entrare. Non c'era traccia di compassione sul suo viso.

La sala del branco era progettata come un'aula di tribunale con un palco rialzato costruito a semicerchio nella parte anteriore della sala. Alpha Green sedeva al centro, affiancato dai membri del suo consiglio senza un ordine particolare. La stanza non era opulenta. I mutaforma non erano generalmente ricchi. Aveva più un'atmosfera da vecchio West. Di quelle che ispirava un'impiccagione all'alba se lo avessero desiderato.

Ma l'esilio era la punizione peggiore per un mutaforma. Eravamo animali da branco per natura. Facevamo affidamento sulla comunità. Una volta che venivi bandito da un branco, nessun altro ti avrebbe accolto. Anche se non era del tutto vero, dato che Garrett Green, il figlio bandito di Alpha Green, aveva formato il suo branco di disadattati a Tucson ed era noto per accogliere altri randagi.

Tenni gli occhi bassi mentre entravo e prendevo posto nell'unica sedia posta di fronte alla piattaforma del consiglio.

C'era silenzio, senza dubbio pensato per farmi crogiolare. Non lo feci.

Ero rassegnato al mio destino.

«Asher, sai perché sei qui.» Il tono di Alpha Green esprimeva profonda disapprovazione. «Cosa hai da dire per difenderti?»

Scossi la testa. «Niente, Alpha.»

«Come?»

Era la cosa sbagliata da dire. Volevo dire che non avevo

scuse, ma in base ai tredici cipigli che avevo davanti, avevano preso la mia risposta come irrispettosa.

«Intendevo solo dire che l'ho fatto. Merito qualsiasi punizione riteniate opportuna.»

A giudicare dai versi di disapprovazione, anche quella era stata una risposta sbagliata. Immaginavo volessero che mi umiliassi o qualcosa del genere. Non lo sapevo. Non avevo mai padroneggiato l'arte della diplomazia.

«Bene, vai ad aspettare fuori mentre discutiamo di quale sarà la punizione» disse Alpha Green.

Mi alzai dalla sedia nello stesso momento in cui la porta si spalancò.

«Questo è un procedimento chiuso» scattò Alpha Green.

Il profumo di gelsomino e miele mi fece voltare per vedere Lotta entrare nella stanza con una voluminosa cartella in mano. Gli occhi le lampeggiavano di determinazione.

Ci volle tutto me stesso per non correre da lei. Per non prenderla tra le mie braccia. Mettere tutto sul tavolo. Le mie scuse. Il mio cuore. Cosa significava lei per me. Cosa avrei fatto per lei.

Uccidere.

Morire.

Anche andarmene, se era questo che voleva.

«Lo so. Ecco perché sono qui. Ho qualcosa da dire su questo caso.»

«*Procedimento chiuso* significa che non hai voce in capitolo» esclamò sua madre, visibilmente inorridita dal comportamento della figlia.

«No, mi ascolterete su questo.» Non avevo mai sentito una tale forza provenire da Lotta. La sua lupa era piccola. Era silenziosa per natura. Di solito non proiettava così tanto potere.

«*Carlotta Ann.* Esci subito da qui.»

«Che cosa c'è?» chiese Alpha Green, scavalcando la madre di Lotta.

Lotta sollevò il fascicolo che aveva in mano con aria trionfante, come se avesse appena decifrato i codici nazisti. «Ho il fascicolo di Asher. Un registro di ogni atto disciplinare che gli è stato dato.» Oh, cazzo. La vergogna mi bruciava dentro. Tutte le risse. Le sospensioni. Gli avvertimenti. Non ero mai stato uno studente modello.

Cosa stava facendo?

Lotta sbatté la cartella sul tavolo accanto a me, lanciandomi un'occhiata rapida e cospiratoria che mi fece dimenticare il mio odio per me stesso mentre il cuore mi andava in fiamme.

Aprì la cartella e afferrò la nota in cima, leggendo dal fascicolo. «Questo è della terza elementare.» Agitò il foglio di carta in aria, poi lesse. «Asher ha tenuto John Blackmore a testa in giù per le caviglie e lo ha scosso.»

Il cuore mi sprofondò, ricordando l'incidente.

Lotta si guardò intorno al consiglio come se avesse appena dato una buona notizia. «Volete sapere perché?»

Quando nessuno rispose, disse «Ve lo dico io perché! Dice, *quando interrogato, Asher ha spiegato che stava cercando di recuperare la matita che John ha preso al suo amico Sebastian.*»

Chiaramente tutti nella stanza, me compreso, si stavano chiedendo *e quindi?*

Tirò fuori un altro foglio. «In quinta elementare, Asher ha dato un pugno a Nolan Sykes. Motivo: Nolan ha tirato su la gonna a una compagna di classe. Ancora alle elementari: ha litigato quando qualcuno ha preso di mira un umano. E poi...»

«Ti fermo qui» la interruppe Alpha Green. «Qual è il punto?»

Lotta non fu scoraggiata dalla disapprovazione del consiglio.

«Il punto è che» - puntò un dito sulla cartella - «ho esaminato il fascicolo questo pomeriggio. Ci sono quasi trenta episodi di violenza da parte di Asher e ognuno di questi è accaduto perché stava difendendo un compagno di classe più debole.» Lo indicò di nuovo. «Ognuno.»

«Non è una scusante...» iniziò sua madre, ma Lotta la interruppe.

«È il comportamento di un lupo alfa. È ciò che fa un alfa. E questo istinto in Asher avrebbe dovuto essere alimentato. Avrebbe dovuto essere incoraggiato e affinato nella leadership da questo branco. Da te.» Ora indicava Alpha Green, e temetti che ci avrebbe banditi entrambi.

Lui rimase in silenzio, però. Apparentemente rifletteva sulle sue parole.

Camminò avanti e indietro davanti a loro, come un avvocato in tribunale. «Asher proviene da una famiglia violenta. Tutti qui lo sanno. Non è stato al sicuro crescendo. Questo è l'unico motivo per cui mi sono fatta avanti e vi ho raccontato cosa mi ha fatto suo padre.»

«Lotta» mi strozzai.

Incontrò il mio sguardo e vidi una tempesta di preoccupazione e rammarico in quei bellissimi occhi azzurri.

«E ho chiesto che quell'informazione rimanesse segreta perché volevo che avesse la possibilità di diventare qualcosa di diverso, senza che gli pesasse sulla testa.»

Sussultai.

Cazzo. Mi stava proteggendo. La mia forte, bella, coraggiosa compagna. Mi odiavo per averla odiata.

Mi sarei dato un pugno in faccia.

«Ma qualcuno qui è intervenuto per dargli indicazioni o aiuto?» Scrutò la stanza con aria accusatoria.

Ero sbalordito. Stavano davvero prendendo in considerazione le sue parole?

«No. No, gli avete solo appiccicato l'etichetta di piantagrane e avete dato per scontato che sarebbe cresciuto come suo padre.»

Un attimo di silenzio scandì il rimprovero, poi Lotta agitò di nuovo una mano verso la cartella. «Avete ignorato il fatto che i suoi istinti derivavano dalla gentilezza e dalla compassione. Un senso di protezione per i membri più deboli del suo branco, le persone a cui teneva.» Sprofondai nella sedia, non ero sicuro che le gambe mi avrebbero retto.

Lotta, la mia dolce compagna, mi stava difendendo come nessuno nella mia vita aveva mai fatto.

Stava riformulando la mia realtà, proprio come aveva fatto il Coach, e accidenti, quanto volevo essere all'altezza del potenziale che entrambi vedevano in me.

Annuì. «Asher Martin mi protegge. Faccio parte del suo branco. Mi ha difesa qualche settimana fa quando uno studente mi ha mancato di rispetto, e mi ha difesa questo pomeriggio quando sono stata aggredita. Fino a oggi non sapeva cosa avesse cercato di farmi suo padre, ma so che avrebbe cercato di proteggermi anche allora.»

Il naso e gli occhi mi bruciavano, e sbattei forte le palpebre, guardando il pavimento.

«Asher non è un problema, è un eroe. E se questo consiglio riconoscesse davvero e facesse emergere il potenziale dei giovani membri del suo branco, invece di umiliarli, etichettarli e minacciare di buttarli fuori, allora i più giovani di noi potrebbero essere disposti a restare.» Serrò la mascella e incrociò lo sguardo di sua madre, e io avrei voluto battere le mani e fare il tifo.

Non ci fu nessun lungo applauso però. Alpha Green riprese la sua riunione del consiglio. «Grazie. Abbiamo sentito abbastanza» disse a Lotta. «Aspetta fuori.» Mi guardò.

«Sì, Alpha.» Mi alzai.

«So che farete la cosa giusta» disse Lotta ad alta voce mentre usciva prima di me.

Nel momento in cui chiudevo la porta dietro di noi, tirai Lotta tra le mie braccia in un abbraccio silenzioso. Il naso mi bruciava e la gola si contrasse. «Lotta» sussurrai soffocando contro i suoi capelli. «Ti amo, Asher» sussurrò di rimando.

La lasciai andare quel tanto che bastava per cullarle il viso, tracciando la curva delle sue guance con i pollici. «Ti amo così tanto. Ti ho sempre amato.»

Gli occhi le si riempirono di lacrime. «Sai cosa?» Le lacrime le strozzavano la voce. «Fanculo. Mettiamo tutto assolutamente in chiaro.»

Spinse di nuovo la porta del consiglio e mi afferrò la mano, trascinandomi di nuovo dentro con lei.

«Ho detto di aspettare fuori» rimbombò l'alfa.

Lotta non si lasciò intimorire. «Solo un'altra cosa: Asher è il mio compagno.» Sollevò le nostre mani unite. «Quindi se lui se ne va, me ne vado anch'io. Volevo solo chiarirlo.»

* * *

LOTTA

MI LASCIAI CADERE contro la porta ridendo. Asher mi tirò tra le sue braccia, baciandomi su tutto il viso. Mi prese il sedere, sollevandomi in modo che potessi avvolgergli le gambe intorno alla vita mentre approfondiva il bacio. Ci stavamo baciando contro la porta della sala riunioni del consiglio che avrebbe determinato il nostro destino.

I destini di entrambi.

Perché ora erano intrecciati per sempre.

«Voglio che tu mi marchi» ansimai, dondolandomi contro il rigonfiamento dei suoi jeans.

«Oh, lo farò, tesoro.» Tuffò la lingua nella mia bocca. Trascinò la sua bocca aperta sulla mia mascella. «Ti marchierò fino all'eternità.»

Risi.

«Ti marchierò con i denti» - mi morse il collo - «e con il mio odore» - fece scivolare una mano sotto la mia maglietta per accarezzarmi il seno - «e con il mio sperma.» Il suo cazzo teso premeva nella tacca tra le mie gambe. «Ti marchierò con le dita.» Le dita scivolarono sulle mie mutandine, sulla fessura del mio culo.

«Un sacco.» Rallentò i movimenti e mi guardò negli occhi. «Tesoro, mi dispiace tanto per stamattina. Mi vergogno davvero di essere mutato e di essere scappato.»

Gli tenevo il viso tra le mani. «No. Certo che l'hai fatto. Eri scioccato e sconvolto.»

«Tesoro, no.» Appoggiò la fronte alla mia. Eravamo connessi in così tanti posti: fianchi, testa, mani, ma soprattutto: cuori.

«Sei tu quella che ha una ragione e il diritto di essere sconvolta. Avrei dovuto esserci per te. Avrei dovuto... tenerti.» Deglutì. Sentii la tensione nel suo corpo. «Avrei dovuto scusarmi.»

Avevo la sensazione che le scuse non fossero facili per Asher.

«So già che ti dispiace» gli dissi. «Sento la tua sofferenza. La sento come se fosse la mia.» Feci scivolare le dita tra le sue onde dorate. Era così incredibile essere allineati con Asher dopo tutti i nostri precedenti caotici tentativi. Avevamo bisogno di questa crisi per unirci. Per farci capire cosa fosse importante e cosa no.

«Per tutto questo tempo, avevo pensato che il mio dilemma fosse tra la me lupa e la me artista. Pensavo di dover stare lontana da Wolf Ridge, o la città avrebbe fermato la mia carriera. Ma ora tutto questo sembra irrilevante. La mia lupa voleva che tornassi qui per trovarti. Anche la me artista lo voleva. Sei il mio destino, Asher. Il mio domani. Il mio per sempre.»

«Sei il mio tutto.» Mi baciò, le labbra si inclinarono sulle mie, la lingua scivolò tra le mie labbra.

Sentimmo schiarire una gola dall'altra parte della porta e ci separammo, entrambi senza fiato.

Mi scappò una risata affannosa mentre Asher mi allontanò dalla porta e mi fece cadere in piedi.

Quando aprì la porta, trovammo mia madre lì in piedi. «Tornate dentro. Entrambi.» C'era un colorito acceso sulle sue guance, ma non riuscivo a interpretare la sua agitazione.

Asher mi strinse la mano mentre entravamo nella sala del consiglio.

Alpha Green ci fece cenno di procedere. «Abbiamo preso una decisione.» Fece la mossa di potere di lasciare che il silenzio scendesse per un momento prima di pronunciare la sua sentenza.

«Carlotta, ho trovato la tua difesa di Asher stimolante e irritante e prendo a cuore le tue critiche alla mia leadership. Ho commesso degli errori come alfa. E hai ragione, forse se avessi fatto le cose diversamente, la popolazione non sarebbe in calo a Wolf Ridge.»

Sospettavo che si riferisse al bando di suo figlio dal branco quando aveva solo diciotto anni. «Asher, il tuo istinto sembra essere buono, come ha sottolineato Carlotta. Ma devi imparare a moderarti. Metti in pericolo il branco ogni volta che agisci impulsivamente.»

«Sì, Alpha.» Asher prese il rimprovero da uomo.

«Crediamo che la tua compagna predestinata ti aiuterà con la moderazione. Sebbene comprendiamo l'inappropriatezza della vostra relazione, dato che Carlotta è un'insegnante alla Wolf Ridge High questo semestre, ti ordiniamo di reclamarla immediatamente. È troppo instabile per un lupo alfa astenersi dal marchiare la sua compagna.»

Asher mi lanciò un'occhiata preoccupata.

Gli strinsi la mano. Se dovevo perdere questo lavoro, lo avrei perso. Il mio futuro era Asher.

«Voi due terrete segreta la relazione a tutti gli umani finché Asher non si sarà diplomato.»

«Quindi... posso continuare a fare l'insegnante d'arte?»

«Sì. La Wolf Ridge High ha bisogno del tuo talento» disse Alpha Green. Se l'avesse detto mia madre, non le avrei creduto. Immaginavo che lo dicesse solo per tenermi qui. Ma considerando che mi ero appena lamentata perché non avevano riconosciuto i nostri talenti, ero disposta ad accettare le sue parole come un apprezzamento genuino. O un tentativo di apprezzamento genuino, comunque.

«Questo è tutto. Potete andare entrambi.»

Alzai lo sguardo verso Asher e lo vidi sorridermi dall'alto, con le fossette completamente esposte, e un'aria trasformata. Risi quando mi prese in braccio e mi portò fuori a passi lunghi. Quando uscimmo dalla sala del branco, mi fece girare in tondo, abbassandomi e sollevandomi come se fossi su una giostra di un parco divertimenti. Strillai dalle risate, le braccia strette intorno al suo collo, la gioia che mi esplodeva dal petto. «Andiamo, tesoro. Hai sentito l'alfa. Mi è stato ordinato di reclamarti. E sarà bello.»

CAPITOLO VENTIDUE

Asher

CARLOTTA accese di nuovo le candele. Presi i contenitori da asporto dal negozio di alimentari per dopo. In questo momento mi stavo prendendo il mio tempo con lei. L'avevo legata al letto nella posizione dell'aquila distesa e le stavo baciando ogni centimetro della pelle pallida.

Tremava sotto di me, tirando i lacci, rabbrividendo in risposta.

«Vuoi la mia lingua qui?» Le mordicchiai l'interno della coscia, vicino al sesso.

«Sì.» Si inarcò, spingendo i capezzoli scolpiti verso il soffitto. Ne accarezzai uno, sfiorando la punta con il polpastrello mentre avvicinavo la lingua dove aveva bisogno di me.

«Ti prego» gorgheggiò.

«Avrai il tuo piacere quando lo deciderò io, tesoro.» Le ricordai chi era al comando. Non perché io dovessi ancora esserlo, ma perché meritava di lasciarsi andare. Di non doversi preoccupare di nulla. Di sdraiarsi e ricevere.

Non avrei mai dimenticato cosa aveva fatto per me stasera. Nessuno mi aveva mai difeso in quel modo prima e accidenti, volevo essere il maschio che lei pensava che io fossi: un leader. Il suo protettore. L'alfa di un branco.

«Questo corpicino ora appartiene a me.» Le accarezzai la fica con un tocco leggero.

Lei si ribellò per averne ancora.

«Sono io quello che ti dà piacere. Nessun altro.» Mi ricordai all'improvviso degli eventi di questo pomeriggio, che sembravano una vita fa. «Chi cazzo era quel tizio oggi, comunque?» Non riuscii a trattenere il ringhio di gelosia che mi inondava la voce.

«Era uno dei miei coinquilini a Chicago. A volte lo usavo per fare sesso perché ne avevo bisogno, ed era comodo, ma non siamo mai stati nemmeno amici. È uno stronzo.»

«È venuto qui per fare sesso?» Cercai di trattenere il mio ruggito di rabbia fuori dalla mia voce.

«Mi hai protetta» mi calmò Lotta.

Funzionò. Il mio lupo si calmò e tornai a ragionare. «Avresti potuto proteggerti da sola, certo. Mi dispiace di aver perso il controllo in quel modo.»

«No, non è stata colpa tua. L'alfa ha ragione. È perché non mi hai marchiata. E per quello che hai scoperto stamattina.»

Giusto. Quello. «Non voglio che interferisca con la nostra serata. Ma domani, mi dirai cosa è successo. Tutto.»

«Okay. Certo, sì.»

Alzai la testa per incrociare il suo sguardo. «Sei davvero mia? Vuoi che ti marchi?»

«Sì, Asher. Quando pensavo che saresti stato bandito, ho capito che non potevo sopportarlo. Non posso stare lontana da te. Sei tutto ciò che conta.»

Scossi la testa. «Non è vero. Anche le tue speranze e i tuoi sogni contano. La tua arte. Volevi lasciare Wolf Ridge. Possiamo farlo. Verrò con te. Ovunque.»

Schiuse le labbra, ma non disse niente.

«Il coach ha detto che potrei avere una possibilità all'U-CLA. Los Angeles avrebbe una scena artistica migliore?»

Le brillarono gli occhi. «Sì. Sì, sarebbe fantastico.»

«Allora lo faremo accadere.» Feci scivolare le mani sotto il suo culo e sollevai il suo nucleo alla mia bocca. La leccai dentro, aprendo la sua dolce carne, tracciando l'interno delle sue labbra. Appoggiai le labbra sul suo piccolo clitoride e succhiai.

Venne immediatamente, tirando le corde che avevo usato per legarla. «Dentro. Per favore. Ho bisogno di te dentro di me.»

«Non ho detto che potevi venire, bellezza. Penso che una piccola punizione sia d'obbligo.»

«Oh, destino» gemette. «Per favore, Asher. Ho così tanto bisogno di te.»

Ridacchiai, le sue parole fecero pulsare tutto il mio essere di calore e piacere. «Non ancora, bellezza. Prenderai il cazzo nel tuo splendido culo, le dita nella tua dolce figa e i denti in quella deliziosa spalla.»

Si dimenò ancora un po', la attraversò un altro piccolo orgasmo.

«Questo corpo è stato fatto per me, non è vero?» Iniziai a slacciarle i polsi. «Hm?»

«Anche tu sei mio, Asher» mormorò Lotta. C'era un'espressione di meraviglia sul suo viso, come se se ne fosse appena accorta.

«Sì» concordai mentre le slegavo le caviglie. «Sono il tuo guerriero. Farò la guerra per te. Abbatterò chiunque ti ostacoli.»

Lotta rise. «So che lo faresti. Anche quando mi odiavi, sapevo che avresti fatto qualsiasi cosa per me.»

Il sorriso mi abbandonò, ricordando tutto l'odio che le avevo rivolto. Feci fatica a deglutire. «Mi dispiace tanto.»

«No, no. Stamattina ho capito che avevamo bisogno che le cose andassero come sono andate. Dovevi credere che ti avessi fatto un torto perché ti rendeva duro e forte. Ti rendeva il guerriero che sei. E io avevo bisogno di scappare da chi ero e reprimere la mia lupa, così lei sarebbe uscita attraverso i miei dipinti e mi avrebbe mostrato il mio futuro. Con te.» Con le mani ora libere, Lotta raggiunse il mio viso e lo tenne. «Sei il mio futuro, Asher. Non vedi? Non ci sono stati errori. Tutto ci ha portato ad ora. A questo momento. A chi siamo diventati separati e ora insieme. Avevamo entrambi bisogno di affrontare delle sfide, così da arrivare qui.»

Schiacciai la bocca su quella di Lotta in un bacio rude e appassionato. E ora avevo dimenticato il sesso sfumato che avevo pianificato per noi. Il bisogno di reclamarla, di consumare noi e questo momento era troppo forte.

Prima di rendermi conto di cosa stavo facendo, la spinsi sulla schiena sul letto, tenendole la testa cona la mano, esplorandole la bocca con la lingua.

Le spalancai le ginocchia e trovai casa, perforandola con una spinta brutale.

«Oh, destino, sì.» Gettò la testa all'indietro, dondolandosi per prendermi ancora più in profondità.

Non interruppi il bacio. Era come se stessi cercando di esprimere la profondità della mia passione per lei con ogni movimento delle mie labbra. Ogni spinta della lingua. La desideravo più di quanto avessi mai desiderato qualsiasi cosa nella vita. Avevo bisogno di consumarla. Di sposarla. Di marchiarla e accoppiarmi con lei.

Il letto sbatteva contro il muro con la forza delle mie spinte. Il materasso si piegava e si incurvava.

Afferrai la testiera con una mano e mi spinsi dentro di lei come se le nostre vite dipendessero da questo.

«Sì, sì!» gridò Lotta.

«Sì.» Non riconoscevo la mia voce, era così profonda e gutturale.

Ci fu un momento in cui trascendemmo. Mi sembrò che ci immergessimo in uno spazio senza tempo e luogo. Infinito. Dove sperimentare i frattali di ogni vita e dimensione in cui eravamo stati compagni.

Ci fu un ruggito nelle mie orecchie. Come dell'acqua che scorreva o il vento. Gridai, ma non riuscivo a sentire la mia voce sopra il rumore.

Tutto quello che sapeva era che stavo venendo.

Lotta era già a quel punto.

Il momento si espanse e si allargò. Si cristallizzò.

Il siero mi ricoprì i denti prima che le affondassero nella spalla, fissando per sempre il mio odore nella sua pelle.

Entrambi raggiungemmo di nuovo l'orgasmo.

Quando finalmente ritirai i denti dalla sua spalla e leccai le ferite per chiuderle, mormorai: «Ti amo, Lotta James.»

«Ti amo, Asher Martin. Per sempre.»

* * *

LOTTA

«COSA È SUCCESSO QUI?» chiesi sotto la doccia la mattina dopo, mentre i miei polpastrelli tracciavano i segni frastagliati di una ferita recente.

Mi ero svegliata di nuovo tra le braccia di Asher, un vero paradiso, se i mutaforma ci avessero creduto. Avevamo fatto l'amore tra le lenzuola calde e gli avevo raccontato la storia di cosa era successo a suo padre. Lo aveva distrutto, ma era rimasto presente. Mi aveva abbracciata. Aveva ascoltato. Aveva pianto.

Gli avevo garantito che non ero stata traumatizzata. Che il mio unico trauma era stato quello di avergli fatto male.

Poi mi aveva portata qui, nella doccia, dove avevamo fatto di nuovo l'amore. Se questa era la mia vita adesso, la amavo.

«Cosa?» Asher abbassò lo sguardo sul suo torso e passò una mano sulle ferite in via di guarigione.

Come avevo fatto a non accorgermene la scorsa notte? Ero troppo travolta per rendermi conto che il mio compagno era ferito.

«Oh. Ieri sono stato investito da un'auto.»

«Asher!»

«No, è stata una cosa positiva. Ero fuori di testa, correvo attraverso la terra degli orsi. Essere investito in autostrada mi ha fatto tornare lucido. Ecco cosa mi ha fatto capire che avevo sbagliato a lasciarti.»

La parte di me che credeva di dover affrontare la vita e fare tutto da sola si rilassò ancora di più. Mi stavo ancora abituando all'idea che non sarei mai più stata sola. Che qualcuno mi avrebbe sempre coperto le spalle.

«Ti amo.» Non riuscivo a dire abbastanza queste parole. Ogni volta che le dicevo o le sentivo, dentro di me si accendeva una nuova miccia. Le fiamme diventavano più forti. Più luminose.

Asher mi fece quel sorrisetto con le fossette che mi faceva tremare le ginocchia mentre mi metteva un braccio dietro la schiena e mi tirava su contro di lui. «Dillo ancora.»

«Ti amo.»

«Un'altra volta.»

«Ti amo.»

Il suo bacio fu dolce e generoso. «Voglio stravolgere il mondo per te.»

Le ali attorno al mio cuore batterono più velocemente.

Chiuse l'acqua e aprì la tenda della doccia. «E questo inizia con il farti arrivare al lavoro in tempo.» Prese un asciugamano dall'attaccapanni e mi ci avvolse. «E anche se odierò fingere a scuola, non vedo l'ora che ogni mutaforma di Wolf Ridge sappia che mi appartieni.»

Risi. «Sei pazzo.»

«Sì. Pazzo di te.»

* * *

Asher

Sentii un sacco di chiacchiere su di me quando entrai a scuola. Il che aveva senso perché ero sicuro che ormai tutta la città avesse sentito che avevo lanciato un tizio dalla finestra dello studio d'arte.

Avevo dovuto fare la stessa mossa furtiva per uscire dalla casa di Carlotta e guidare separatamente sulla mia moto, cosa che odiavo, ma questo non smorzava il mio orgoglio. Avevo marchiato la mia compagna. Lotta apparteneva a me agli occhi del branco. Ogni mutaforma avrebbe saputo che era stata reclamata.

Ovviamente, nessuno poteva dire dal mio odore che qualcosa era cambiato.

Forse lo avrebbero capito dalla mia spavalderia. Dal mio sorriso. Dallo sterno sollevato e dall'apertura del mio petto.

Il mio branco interiore, Abe, J. J., Markley e Seb, era tutto concentrato di me, affollato intorno al mio armadietto.

«Che cazzo è successo, fratello?» Abe mi diede una spinta amichevole. «Ti ho letteralmente dato fuoco al telefono ieri sera. Non potevi semplicemente rispondermi per farmi sapere che sei ancora nel fottuto branco?»

«Sì, amico» disse Seb. «Stronzo. Siamo anche andati a trovare tua madre ieri sera, e lei non sapeva niente.»

Giusto. La mia povera mamma. L'avevo chiamata dopo la

riunione del consiglio per darle la notizia, così non aveva sofferto tutta la notte come i miei amici.

«Non ti sei presentato a scuola e agli allenamenti, poi sei arrivato in macchina e hai scaraventato un tizio fuori da una finestra ieri. Cosa ti sta succedendo?» chiese J. J.

Sorrisi. «Sì, scusa. Ero, uh, un po' impegnato.»

«Impegnato a fare cosa?» chiese Abe.

«A marchiare la mia compagna.»

Un lento sorriso si diffuse sul viso di Abe. «Non scherzare.»

«*Quale compagna?*» chiese J. J. Ovviamente Abe aveva mantenuto il mio segreto, anche dopo quello che era successo ieri.

«Carlotta James» ora Abe non riuscì a trattenersi. Mi porse un pugno da colpire.

«Lottie la sexy» disse Markley.

«Chiamala di nuovo così e ti strappo la lingua» dissi, ma ero troppo felice per sembrare sincero.

La folle gelosia e possessività che avevo provato erano state placate dalla consapevolezza che ora era mia.

«Cosa c'è? È vero. Sei fortunato, amico. Fortunatissimo. Hai trovato la tua compagna del destino. Entrambi l'avete trovata. Mentre eravate ancora al liceo. Quante probabilità ci sono?» disse Markley.

«Una su un milione.» Abe intravide la sua splendida compagna che camminava lungo il corridoio e il suo sorriso divenne arrogante quanto il mio. Mi offrì di nuovo il pugno. «Devo andare. Congratulazioni.»

«Quindi non sei stato bandito o sospeso?» chiese J. J. quando Abe se ne andò.

«No. Mi hanno solo ordinato di marchiarla e di tenerlo segreto agli umani.»

«Bastardo fortunato.»

«Davvero. Fortunato da morire.» Markley sembrava

geloso. Trovare la propria unica vera compagna del destino era una cosa che la maggior parte di noi era portata a credere che non gli sarebbe mai accaduta. Ma forse era solo propaganda del consiglio per farci restare a Wolf Ridge e non andare a cercarla.

Passò Eric Damonella, indossando ancora l'inutile gesso a cui l'avevo condannato. Mi lanciò un'occhiata veloce e nervosa. «Ehi, amico» dissi, pronto a essere benevolo ora che Lotta era mia.

Si fermò, con del sollievo evidente nelle spalle. «Ehi.»

«Non mi scuserò perché non mi dispiace, ma siamo a posto. Finché non guarderai o non parlerai mai più della mia compagna.»

Spalancò gli occhi. «La tua compagna?»

Annuii, la soddisfazione mi riempiva il petto. «Mi hai sentito. Assicurati che tutti lo sappiano. Chiunque le manchi di rispetto, muore.»

Inciampò. «Certo, Asher. Nessun problema.»

Presi i miei libri per la prima ora, e poi il mondo andò al rallentatore. Chica-bow-wow mi risuonava in testa, e mi fermai a godermi la vista della mia splendida compagna che camminava lungo il corridoio, gettandosi i capelli corvini sulle spalle e lanciandomi un'occhiata furtiva.

Cazzo.

La mia vita non avrebbe potuto essere migliore.

CAPITOLO VENTITRÉ

Lotta

ASHER MI SORRISE dal suo solito banco in ultima fila.

Il cuore mi batteva forte per l'eccitazione ogni volta che entrava. Riuscivo a sentire la sua esplosione d'amore. La sua attenzione rimaneva inchiodata sul mio viso o sul mio corpo per tutta la lezione, anche quando avrebbe dovuto lavorare. Ora ascoltava quando facevo lezione, ogni parola. Non lasciava che nessuno mi parlasse sopra o mi rispondesse.

Gli avevo fatto incollare di nuovo la collana sull'autoritratto e lo tenevo appoggiato alla finestra accanto alla mia scrivania, così da poterlo guardare tutto il giorno.

Giocavamo a sgattaiolare e nasconderci in giro per la scuola. Asher mi aveva messa carponi su questa scrivania. Mi aveva reclamata nell'armadio delle forniture. Eravamo tornati nel bagno del personale un paio di volte. In questo momento mi stava facendo un sorrisetto. Uno che implicava tutte le cose sporche che mi avrebbe fatto più tardi.

Stasera, gli avrei mostrato quanto era importante non

solo per me, ma per tutti in questo branco. Finii la mia lezione e diedi loro il compito per il prossimo progetto. «Domande? No? Va bene. Buon fine settimana. Ci vediamo lunedì.»

Suonò la campanella e gli studenti uscirono. Asher si fermò.

«Hai una domanda, Asher?» Usai il mio tono da insegnante composta.

Glielo fece venire duro. Si sistemò mentre si alzava e mi si avvicinava con passo lento. «Ho qualcosa da mostrarle, signorina James.» Tirò fuori una busta dal suo libro e la lasciò cadere sulla mia scrivania. Era indirizzata a me ma con il suo indirizzo di casa.

L'indirizzo del mittente era *Swan Hotel Corporation*.

«Cos'è questa?» La girai e la aprii. Dentro trovai una lettera.

GENTILE SIGNORINA JAMES,

Congratulazioni! L'abbiamo scelta come vincitrice del nostro prestigioso Swan Art Award e del programma di artisti residenti. Come sa, durante i sei mesi di residenza, le dieci opere d'arte che ha presentato saranno appese nell'atrio della nostra sede centrale di Los Angeles. In cambio, riceverà uno stipendio di venticinquemila dollari e un appartamento completamente arredato e uno studio per continuare a creare opere.

In allegato i dettagli. Per accettare il nostro premio, compili la documentazione e la restituisca entro e non oltre il 15 novembre.

Non vediamo l'ora di prendere accordi per installare lei e la sua arte il prossimo autunno.

. . .

Cordiali saluti,
	Bea Daily
	Direttore, Swan Art Award Program

Mi tremava la mano. «Cos'è questa?» ripetei, stordita.

«Ho partecipato a dei concorsi con le tue opere. Lauren Sterling mi ha messo in contatto con un gallerista d'arte che ha detto che il modo migliore per ottenere riconoscimenti era partecipare a questo genere di cose. Mi ha dato una lista e ho inviato foto e descrizioni delle tue opere ovunque.»

Mi si riempirono gli occhi di lacrime. «Cosa? Da quando?»

«Da quando siamo stati al prato. Quando abbiamo capito che la tua arte era profetica. Sapevo che era importante cercare di supportarti in questa cosa, soprattutto perché la tua famiglia non lo ha fatto.»

«Asher.» Gli buttai le braccia al collo e lo strinsi forte. «È incredibile. Non ci posso credere.»

Sorrise. «Sei felice?»

«Ci sono dubbi?»

«Ho chiamato l'allenatore alla UCLA e gli ho detto che erano la mia prima scelta. Ho pensato che non facesse male fargli sapere che ero interessato. Alcuni giocatori stanno impegnando molto con loro per ottenere di più. Voglio solo un posto.» Scrollò le spalle. «Sono abbastanza sicuro che mi troveranno soldi e un posto.»

«Incredibile!»

«Sì. Il nostro futuro, lontano da qui, è proprio dietro l'angolo.»

Scossi la testa. «Non mi interessa nemmeno più di traslocare. Ma sì. E Wolf Ridge sarà qui se vorremo tornare.»

«Sì. Bene. Mia madre vorrà tenere in braccio i nostri cuccioli.»

Risi. Notai la mia reazione istintiva di tagliare corto sui cuccioli, visto che lo facevo da sempre con mia madre, ma poi si trasformò in qualcosa di diverso.

Oh.

Volevo decisamente dei cuccioli. Volevo vedere Asher papà. Volevo creare una famiglia con lui. E sì, magari saremmo anche tornati a vivere qui. Ma dopo essere andati a conquistare il mondo.

Insieme.

Sempre insieme.

Con Asher al mio fianco, potevamo fare tutto quello che ci mettevamo in testa.

EPILOGO

Asher

Pompai il barile e servii altre due birre per me e Lotta. C'era una festa alla mesa per celebrare il nostro addio. La nostra differenza di età aveva creato un mix interessante di persone alla festa. Erano per lo più i miei amici, altri laureati, ma anche alcune amiche di Lotta, come Olive e Brianna.

Lotta e io saremmo partiti l'indomani per Los Angeles per la sua residenza artistica.

Lo scorso weekend c'era stato il diploma.

Non ero il tipo che si immaginava di camminare il giorno del diploma con il tocco e la toga e tutte quelle stronzate.

Non era qualcosa per cui mi ero impegnato. Immagino perché non ero mai stato concentrato su cosa sarebbe successo dopo.

Ora che avevo un dopo, un *per sempre dopo*, con Lotta, mi sembrava importante.

Lotta si trovava sul palco quando avevo preso il mio diploma e avevo stretto la mano al preside Olsen e al Coach

Jamison. Mia madre e la signora Angelson erano sugli spalti a piangere.

C'erano anche i genitori di Lotta. Ci era voluto un po', ma si erano sciolti con me. E una volta che ci erano riusciti, si erano lasciati andare. Mia madre e io eravamo stati invitati a cena ogni due settimane. Pensavo che la madre di Lotta sperasse di convincerci a rimanere a Wolf Ridge. Voleva dei nipotini.

Avevamo messo le cose in chiaro un paio di settimane fa quando avevo avuto la sensazione che continuasse a criticare il premio da artista residente di Lotta. Le avevo detto che la sua mancanza di supporto per la carriera artistica di Lotta mi deludeva e speravo che avrebbe fatto di meglio per i suoi nipotini quando fossero arrivati.

Questo l'aveva colpita. Era scoppiata a piangere e si era scusata con la mia compagna. Era stato piuttosto bello, in realtà.

Stavo sparando cazzate con Seb davanti al barile quando sentii un coro enorme di "Coach!" e mi girai sorpreso.

Coach non faceva mai festa con noi. Era molto bravo a tenere i confini. Non era nostro amico o compagno. Era un anziano che meritava il nostro rispetto incrollabile. Quindi il fatto che lui si presentasse alla festa era uno shock.

Naturalmente, la mia prima cosa che pensai fu di essere nei guai.

Un'abitudine di una vita, credevo.

«Coach.» Mi feci avanti e gli strinsi la mano, poi gli offrii una birra.

Con mio grande stupore, la prese.

«Senza offesa, Coach, ma cosa ci fai qui?»

Il coach inclinò la testa verso Lotta. «La tua compagna mi ha chiesto di venire a dire due parole.»

Fissai Lotta senza espressione. «Davvero?»

Lotta scivolò dietro di me, avvolgendomi le sue braccia

sottili intorno alla vita. «Vieni qui, bellezza.» La tirai al mio fianco, così da poterle mettere un braccio intorno. «Di cosa si tratta?»

«Ho chiesto a Coach Jamison di venire stasera perché so quanto il suo mentoring abbia significato per te. E faremo qualcosa.»

«Faremo qualcosa?» chiesi.

«Sì.» Carpii un segreto felice nell'espressione di Lotta, e mi sentii come se fossi sollevato da mille palloncini di elio, diventai sempre più leggero finché non mi sorpresi che i miei piedi toccassero ancora terra.

Vederla così tranquilla era tutto. Così felice. Quell'aspetto da artista tormentata era stato sostituito da uno spirito libero.

«Coach Jamison, vuoi attirare l'attenzione di tutti?»

Il coach alzò il pollice e il medio alla bocca e fischiò abbastanza forte da far smettere tutti di parlare.

Lotta agitò una mano in aria. «Ciao a tutti» gridò.

La sollevai per la vita e la portai in braccio per farla stare su un masso per darle l'altezza che le mancava. «Grazie a tutti per essere venuti a salutarci stasera. Volevo dire due parole prima di andare.»

I nostri amici sorrisero e alzarono i loro bicchieri.

«Lasciare Wolf Ridge può essere dura. Siamo animali da branco. La nostra sopravvivenza è basata sulla comunità. Probabilmente sapete che meno del venti percento dei diplomati di Wolf Ridge se ne va e probabilmente metà di questi sono umani. Lasciare il mio branco e la mia specie è stato difficile per me. I miei genitori non volevano che me ne andassi. Hanno cercato di impedirmi di andarmene ritirando ogni supporto finanziario, quindi quando me ne sono andata, mi è sembrata più un'evasione che una laurea.»

I nostri amici risero.

«Non volevo questo per Asher. Non mi aspettavo che lo

sarebbe stato, però. In un certo senso, è stato senza branco, o dalla parte sbagliata del branco, da quando suo padre è stato esiliato.»

Mi venne da rabbrividire sentendoglielo dire ad alta voce, così pubblicamente. Ma c'era anche qualcosa di liberatorio in questo. La vergogna che avevo portato con me per tutti quegli anni veniva esposta all'aria sotto i pini. I miei amici intimi, Abe, Markley, J.J. e Seb, sarebbero stati ancora miei amici. Lo erano sempre stati. E non mi importava degli altri.

«Ecco perché vi ho invitati tutti a contribuire al suo addio. Così se ne sarebbe andato sulle ali del branco, non scappando di notte, come ho fatto io.»

Mi guardai intorno, ancora senza capire. Ma fu allora che vidi J.J. che camminava con una scatola da scarpe, tenendola in mano perché la gente ci buttasse dentro le buste.

«Oh no» dissi, temendo che fosse una specie di raccolta fondi. Entrò in gioco il mio orgoglio. «Cos'è questo?»

«Sono lettere.» Coach Jamison tirò fuori una pila di lettere dalla tasca posteriore e iniziò a sfogliarle. «Ne ho una qui dall'alfa, da tua madre, dal postino, dal tuo vicino di casa, da alcuni dei tuoi insegnanti.»

«Lettere.»

«Ce n'è una anche da me. Puoi conservarla per quando hai bisogno di un discorso di incoraggiamento o un calcio nel sedere dal tuo vecchio allenatore, però.»

J.J. passò davanti al Coach, e lui lasciò cadere la sua pila di lettere nella scatola di cartone.

Iniziarono a bruciarmi gli occhi. Ripresi Lotta dalla roccia perché avevo bisogno di tenerla tra le braccia per tenermi fermo. Lei stava a cavalcioni sulla mia vita, le braccia avvolte intorno al mio collo.

«La tua compagna si sta assicurando che tu sappia che sei importante qui. Tu conti. Il branco avrebbe dovuto fare di meglio con te, e Lotta ha dato loro la possibilità di correggere quella situazione. Hai un'intera scatola piena di lettere da persone che tengono a te, vecchie e giovani.»

«Cazzo» borbottai, barcollando all'indietro.

«Certo» disse il Coach, per una volta senza riprendermi per le parolacce. Prese la scatola da J. J. e me la porse con una pacca sulla schiena. «La prossima volta che inizi a sentire che il mondo ti è contro, tira fuori una lettera e leggila. Questo pacco appartiene a te, e tu appartieni a lui. Anche quando sarai andato via.»

Lotta mi strinse forte e mi resi conto che stava piangendo.

La rimisi in piedi e le accarezzai il bel viso. «Stai bene?»

«Sì.» Lasciò uscire una risata acquosa. «Mi ha colpito duramente, sai? Perché è quello che non sapevo quando me ne sono andata la prima volta. Non mi rendevo conto di appartenere ancora a un posto, e di avere ancora un sostegno, anche se non veniva dai miei genitori, che avevano la testa infilata nel culo.»

Sbattei rapidamente le palpebre per fermare le lacrime nei miei occhi. «Sì, lo vedo.»

Le asciugai le lacrime con il pollice, poi appoggiai le labbra sulle sue per baciarla dolcemente. «Grazie, angelo. Quello che hai fatto è stato incredibile. Un regalo che avrò per il resto della mia vita.»

«Di niente.»

«Ma il regalo più bello di tutti sarai sempre tu.»

Lotta sbatté le palpebre per trattenere le lacrime. «No, tu», disse maliziosamente.

«Tu.» Si divincolò dalle mie braccia e scappò via di corsa. «Tu!» gridò da sopra la spalla.

Ogni membro del branco sapeva esattamente cosa stava incitando. I vestiti volarono in ogni direzione. Ci furono sprazzi di pelliccia: nera, marrone chiaro, bianca, grigia e ogni possibile combinazione di colori mentre ci trasformavamo tutti in lupi, ragazzi che inseguivano ragazze. Ragazze che inseguivano ragazzi.

La luna piena ci reclamò tutti in un argenteo battesimo di luce.

Restai alle calcagna di Lotta, seguendola, ma senza sopraffarla. Non ancora.

Non finché non avessi il posto perfetto per buttarla giù e scoparla di brutto.

E poi per cullarla e tenerla stretta.

Per sempre, mia.

I LUPI MUTANTI DI WALL STREET

GRANDE CAPO CATTIVO

Mezzanotte
di Renee Rose e Lee Savino

Eccoci a Wall Street, dove i lupi mutanti ci mangiano a colazione.

CAPITOLO **uno**

Madi

Harvard mi vuole. Yale mi ha accettata. Persino Princeton, la mia Alma mater, dice che mi prenderà per il postlaurea. Ma proseguire negli studi quando mio fratello minore pensa di rinunciarvi sarebbe immorale – soprattutto dato che le conoscenze che mi sono fatta a Princeton possono assicurarmi un lavoretto a sei zeri a Wall Street con cui pagarglieli.

Alla *MoonCo*, il salotto delle Risorse umane è gremito di giovani professionisti dall'aria efficientissima che sembrano inclini ad accoltellarmi alle spalle senza battere ciglio.

Ho già fatto una serie di esami scritti, incluso il cruciverba di oggi – domenica – del *New York Times*, per il quale mi ci sono voluti sui sessanta secondi, dato che l'avevo già risolto venendo qui in metro.

Sono vestita alla perfezione per il posto: col mio vestito azzurro preferito, pescato dal fondo dell'armadio e all'arrivo a Wall Street – dodici ore dopo l'arrivo della lettera di rifiuto della borsa di studio per mio fratello – reso più scialbo dall'abbinamento di una giacca elegante.

Me la raddrizzo bene, insieme alla schiena, e quando mi chiamano mi alzo. Le scarpe alte a punta che mi stanno massacrando, ma che per tutti sfoggio come un'assistente – laureata sicuramente ad Harvard – che sfili in passerella, mi conducono alla sala dei colloqui.

"Madison Evans, giusto? Piacere. Genevieve Small, vicepresidente delle Risorse umane."

"Piacere mio… signorina?" Entro in una sala conferenze.

"Sì." Le concedo una stretta di mano sicura il giusto e mi accomodo. Wall Street non è certo il sogno della mia vita. È più un anti-sogno. Perciò posso incedere con l'aria della professionista perfetta senza il nervosismo che il macello di gente che sta là fuori cerca di nascondere.

"Si è appena laureata a Princeton con lode." Esamina il fascicolo che le porge l'assistente.

"Sì." Non aggiungo altro. È una questione di potere. Risponderò alle domande, ma senza vendermi spudoratamente.

"Ha frequentato la Landhower." Allude alla scuoletta per ricconi. Quella che sono riuscita a permettermi solo grazie a un *donatore anonimo* – sicuramente il mio anonimo padre. "Anch'io."

Già lo sapevo, perché i compiti li ho fatti – e fa presagire bene. I ricchi funzionano così. Mi crede dei loro: la crème de la crème di Manhattan. Non sa che tutti i ragazzini e quasi tutti gli insegnanti della Landhower mi guardavano dall'alto in basso perché vedevano benissimo che ero fuori posto. Avrò anche cervello, ma non avrò mai il pedigree. Non uno riconosciuto, almeno, grazie a quello sfaticato del mio vecchio.

Bah.

"Forza, Landsharks!" Le butto lì il nostro motto con un mezzo sorriso per addolcire il tono secco.

Non è mica scema però. Strizza appena gli occhi per studiarmi, come nel tentativo di capire se sono cretina. Rendo la mia espressione un pochino più gradevole.

Mi serve assolutamente il lavoro.

In questa qui rivedo tutte le perlacee ragazze piene di sé della scuola. Quelle che uscivano coi giocatori di lacrosse e si spostavano sulle decapottabili regalategli dai genitori. Quelle che guardavano con schifo il mio zaino liso e le mie Converse rendendo chiarissimo che sapevano che frequentavo la loro scuola solo perché la mamma vi lavorava – ai piani bassi, s'intende.

"Stiamo cercando l'assistente dell'assistente esecutiva. È un lavoro dinamico, e richiede una bella pellaccia, velocità di pensiero e attenzione ai dettagli. Le istruzioni verranno date una volta sola; ci aspettiamo poi che l'assunto sia in grado di arrangiarsi."

"Certo." Fingo platealmente di annoiarmi almeno un pochino.

"Potrebbero venir richiesti viaggi e straordinari. Fondamentalmente si dovrà essere a disposizione a qualsiasi ora. Non è un lavoro per persone con famiglia o molti impegni personali... o una vita personale."

"Nessun problema."

"Cos'ha fatto per prepararsi al colloquio?"

La guardo dritta negli occhi. "Ho fatto ricerche su ogni singolo dirigente, dall'amministratore delegato Brick Blackthroat a lei. Ho cercato indizi che potessero dirmi che ambiente aspettarmi e cosa possiamo avere in comune – tipo l'Alma mater."

Strizza gli occhi, come improvvisamente insicura che abbia davvero studiato alla Landhower. "Chi era il suo insegnante preferito alle superiori?"

"Anderson – lettere e dibattiti," rispondo disinvolta. "Mi ha insegnato a pensare con la mia testa e a difendere ciò in cui credo anche quando nessuno concorda con me."

"E a Princeton?"

"La Brown, sociologia. Mi ha insegnato ad affrontare un problema da ogni possibile angolazione."

"Ah, sì. Ho ricevuto dalla docente un'email in cui la raccomandava."

Favore che le ho chiesto ieri sera. Subito dopo aver promesso alla mamma che troverò il modo di pagare la retta di Brayden.

Torna al fascicolo. "Sul modulo ha scritto di essere stata ammessa ad Harvard e a Yale per la specializzazione, ma di aver deciso di rinunciarvi. Perché?"

"Sinceramente, mio fratello minore non ha vinto la borsa di studio universitaria in cui speravamo, e ora devo contribuire. E poi l'ambiente accademico mi annoiava. Sono pronta a qualcosa di più dinamico e impegnativo. Tipo Wall Street."

Mi spara un'occhiatina attenta sollevando il sopracciglio, come per capire se è tutto vero.

La prima parte lo è. La seconda è ciò che spero voglia sentirsi dire.

"Come si comporterà in caso di prepotenze in ufficio?"

"Chiarirò i confini senza farmi coinvolgere. Non credo sia il caso di rispondere; mi limiterò a schivare i colpi." Le rivolgo quello che mi auguro sia un sorriso furbo.

Resta impassibile. "Quanto fa tre alla dodicesima?"

Faccio un veloce calcolo a mente. "Be', tre alla dodicesima può anche essere ridotto a tre alla quarta elevato alla terza. E tre alla quarta è ottantuno. Ottantuno al cubo fa... allora, ottanta al quadrato più ottanta, più ottantuno, quindi... seimilacinquecentosessantuno. Che poi si moltiplica per ottantuno. Dunque... vuole il numero esatto o una stima?"

"Prosegua."

"Ok... diciamo seimilacinquecentosessanta più una volta ottanta più uno, quindi seimilacinquecentosessanta volte ottanta più seimilacinquecentosessanta più ottanta più uno. Perciò seicentocinquantasei volte otto fa... ehm... cinquemiladuecentoquarantotto, poi aggiungiamo due zeri e adesso facciamo seimilacinquecentosessanta più ottanta più uno. Fa... allora... cinquecentotrentunmilaquattrocentoquarantuno." Espiro. "Ma proverei anche con la calcolatrice." Stringo le ginocchia – mi aspetto chieda quante finestre ci sono a New York City o qualche altra assurdità logica, ma sembra soddisfatta.

"Sa che in caso d'assunzione dovrà cominciare domattina, vero?"

"Sì." Annuisco. "Me l'hanno detto quando mi hanno chiamata per il colloquio. Non è un problema."

"Bene." Si alza, segnale che abbiamo finito.

"Quando mi farete sapere qualcosa?"

"Lancia un'occhiata al telefono. "Entro la mezzanotte di oggi."

"Entro la mezzanotte. Certo. Disponibilità a tutte le ore. Ricevuto."

"Sarò sincera: anche se sulla carta sembra un impiego troppo semplice per una persona col suo quoziente intellettivo, si tratta della posizione più difficile che ho fra le mani."

"Capo esigente?" chiedo tranquilla.

"Molto." La vedo brillare d'un barlume d'umanità, come se sparlare di quello stronzo del capo ci stesse facendo legare.

Chissà se è il meraviglioso ma notoriamente crudele Brick Blackthroat a cercare un assistente…

Be', di stronzi ne ho sopportati a volontà. E per Brayden manderò giù qualsiasi rottura. Merita le stesse possibilità che ho avuto io.

"Non sono ancora riuscita ad assumere qualcuno che abbia resistito più di tre mesi."

"Sono pronta alla sfida."

"Mi creda," – e mi stringe fredda la mano – "non lo è affatto."

CAPITOLO **due**

Brick

Il panorama della suite dirigenziale della *Moon Co.* farebbe girare la testa… a una creatura minore – a un umano. Il palazzo è tanto alto da oscillare al vento. Ma è il prezzo da pagare per l'assaggio di aria rara – e per avere il Lower Manhattan ai propri piedi.

Quassù è facile dimenticare di essere mortali. Quassù è facile sentirsi dei.

Piomba sul vetro un'ombra quando Billy, il mio secondo in comando, viene a porsi accanto a me.

"Ci siamo quasi," dice piano. So che allude al voto che facemmo molti anni fa nel dormitorio universitario – il giorno peggiore della mia vita. Il giorno in cui papà venne assassinato e tutto ciò che aveva costruito distrutto.

"Quasi," ringhio. Osserviamo l'edificio qui di fronte. L'edificio eretto dai nemici per schernirci.

"Manca poco." Mi batte la mano sulla spalla. "Gli Aduwulf non sanno cosa li aspetta."

Ruoto su me stesso per prendere posto a capotavola. Billy va ad aprire la porta, segnale che la riunione sta per cominciare. Cominciano a sfilare dentro i dirigenti.

Allora lo sento. Un profumo dolce, intenso e agrumato ma complesso come noce moscata. Mi fa venire l'acquolina.

Rischio di sbattere fuori qualcuno a parolacce. Profumi e colonie sono banditi dagli uffici. È scritto chiaro e tondo nel manuale per gli impiegati – praticamente in prima pagina. E Billy si diverte un sacco a licenziare i nuovi che se ne dimenticano.

Non è profumo però. È un odore naturale. Ma di chi?

Lì, all'ascensore.

La Nuova.

Ho cacciato la segretaria venerdì, il che significa che l'assistente Indira è salita di qualche gradino – e adesso al suo posto mi ritrovo una neolaureata con le stelline negli occhi.

Disinvolta, si studia l'ultimo piano. Non è diversa da qualsiasi altra segretaria. Giovane, professionale. Porta un corto caschetto scuro e folto e un audace rossetto rosso.

Ma l'odore... me lo tiro dentro le narici, me lo assaporo per benino.

Noce moscata e arancia. Forse con una punta esotica, come franchincenso.

"Quella chi è?" Billy si butta sulla sedia e si appoggia allo schienale tenendola in equilibrio sulle due gambe posteriori, in uno sfoggio di potenza che nessun essere umano potrebbe permettersi. Alla mia occhiataccia, lascia cadere anche le altre due gambe con un tonfo. "La nuova segretaria della tua segretaria?"

Ha assistito al licenziamento dell'altra. Mi ripasso assistenti come lui si ripassa zoccole.

"Sarà, sì."

"Vuoi che la faccia entrare?"

"Sì." Al mio solito direi di no. Al mio solito la degnerei di uno sguardo solo volessi qualcosa. Ma devo assolutamente esaminarne meglio l'odore.

Billy guarda Indira e indica la Nuova. Le fa segno di avvicinarsi, come irritato perché non è ancora venuta a presentarcela. È bravo quasi quanto me e far tremare di paura i sottoposti.

La Nuova però non sembra spaventata. La osservo entrare dietro a Indira. E mi viene voglia di leccarla dalla testa al clitoride non appena ne colgo una bella zaffata.

Strana reazione, visto che è umana.

Non è nemmeno un gran vedere. Insomma, sì, è carina, ma non ha nulla di dolce o remissivo. Qualcosa nella postura del collo, nel mento sollevato, nella totale assenza di sussulti quando la guardo in cagnesco fa pensare che covi chissà quale risentimento. Dieci anni in più e sarebbe uguale a una di quelle dirigenti con gli attributi. Un demonio in gonnella, nata per dominare ogni ufficio. Do lavoro a una manciata di queste qui. Ci vuole forza per farcela, dalle mie parti.

Mi squadra subito anche lei, chissà come riuscendo ad apparire rispettosa e ricettiva ma anche assolutamente intrepida, malgrado sia il suo primo giorno di lavoro.

Ho un po' voglia di sbattermela subito a sangue. Soprattutto perché prima che entrassero l'ho sentita mormorare a Indira, "Allora è questo qui il grande capo cattivo". Ovviamente non può sapere che a questo piano non esiste conversazione impossibile per il mio udito.

Più si avvicina più il suo odore mi permea i sensi. È tanto piacevole che mi fa venir voglia di attaccare. Ma mi viene pure duro adesso?!

Mi alzo. "E tu chi saresti?"

"Signor Blackthroat, le presento…" comincia Indira.

"Madison Evans." La Nuova spara in fuori la mano, pronunciando il proprio nome contemporaneamente a Indira. Regge tranquillamente il mio sguardo – ma senza sfida; solo con attenzione. Mi sta leggendo dentro. Vorrei trovare una critica da muoverle, ma non ci riesco. È il giusto miscuglio di sicurezza e umiltà. Né eccessivamente audace né rammollita. Ha modi fastidiosamente affascinanti.

La odio già. Le stringo la mano. Pelle morbida. Per una qualche ragione, mi viene da pensare che ormai avrò il suo odore sul palmo. Non che voglia controllare, eh.

"Mi chiamano tutti Madi."

"Io ti chiamerò Madison... *se* ricorderò il tuo nome. Mi aspetto tu risponda anche agli appellativi di Assistente, Segretaria, Nuova o qualsiasi cosa ti urli." Le mollo la mano.

Ben lontana dal farsi prendere alla sprovvista, le piomba in volto una puntina di divertimento. "Risponderò a quello che vuole," mi assicura chinando appena il capo.

"Bene. Adesso senti che caffè vogliamo." Faccio scattare in su un sopracciglio, come avesse dovuto già saperlo anche se è il suo primo giorno. A Indira dico, "E le relazioni finanziarie dove sono?"

* * *

Odio il capo.

Il magnate di Wall Street è un cretino. Uno stronzo alfa di livello mondiale.

Causticamente bello... ma terribilmente imperfetto.

Il tipo di uomo impossibile da soddisfare con modi affettati...

...nonché investito di potere e denaro.

A scuola ho conosciuto bulli come lui, perciò non ho paura.

Mi spaventa invece di esserne attratta. Trovar piacevole bisticciarci.

Gi spogliarelli verbali. E l'espressione imperscrutabile che ha dopo.

È il pericolo stesso – avvolto nel potere...

...e resistergli sta diventando sempre più difficile.

Odio la nuova assistente.

Le odiavo tutte, ma questo è un odio diverso. È un odio perverso.

È molto efficiente e sagace... e risponde a tono.

E poi questa piccola umana odora di tentazione. Non c'è niente di peggio.

È vestita per uccidere, e io rischio di morire.

Uno di questi giorni mi provocherà troppo.

Ah... non ha proprio idea di cosa accade

quando si sguinzaglia un lupo alfa contro alla preda.

Mezzanotte è il primo libro della trilogia *Grande capo cattivo*. Vede un capo – un lupo mutante stronzo e miliardario – alle prese con un'assistente dall'intelligenza impareggiabile.

Leggi ora

OTTIENI IL TUO LIBRO GRATIS!

Iscrivetevi alla newsletter di Renee per ricevere Indomita, scene bonus gratuite e notifiche riguardo a nuove pubblicazioni!

https://subscribepage.com/reneeroseit

ALTRI LIBRI DI RENEE ROSE

https://reneeroseromance.com/italiano/

Wolf Ridge High

Alfa Bullo

Alfa Cavaliere

Fratellastro Alfa

Re Alfa

Bastardo alfa

Alfa ribelli

Tentazione Alfa

Pericolo Alfa

Un premio per l'Alfa

Una Sfida per l'alfa

Obsession Alfa

Desiderio Alfa

Guerra Alfa

Missione Alfa

Tormento Alfa

Segreto Alfa

La Preda dell'Alfa

Il sole dell'Alfa

Sangue Alfa

La luna dell'Alfa

Giuramento Alfa

La vendetta dell'Alfa

Fuoco Alfa

Salvataggio Alfa

Ordine Alfa

I lupi di Wall Street

Grande capo cattivo – Mezzanotte

Grande capo cattivo – Il folle della luna

Grande capo cattivo - La marchiata

Grande capo cattivo: Gli accoppiati

Wolf Ranch

Brutale

Selvaggio

Animalesco

Disumano

Feroce

Spietato

Due Segni

Indomita (gratuito)

Tentazione

Deseada

Sedotta

Padroni di Zandia

La sua Schiava Umana

La Sua Prigioniera Umana

L'addestramento della sua umana

La sua ribelle umana

La sua incubatrice umana

Chicago Bratva

Preludio

Il direttore

Il risolutore

Posseduta

Il sicario

Il soldato

L'Hacker

L'allibratore

Il pulitore

Il playboy

Il guardiano

Vegas Underground

King of Diamonds

Mafia Daddy

Jack of Spades

Ace of Hearts

Joker's Wild

His Queen of Clubs

Dead Man's Hand

Wild Card

Gli alfa di montagna

Eroe

Ribelle

Guerriero

L'AUTORE

L'autrice oggi bestseller negli Stati Uniti Renee Rose ama gli eroi alfa dominanti dal linguaggio sboccato! Ha venduto oltre un milione di copie dei suoi romanzi bollenti, con variabili livelli di erotismo. I suoi libri sono comparsi su *USA Today's Happily Ever After* e *Popsugar*. Nominata *Migliore autrice erotica da Eroticon USA* nel 2013, ha vinto come autrice antologica e di fantascienza preferita dello *Spunky and Sassy*, come miglior romanzo storico sul *The Romance Reviews* e migliore coppia e autrice di fantascienza, paranormale, storica, erotica ed ageplay dello *Spanking Romance Reviews*. È entrata dieci volte nella lista di *USA Today* con varie antologie.

Iscrivetevi alla newsletter di Renee per ricevere scene bonus gratuite e notifiche riguardo a nuove pubblicazioni!

https://www.subscribepage.com/reneeroseit

facebook.com/Autrice-Renee-Rose-101548325414563
instagram.com/reneeroseromance